KB089169

착
호

착호捉虎

김태호 장편소설

해피북스
투유

차
례

프
롤
로
그

전조 前兆

낮고 음울한 소리가 산 초입부터 쫓아왔다. 놈은 최대한 소리를 죽이고, 조심스럽게 썩은 나뭇가지들을 밟으며 경차관 김창근의 채취를 따라왔을 것이다. 숨기려 해도 헐떡이는 거친 숨은 고요한 산속에 존재감을 드러내고 공포심을 배가했다.

김창근이 걸음을 재촉하다 주변을 살폈다.

"제발 그만 쫓아오거라.

중턱을 넘자 경사가 더 급해졌다. 김창근이 얼음 위에 발을 디뎠다. 오를 수 없는 경사였다. 망설이다 온 힘을 다해 발을 밀착했다. 손을 바위에 대고 힘껏 반동을 주며 뛰었지만 발이 급격히 뒤로 밀렸다.

쿵쾅. 심장 소리가 호랑이의 숨소리만큼 긴장을 부추겼다. 설피를 신었음에도 두꺼운 얼음엔 속수무책이었다. 검붉은 사목에 의지해 가까스로 바위 뒤로 올라가자 다행히 사람 한 명 앉을 공간이 보였다.

김창근은 주변을 살폈다. 놈의 숨소리가 들리지 않았다. 풀의 움직임도 나뭇가지 밟는 소리도 더 이상 없다. 그제야 근심 가득한 큰숨이 터졌다. 동시에 무겁고 지친 몸이 스르르 주저앉았다.

"수령의 말을 듣는 게 맞았던가?"

김창근은 소매 안에서 쇠붙이 하나를 꺼냈다. 온통 은빛에 표면이 부드럽고, 충격에 잘린 듯 모서리는 울퉁불퉁 각이 졌다. 엄지와 검지를 길게 펴 쇠붙이에 댔다. 손의 길이보다 작다.

"한 자도 안 되는 쇠붙이에 홀렸단 말인가?"

스삭. 스사삭. 풀들이 다시 움직였다. 김창근은 급히 쇠붙이를 소매 안에 넣고 환도를 빼며 일어났다. 크릉. 소리가 가깝다. 뒤쪽이다.

기합을 하고 환도를 휘두르며 돌아섰다. 아직 놈이 보이지 않는다. 땀이 턱을 타고 떨어졌다.

후두둑 휘이익. 강제로 잡고 흔들 듯 나무들이 강하게 좌우로 요동쳤다.

스삭. 스사삭. 발소리가 가까워졌다. 조금씩 수풀의 틈이 열린다. 순간 김창근은 허탈한 웃음을 터뜨렸다.

"흐허허. 내…… 잘못 생각했다. 그냥 내려갔어야 했어."

김창근이 특수 임무를 띠고 경차관으로 파견된 건 두 달 전이었다. 평안도 영원의 한 고을에 호환 피해가 계속된다는 보고가 끊이질 않자 임금의 명을 받은 병조판서는 그를 특별히 경차관으로 임명해 조사를 지시했다.

병조에게 전달받은 상소 내용을 확인한 김창근이 갸우뚱했다.

'내용이 이상하지 않은가?'

호환 피해가 생기면 수령 권한으로 자체 착호군을 소집해 사냥에 나서는 게 이치에 맞는 일이다. 그런데 이 고을에서는 군 소집은 물론 호환 피해조차 제대로 집계하지 않았다. 단지 호환으로 인해 사람들이 하나둘씩 사라져 백성들이 두려움에 빠져 있으니 대책을 마련해 달라는 내용뿐이었다.

'군도 없고 피해 상황 조사도 하지 않았다면 어찌 호환 피해로 단정 지어 상소를 올렸을까?'

달포가 걸려 도착한 평안도 마을은 을씨년스러운 분위기가 감돌았다. 김창근은 빠르게 임무에 착수했다. 조사는 쉽지 않았다. 고을 사람들 모두 입을 다물었다. 역정을 내고 달래도 보았으나 질문을 하기 무섭게 도망갔다. 어쩌다 김창근과 마주친 이들은 한 보 옆으로 피해 걸으며 두려움에 고개를 숙였다.

'날 무서워하는 게야.'

조사를 진행하던 김창근은 하루하루 지쳐갔다. 상소와 달리 알려진 호환 피해는 두세 건에 불과했다. 사라졌다던 사람들도, 조사 결과 한 명도 없었다.

"악수(惡獸)의 피해가 심하다 들었습니다."

수령이 손사래를 치며 김창근의 말을 막았다.

"아녀자나 아이 한둘이 악수에게 물려 가는 건 어느 지역에나 있는 일 아니겠나? 이전 수령이 너무 지나치게 상황을 봤네. 들 쑤시고 다니는 통에 고을 사람들에게도 인심을 잃었지 뭔가. 이렇게 찾아와 살펴주는 건 고마우나 걱정하실 일은 아니라 생각하네."

한 달 전 부임했다는 수령이 모주를 벌컥 들이켜며 말했다.

"혹 모주는 안 마시는가? 하긴 벽향주라도 있으면 내주련만……."

"그럼 한잔 받겠습니다."

김창근은 모주를 입에 댔다. 이도 저도 아닌 물이 섞인 탁주였다.

수령은 쉴 틈 없이 술을 따랐다. 그러고는 별 이유 없이 큰 소리를 내 웃었다. 김창근은 유심히 행동을 살폈다. 웃음소리만 있을 뿐 표정이 없었다.

"그냥 편히 있다 가시게나."

"별일이 아니라면 조정에서 파견을 보내지 않았겠지요?"

수령이 급히 시선을 피했다.

김창근은 한 식경 전에 관가에 들어왔다. 이전에 찾아왔을 땐 수령이 없었다. 한두 식경을 넘게 기다리다 돌아가기를 몇 번, 드디어 수령이란 자를 만났다. 물론 한 식경이 넘도록 기다린 후였다.

수령이 들어오자 하인들이 일제히 눈치를 보며 도열했다. 수령은 눈빛이 탁했고 이미 술에 취해 있었다. 땅딸한 몸집에 하얗게 센 수염, 툭 튀어나온 광대, 이마엔 네다섯 갈래의 주름이 검고 깊게 패었다.

수령은 한사코 만류하는 그를 억지로 끌고 방으로 데려갔다. 안가는 초라했다. 찢겨진 벽. 바닥엔 깊게 패인, 무언가에 긁힌 자국이 군데군데 보였다.

수령이 큰숨을 내쉬며 김창근에게 시선을 돌렸다.

"아무튼 별일 아닌 것이니 복명을 좀 잘해주시게. 조정에서 이런 촌락 일까지 신경 쓰시면 안 되지 않나? 좀 쉬다 돌아가시게나. 대접은 융숭하게 하라 이를 테니."

"이전 수령은 어디를 갔습니까?"

"그치는 참…… 흐흐…… 그건 나도 모르겠네. 일언반구도 없이 사라졌다고 하네. 그래서 내가 왔지. 빌어먹을. 흐흐……."

수령은 헛웃음을 짓다 김창근이 술을 따라주길 바라듯 빈 잔을 봤다.

"고을 사람들이 쉽게 입을 열지 않더군요. 저를 보면 도망가는 이들도 있었습니다. 그들이 왜 그러는지 연유를 아십니까?"

김창근이 자신의 잔만 만지작거리자 수령이 실망한 듯 술병을 들었다.

"그런 개돼지 같은 놈들까지 뭔 신경을 쓰는가? 어쨌든 나도 이제 얼마 안 남았네."

"뭐가 말입니까?"

수령의 손이 미세하게 떨려 술이 넘쳤다. 불안감이 김창근에게까지 전해졌다.

"그…… 임기 말이네, 임기. 얼마 안 있으면 나도 이곳을 떠날 거네. 전 수령의 임기만 마치면…… 그때까지만 버티면…….'

수령의 얼굴이 한눈에 들어왔다. 처음 김창근을 맞이했을 때보다 눈빛이 더 탁하고, 동공을 제외한 흰자는 이미 시뻘겋게 충혈됐다. 어눌한 말투는 어느새 꼬이고 흐렸다.

"내가…… 여기를 오고 싶어 온 것도 아니고…… 이대로 여기에서 나자빠질 순 없지. 곧 맹산으로 돌아갈 거네. 더 이상 이 고을에 전념하고 싶지 않아. 보았지 않은가? 저들의 얼굴에 생기가 있던가? 젠장할…… 내 힘으론 어찌할 수 없네. 다음 수령이 오면…….'

"호식총의 숫자도 상소보다 적었습니다. 한둘 정도의 피해로 조정에 상소를 올릴 리 없지 않습니까? 말씀 안 해주신 게 있는지요?"

"그거야…… 전 수령이…….'

"알고 계시지요? 전 수령이 어디 있는지?"

수령의 눈이 껌벅 껌벅 정신을 차리듯 커졌다.

"실없는 소리를 했네. 더 드시게. 칠팔월에 눈도 내리고 우박도 내리는 곳이네. 몸을 따뜻하게 하지 않으면 얼어 죽기 십상이지."

쿵쿵! 턱 쿵!

갑자기 울린 장구 소리와 동시에 수령이 술잔을 거칠게 내렸다. 불편한 기색이 역력했다. 점점 소리가 커지더니 꽹과리 소리도 이어졌다.

"굿을 하는가 봅니다?"

김창근이 의아한 듯 물었다. 수령의 입술이 부르르 떨리며 열렸다.

"이 빌어먹을 무당년!"

성황당의 새끼줄이 거세게 흔들렸다. 초저녁임에도 이미 어둑했다. 계절에 안 맞는 매서운 바람에 무당의 흰 옷자락이 펄럭였다. 아직 무당은 작두에 오르지 않았다.

사람들 뒤로 다가간 김창근의 눈에 굿판의 광경이 들어왔다. 장구재비 옆에서 옷매무새를 가다듬는 가녀린 무당은 나이가 어림잡아 열대여섯에 불과했다.

판을 훑던 김창근의 시선이 작두에 멈췄다. 울긋불긋. 작두에 묻은 피. 틈을 비집고 들어갔다. 뒤에서 볼 때와 달리 피는 마른 지 얼마 안 돼 보였다.

훌쩍, 무당이 작두 위에 올라섰다. 동시에 장구재비의 손놀림이 빨라진다. 쿵쿠쿵. 쿵덕 쿵. 챙! 쇠잡이의 징이 합세한다. 치켜뜬 무당의 눈은 허공을 보는지 지척의 산을 보는지 모호하다.

'고을 사람 모두 그 빌어먹을 어린 무당년에게 홀렸다네!'

김창근은 수령이 한탄하던 말을 떠올렸다. 어느새 그도 굿판에 빠졌다. 장구와 징의 반복되는 소리가 귀에 가득 찼고 시선은 일정하게 작두를 타는 무당의 발에서 떨어질 줄 몰랐다.

지켜보던 고을 사람들의 치성이 세졌다. 울부짖는 아낙네부터 엎드려 절하는 노인들과 청년들까지. 굿판의 소리가 커질수록 실성하며 쓰러지는 사람들이 속출했다. 아무도 그들을 돌보지 않았다. 손발이 닳도록 빌지 않으면 당장 큰일이라도 나듯 여념이 없었다.

빠져나가려 김창근이 고개를 돌렸다. 바로 그때 눈이 마주쳤다. 한눈은 산 너머에, 다른 눈은 그를 보고 있었다. 무당이다. 살짝 올라간 입꼬리는 비웃듯 계속 실룩였다.

타오르는 불길에 비친 무당의 기분 나쁜 시선에 김창근의 얼굴이 굳었다. 추위는 더 심해져 뼛속까지 얼었다.

돌아설 찰라 사람들이 탄식했다. 무당이 착지를 잘못해 발 한쪽이 작두의 날에 베였다. 피가 작두의 면을 적셨다. 사고에도 누구 하나 치성을 멈추지 않았다.

쿵쿵. 박자는 더 빨라지고 무당의 널뜀도 빨라지고 눈이 돌아가며 쓰러지는 사람들도 빠르게 늘었다.

수령은 한사코 산에 오르는 걸 말렸다.

"그러지 말고 식사라도 하고 가시게. 조반도 안 들지 않았나?"

"유성이라도 그리 밝게 빛나진 않을 겁니다. 알고 계시지 않습니까."

굳은 표정의 김창근을 보자 수령이 난감한 듯 입을 열었다.

"언제부터 그랬는지 모르겠네. 그것보다 저 위에 사는 놈이…… 상상 이상의 범이네. 여기 사람들에겐 신 같은 존재지. 어찌 악수를 모시느냐고 혼도 내보았지만 듣지를 않네. 여기에선 저들의 방식을 따라야 한다네. 안 가면 안 되겠나? 곧 진정이 될 거네. 저들이 다 손을 쓰고 있다 했어. 우리 힘으론 감당할 수가 없다네."

"당장 군이 필요할지도 모릅니다. 산에 올라가봐야겠습니다. 몇 명입니까, 악수에 피해를 입은 수가?"

"피해? 그런 게 다 무슨 소용인가. 김 차관, 자네가…… 위험하다니까. 유산(遊山) 같은 게 아니란 말일세. 올라가면 복명은 어찌하려고? 제발 부탁이네."

수령이 벌벌 떨며 김창근의 소매를 잡았다. 김창근은 더 이상 지체할 시간이 없었다. 수령의 팔을 떼어내고 공손히 고개를 숙였다.

안절부절 입이 탄 수령이 다시 소매를 잡았다.

"기다리게."

하인이 광에서 설피를 꺼내 와 김창근에게 건넸다.

"더 이상 해줄 게 없네. 나는 분명 일렀네. 가지 말라고."

김창근이 고개를 숙였다. 수령은 김창근이 산 입구로 사라지는 걸 확인한 후에야 돌아섰다. 고개를 내젓고 안타까운 듯 혀를 차다가 갑자기 걸음을 멈췄다. 반대편에 어린 여자 무당이 장정

네다섯과 관가의 벽을 따라 걸어왔다.

"재수 없게. 육시랄."

퉤. 수령이 침을 뱉곤 빠르게 관가 안으로 들어갔다. 무당이 걸음을 멈췄다. 관가의 문을 유심히 보다 앳된 미소를 짓고는 실룩 입꼬리를 올렸다.

처음 보는 무늬였다. 잣나무 잎과 넝쿨 사이로 보인 건 분명 웅크린 동물의 뒷모습이었다. 반은 호랑이 무늬지만 반은 노루의 털이다. 새우처럼 둥그렇게 몸을 만 채 꼼짝 않던 놈이 조금씩 등 근육을 움직였다.

김창근은 환도를 수풀로 들이밀며 침을 삼켰다. 검의 끝이 놈의 등에 닿을 찰라, 찬 기운이 목덜미에 닿았다. 반사적으로 고개를 들었다. 후두둑 소리와 함께 두터운 눈발이 폭우처럼 떨어졌다.

"크릉. 크어억!"

커다란 포효에 김창근은 환도를 놓치며 뒤로 넘어졌다. 무겁고 습한 눈이 삽시간에 그의 몸 위에 쌓였다. 뒤척이며 움직여봤지만 뭉친 습설은 무게가 상당했다.

"젠장맞을."

힘껏 설피에 쌓인 눈을 털어내고 상체를 일으키던 그의 시선이 문득 떨어뜨린 환도에 멈췄다. 환도의 면에 수풀 틈이 비쳤다. 놈을 가렸던 수풀의 잣나무에 핏자국이 선명했다.

허공을 보는 듯 멍한 눈, 이마에 깊게 패인 주름, 튀어나온 광대, 피로 물든 흰 수염. 수령의 머리가 넝쿨에 박혀 있었다. 목은 날카롭게 잘렸고 척추 뼈는 겨우 한 자 정도가 남아 팽개쳐 있다. 넝쿨이 다시 흔들렸다. 툭 툭. 수령의 머리가 떨어져 그의 발 앞에 굴렀다.

김창근은 필사적으로 몸을 일으켰다. 이상하게도 폭설에 우박이 더해졌다. 시야는 이전보다 좁았다. 그때 피로 물든 수풀 뒤에서 놈이 모습을 드러냈다.

문득 김창근은 뒤를 돌아봤다. 까마득하게 먼 고을. 산과는 달리 평지엔 눈도 내리지 않았다. 우박도 없다. 산속과는 상관없다는 듯 평온해 보였다.

숨을 죽이는 악수의 낮은 울음이 주위에 울렸다.

"네놈을 못 죽이면 어차피 돌아갈 수 없는 몸. 해보자. 악수 따위에 쉽게 명이 끊기진 않는다!"

김창근은 환도를 꽉 쥐었다. 손바닥이 터질 듯 시뻘겋게 피가 쏠렸다.

"으아악!"

환도에 온몸의 무게를 실어 뛰어올랐다. 스삭. 스사삭. 소리가 커지고 수풀이 조금씩 열리더니 환도를 쥔 김창근의 몸이 삽시간에 수풀 속으로 사라졌다.

영조 23년 정묘년 6월 12일 신미

　몇 달 째 이어지는 이상 천문에 임금의 상심이 가득했다. 신하들이 이런 저런 제를 지내야 한다고 제안했지만 해결책이 될 리 만무했다. 지켜보던 사관이 한지를 넘겨 이전의 천문 기록을 살폈다.

　　[이월 구일 기사]　유성(流星)이 필성(畢星)의 아래에서 나왔는데, 모양은 주먹만 하고, 꼬리의 길이는 삼사 척이었으며, 빛깔은 붉은색이었다.

　　[이월 이십사일 갑신]　밤에 유성(流星)이 문창성(文昌星) 아래에서 나와 건방(乾方)으로 들어갔는데, 꼬리의 길이는 삼사 척쯤 되고, 빛깔은 흰색이었다.

　　[오월 사일 계사]　유성(流星)이 하고성(河鼓星) 아래에서 나와 손방(巽方)으로 들어갔다.

　사관이 고개를 끄덕였다. 기억대로 유성의 기록이 예전에 비해 많았다. 그때 천문을 고하러 신하가 안으로 들어왔다. 사관은 급히 깨끗한 종이를 앞에 놓고 먹을 갈았다. 붓에 먹물을 묻히던 그가 슬쩍 용안을 살폈다. 임금은 초조한 기색이었다. 이상 천문이 계속되면 백성들이 동요하기 마련이다. 안 그래도 병조는 내금위 병사들에게 백성들의 동태를 확실히 살펴보라 일러두었지만 이상한 소문은 쉽게 전국으로 퍼져나갔다.

신하가 당일의 천문을 고했다. 사관이 붓을 들어 그대로 받아 적었다.

[유월 십이일 신미] 유성(流星)이 기성(箕星) 아래에서 나와 동방(東方)으로 들어갔다.

또 유성이 떨어졌다. 영조 23년 정묘년. 경차관 김창근이 낭림산에 오른 지 30년이 지난 날이다.

영조 23년 정묘년 7월 12일 신축

"하, 자식. 진짜 빠르네."

거친 짐승의 소리가 산에 울렸다. 동시에 날렵한 두 발이 나뭇가지를 밟고 뛰어올랐다. 거칠던 짐승의 숨소리가 잦아들고 이내 숨 고르는 소리가 새 나왔다.

"꾸물대지 말고 오라니까."

명선이 얼굴에 흐르는 땀을 닦아내며 두 갈래의 가지에 발을 지탱했다. 눈썹 위로 길게 패인 흉터에 땀이 다시 맺혔다. 무릎을 드러낸 흰 잠방이도 젖어 속살이 비쳤다. 수많은 흉터가 살 위로 드러났다. 나무를 잡은 손과 팔에도 잔 흉터들이 가득하다.

"네놈들이 나를 어찌 속인다고? 서른두 해 산 삶이 장난인 줄

아느냐?"

명선이 나무 아래를 살피며 혼잣말을 했다.

조그만 웅덩이엔 시커먼 흙탕물이 차 있었다. 돼지들은 웅덩이를 인위적으로 만들어놓는 습성이 있다. 곧 몸을 씻으러 돼지들이 닥칠 것이다. 명선은 웅덩이 근처의 나무 뒤를 살폈다.

저벅! 좁은 나무 틈 사이로 거대한 멧돼지 한 마리가 모습을 드러냈다. 놈은 별 경계도 않고 웅덩이로 향했다. 명선이 허리춤에서 작두칼을 꺼내 멧돼지의 목을 겨누고 시위를 당기듯 팽팽하게 팔꿈치를 뒤로 젖혔다.

꾸울. 어미 멧돼지 뒤로 하나둘 새끼 돼지들이 뒤뚱거리며 나왔다. 대여섯이 넘는다. 놈들이 한 마리씩 웅덩이에 몸을 적시며 뒹굴더니 차례로 어미의 젖을 물었다. 던질 듯 당겨졌던 명선의 팔에 힘이 빠졌다. 작두칼이 어미 멧돼지의 머리 옆을 지나 뒷나무에 박혔다. 놀란 멧돼지들이 혼비백산 도망쳤다.

명선이 나무에서 내려와 박힌 작두칼을 뽑았다. 고개를 저으며 멧돼지들이 사라진 쪽을 봤다. 수풀만 약간 흔들릴 뿐 소리는 이미 멀어졌다.

"다음엔 혼자 와라."

살짝 풀 위로 머리를 내밀던 토끼가 상체를 쭉 펴고 폴짝 뛸찰라 귀가 잡혔다. 명선이 토끼를 들었다. 토실 살이 올랐다.

"쓸데없는 살생이 아니니 이해하여라."

발버둥치는 토끼의 머리를 당수로 내려치고 귀를 쇠줄에 꽂았다. 축 늘어진 토끼 옆으로 오소리와 족제비가 꿰여 있다.

한 발자국 더 수풀 안으로 들어선 명선 앞에 돼지가 만든 다른 웅덩이가 눈에 띄었다. 한 보에 약간 못 미치는 4척 정도의 폭이다.

"아까 그놈 정도면 300근은 족히 나갔을 텐데."

명선이 아쉬운 듯 주변의 흙을 툭툭 찼다. 웅덩이 앞에 주저앉아 흙탕물에 손을 씻었다. 후덥지근한 공기가 뭉쳐 끈적했다. 이내 흙탕물에 얼굴을 담갔다.

저벅 저벅!

명선이 숨을 죽인 채 고개를 들었다. 조심스럽게 돌아보자 바로 뒤, 나무 옆으로 어미 멧돼지가 보였다. 이번엔 혼자다. 천천히 작두칼에 손을 올릴 찰라 명선의 눈이 커졌다. 동시에 반사적으로 나무를 밟고 올랐다.

크르릉! 매화 무늬가 번뜩이더니 멧돼지의 목에서 피가 솟구쳤다.

"표범!"

6척 크기의 표범이 안간힘을 쓰며 멧돼지의 숨통을 끊기 위해 몸부림쳤다.

명선은 나뭇가지에 몸을 기대고 상황을 주시했다. 지근거리에 있는 명선의 존재는 모르는 듯했다. 멧돼지는 기력을 잃고 질질 표범이 이끄는 대로 끌려갔다. 땅을 긁던 멧돼지의 발이 한순간 경직되며 멈췄다. 숨이 끊어졌을까. 표범이 멧돼지를 나무까지 끌고 와 위로 올렸다. 육중한 멧돼지의 몸이 나뭇가지에 걸쳐지자 표범이 물었던 입을 뗐다. 이빨을 드러내며 입을 한껏 벌리더니 새어 나오는 멧돼지의 피를 핥고 살점을 뜯었다.

명선은 표범에 시선을 고정한 채 좀 더 가까운 나무에 발을 디뎠다. 한 발자국 더 옮기자 지척에 표범이 들어왔다. 작두칼을 표범의 목에 겨누는데 놈이 웬일인지 멧돼지를 뜯다 말고 어딘가를 뚫어지게 쳐다봤다.

명선의 시선이 표범을 쫓았다. 열 보정도 앞에 어린 소녀가 쪼그려 앉아 나물을 캐고 있었다. 명선이 조그맣게 탄식했다.

"지랄 맞은 날이로고."

소녀가 몸을 조금 옆으로 옮기자 표범의 시선도 그에 반응했다. 등의 매화 무늬가 물결치듯 움직이는가 싶더니 삽시간에 소녀를 덮쳤다.

퍽! 작두칼이 표범의 목에 찍혔다. 명선이 뒹구는 표범의 목을 잡고 칼을 빼내 다시 목에 찍었다. 요동치던 표범이 급격히 힘을 잃어갔다. 반쯤 목이 잘린 후에야 숨이 멎고 근육이 경직됐다.

표범의 피로 범벅이 된 명선이 소녀에게 다가갔다. 소녀는 어느새 일어나 있었다. 나물이 든 바구니가 심하게 떨렸다.

"괜찮으냐? 여기는 맹수들이 많은 곳이다. 다음부턴 저 바위 밑에서 캐거라. 위로는 오지 말고."

끄덕이는 소녀의 얼굴을 쓰다듬자 쭉 피가 묻었다. 아차 하며 자신의 손을 보자 피가 뚝뚝 떨어졌다.

"이런, 미안하구나."

겁에 질린 소녀가 후다닥 도망갔다. 명선이 머리를 긁적이며 표범 앞으로 다가갔다. 목에 작두칼이 그대로 꽂힌 채다. 빼서 피를 풀에 닦고 허리춤에 끼웠다. 경직됐던 표범의 사체가 축 널브러졌다. 명선이 두 손을 모아 짧게 합장한 후 살짝 고개를 숙였다. 이내 기지개를 켜며 몸의 근육들을 이완했다.

"운이…… 좋은 날이었군."

명선이 나무 위에 걸쳐 있는 돼지의 다리를 잡아 밑으로 끌어내렸다.

"낄낄…… 그건 놓고 가야지!"

한 손으로 표범을 어깨에 둘러메고 다른 손으로 멧돼지를 끌던 명선을 누군가 불러 세웠다. 명선이 인상을 구기며 멧돼지를 놨다. 어느새 작두칼로 손이 갔다.

삼각산의 북쪽, 마을에서 가까운 초입은 항상 맹수들과 도적 떼로 시끄러웠다. 도적들이 모여 산다 해서 독박골로 이름 붙여진 마을에선 시시때때로 젊은 남정네들이 모여 강도 행각을 모의했다.

삼각산을 넘어가는 아녀자를 희롱하거나 여행객들의 노잣돈을 갈취하는 것이 그들의 생존 방식이었다. 먹잇감이 된 여행객들은 벌거벗겨져 모든 것을 빼앗기고 죽임을 당했다. 아녀자들 또한 마찬가지였다.

관군도 무서워 않던 그들이 오로지 두려워하는 것은 명선이 산에 오를 때였다. 그 시각만큼은 강도 행각을 멈췄다. 독박골 도적의 마을에선 아무도 명선을 건드리지 않았다.

표범의 몸이 둔탁한 소리를 내며 땅에 떨어졌다.

"가만있어라. 안 그럼 네 대굴빡에 각궁이 꽂힐 테니까!"

명선이 도적의 소리에 작두칼에서 손을 떼며 돌아섰다. 도적 떼는 여섯 명이다. 두 놈을 제외하곤 명선이 처음 보는 놈들이었다. 각궁을 든 의기양양한 다른 놈들과 달리 앞에 나선 두 놈은 명선을 보자 낯빛이 파래졌다.

"나야 그저 산척일 뿐인데, 내게 볼일이 있소?"

명선의 물음에 안면이 있는 한 놈이 앞으로 나섰다. 두 놈 중 나이가 좀 있어 보인다.

"명선이 아닌가? 아니 올라오면 온다고 기별을 해야지."

아는 사람이냐며 각궁을 든 놈이 묻자 조용하라며 끄덕이는데 옆의 젊은 놈이 칼을 뺐다.

"아 형님, 저 자식 그냥 백정 아니요? 우리가 뭐가 꿀리오? 왜 만날 빌빌 기는 거요? 백정이요, 백정. 나라님이 그러라고……."

나이 든 놈이 말을 막았다.

"어디 큰일 날 소리 하지 말아. 네놈이 뭘 안다고?"

옥신각신하는 둘의 모습에 각궁을 든 놈이 활시위를 당겼다.

"빨가벗길 아낙들 많고 노잣돈들도 많다 꾀여서 산 넘고 물 건너 왔건만 겨우 백정새끼요? 후딱 죽이고 아낙들이나 기다립시다."

"그…… 그러지들 마시오. 저 친구는 그냥 백정이 아니라……."

명선이 작두칼을 꺼냈다. 동시에 도적이 활시위를 놨다.

빡! 작두칼이 각궁을 든 놈의 한쪽 귀를 베고 나무에 박혔다. 명선이 뒹구는 사내를 무심히 지나쳐 작두칼을 뺐다. 긴장한 듯 칼만 겨눌 뿐 다른 도적 떼들은 움직이지 못했다.

"아직도 아녀자들 겁박하고 그러는 거요?"

명선이 귀를 주워 각궁 사내에게 던지고 나이 든 사내에게 물었다.

"우리가 무슨? 당치도 않지. 그래도 쬐금, 통행세는 받아야 하지 않나?"

나이 든 사내의 목소리가 기어들어 갔다.

"해하지는 마시오."

명선이 나이 든 사내의 등을 작두칼의 면으로 툭툭 쳤다. 사내가 어색하게 머리를 긁적이자 젊은 놈이 씩씩대며 명선에게 칼을 들이댔다.

"어디 백정새끼가 겁도 없이 날뛰어! 그리고 형님은 체통 좀 지키시오."

순간 작두칼이 놈의 적삼을 뱄다. 살짝 피가 뱄다. 침을 꿀꺽 삼키던 젊은 놈이 칼을 떨어뜨리고 비명을 질렀다.

"고기 먹고 싶음 이따 들르시오. 표범고기가 별미 아닌가?"

명선이 표범을 둘러멨다. 돌아서다 허리춤의 쇠줄을 풀어 도적 떼에게 던졌다. 오소리, 족제비, 토끼의 사체가 뒹굴었다.

"가지시오."

"응?"

사내들이 발끈하며 나섰지만 이미 명선은 멧돼지와 표범을 끌며 산길을 한참 내려갔다. 나이 든 사내가 혀를 찼다.

"아, 저 개자식. 여긴 왜 와가지고. 확 어디 안 가나, 응?"

명선은 막 독박골을 지났다. 쌈질하며 노는 아이들과 옹기종기 모여 수다를 떠는 아낙들 모두 표범을 둘러멘 명선을 보자 수군댔다. 아이들이 달려왔다. 한 아이가 축 늘어진 표범의 다리를 살짝 건드렸다.

"우와! 표범이다. 진짜 매화가 가득하네?"

반동으로 표범의 다리가 위아래로 움직였다. 우아아, 아이들이 소리를 질렀다. 장난기가 도진 명선이 슬쩍 범의 꼬리를 움직여 아이들의 얼굴을 훑었다.

"이놈들!"

엄마야, 하며 아이들이 뒤로 물러섰다.

"이따 고기 받으러 오거라. 아주머니들도 받으러 오시오."

불과 1년 전만 해도 마을 사람들이 감히 쳐다보지도 못했던 명선이었으나 이젠 그저 도축을 하는 도한일 뿐이다.

처음 마을에서 가까운 숲속에 정착했을 때 제일 먼저 그를 찾아온 것은 도적 떼였다. 그들은 명선의 비위를 건드리고 도축한 고기를 갈취해 갔다.

하루하루 반복적인 생활에 감정을 잃어버리고 무덤덤해졌던 명선이 어느 날 작두칼을 잡고 그들과 상대했다. 놈들의 환도와 창이 작두칼에 잘리고 부서졌다. 복수한답시고 찾아와 싸움을 걸다 겁에 질려 도망치기를 몇 번. 도적 떼들은 더 이상 명선의 거처를 찾지 않았다.

인적이 끊기자 명선이 도적 떼들의 마을을 스스로 찾았다. 그리고 고기를 긴넸다. 그들은 명선에게 익숙해졌고 그 또한 스스로의 삶에 익숙해졌다.

명선의 초가는 마을에서 떨어진 숲속 분지에 있었다. 자세히 살피지 않으면 찾기 어려울 정도로 나무숲에 둘러싸인 외딴 곳이었다. 도축을 하고 부산물을 파는 일반 도한의 집이라 보기 힘들었다. 철저히 외부와 고립된, 마치 유배라도 당하듯 마을과는 제법 떨어져 있었다.

아직 마르지 않은 핏물이 비린내를 풍겼다. 명선이 한길로 이어진 핏물에 물을 뿌리고 안으로 들어갔다. 기름칠한 고리들이 벽면에 일정하게 걸렸고, 넓고 긴 도마는 울긋불긋 핏물이 뱄다.

명선이 도마에 기대 탁주를 한숨에 들이켰다. 눈이 취기로 흐려졌다. 웃옷을 벗어 던지고 도마에 표범의 사체를 올렸다. 표범의 목은 피가 빠져 허옇게 살을 드러냈다.

날카로운 날이 표범 목의 가죽과 살을 분리할 때마다 명선의 등과 어깨의 근육이 움직였다. 등의 날갯죽지에서 허리까지 이어진 긴 흉터가 마치 생명을 가진 듯 꿈틀댔다.

익숙하게 표범을 해체하는 자신의 손을 바라보던 명선의 눈가가 시뻘게졌다. 이제 며칠 후에는 명선의 손으로 사람의 목을 쳐야 한다. 참수는 백정의 몫이다. 1년 동안 열 명이 넘는 죄수의 목을 쳤다. 명선은 집행이 다가오면 산에 올랐다. 그리고 뛰는 심장을 진정시키기 위해 짐승을 잡았다.

가죽이 벗겨진 표범의 배가 갈라지며 양쪽으로 쪼개졌다. 악취와 함께 뜨거운 김이 퍼진다. 표범은 새끼를 배고 있었다. 명선의 얼굴이 일그러졌다.

멀리 왁자지껄 사람들의 소리가 들려왔다. 고기를 받으러 오는 마을 사람들이다. 유난히 무더운 날, 바람조차 불지 않았고 끝없는 벌레 소리는 신경을 거슬렀다.

원창은 평안도 영원의 계곡에서 한 무리의 청년과 마주쳤다. 계곡 위에서 내려다보자 폭포수 밑에 몸을 담근 청년들이 희희낙락 떠들고 있었다. 못내 이상했던 원창이 사내들에게 크게 소리쳤다.

"무섭지 않은가? 이곳은 악수들 피해가 많은 곳이지 않은가?"

"에이, 이젠 걱정 없소."

"걱정이 없다니?"

원창이 폭포수 가까운 계곡 아래로 내려왔다. 십대 후반 즈음의 청년들은 끼리끼리 물놀이와 천렵에 열중이었다.

"이렇게 가까이 내려왔음에도 어찌 눈치채는 사람이 하나도 없는가?"

원창의 푸념에 그제야 청년들이 그를 발견했다. 걱정이 앞선 원창이 말을 이었다.

"며칠 전에도 일가족이 범에 물려 갔단 소문을 들었네. 항상 주변을 살피고 있어야지. 아니, 한 사람이 맡아서 사주경계를 하게. 풀 소리만 들려도 도망가야 하네. 범을 만나면 이미 늦은 것이니."

청년들은 듣기 싫은 듯 고개를 돌리고 어떤 놈은 잠수를 했다.

"아니 그러지 말고 어두워지기 전에 다들 내려가는 게 어떻겠나?"

천렵을 하던 청년이 보다 못해 원창에게 다가왔다. 이마에 검은 점이 솟았다.

"마을에서 이제 별일 없을 거라 그랬소. 산척인가 본데 그쪽이나 단단히 챙기시오, 쳇."

원창이 고개를 저었다. 착호갑사 신분이었다면 벌써 알아듣고 내려갔을 터다. 누더기가 된 동물 가죽옷을 입고 4척이나 되는 기계틀 붙은 낡은 쇠뇌를 찬, 마흔은 훨씬 넘어 보이는 산척의 말을 들을 리 없었다.

"그래도 조심들 하게."

원창이 망설이다 계곡 아래로 발걸음을 옮겼다.

원창은 사냥을 업으로 하는 산척 일을 하던 중 맹산과 영원의 피해를 전해 들었다.

말을 타고 달려 며칠 만에 낭림산 아랫마을에 도착했다. 겉으로는 평온해 보였지만 마을의 피해는 심각한 듯했다. 우연히 들은 아낙들의 대화로는 불과 며칠 전에도 일가족이 감쪽같이 사라졌다고 한다. 호랑이가 마을까지 내려온 것이다. 원창이 소문을 확인하기 위해 산에 올랐다. 그러나 산 중턱 가까이 올라갔지만 호랑이의 흔적은 없었다.

"어찌 배설물조차 없단 말인가?"

중턱 위를 바라보던 원창이 발길을 돌렸다. 연무가 가득한 그곳은 호랑이의 서식지로는 어울리지 않았다. 먹이를 찾기 어려울 정도로 산이 높았다.

산의 초입까지 내려온 원창 앞에 두세 기의 돌탑이 모습을 드러냈다. 호식총. 호랑이는 항상 사냥감의 신체 일부를 남기는 습성이 있다. 뒤늦게 신체 일부를 발견한 사람들은 호랑이의 존재를 인식하고 무거운 두려움을 가졌다. 호식총은 그렇게 남겨진 피해자의 손가락이나 머리 등을 찾아 매장한 무덤이다.

억울한 죽음은 오히려 살아남은 자들에게 두려움이 됐다. 산 자들은 죽은 자들을 격리했다. 호랑이의 종이 돼 창귀(倀鬼)가 된다 하여 돌을 쌓아 무덤의 숨구멍을 막았다. 억울함과 원한이 돌무덤에 갇혔다.

원창이 돌 하나를 집어 탑 위에 올렸다.

"아프지 않게 저승에 가시길 바라오. 이승의 아픔은 모두 잊고."

합장을 한 원창의 눈에 눈물이 고였다.

어린 자식과 아내를 호랑이에게 잃은 지 이미 15년이 지났다. 시간이 지나도 원창은 호랑이 사냥을 멈추지 않았다. 쇠뇌를 이용해 증오를 내뿜으며 닥치는 대로 사냥을 했다.

특출한 쇠뇌사냥꾼이 등장했다는 소문이 조정에까지 들어갔고 착호갑사에 뽑혀 특수군으로 활동하며 대접받았다. 번이 끝나고 가족에게 돌아가는 군인들과 달리 원창은 갑사에 그대로 남아 다음 기수를 받았다. 세간에 이름을 떨칠 정도로 용맹스러운 업적도 많이 남겼지만 어느새 모두 잊혔다. 지금 남은 건 낡은 쇠뇌 한 대뿐이었다.

돌아선 원창이 잠시 멈췄다. 잘린 풀들 밑으로 흙이 패였다. 발로 치우자 선명한 호랑이의 발자국이 보였다. 급히 쪼그려 앉아 손바닥으로 길이를 쟀다.

"이렇게 큰 놈은 본 적이 없는데?"

발자국은 마을의 한 집을 향했다. 민가들의 맨 앞집이다. 원창이 쇠뇌를 앞으로 돌려 시위를 당겼다.

낡고 녹슨 경첩이 빽빽한 굉음을 냈다. 원창이 뛰어 들어왔다. 방은 텅 비었고 바닥엔 어지러운 흙 발자국이 일정치 않게 여러 방향으로 찍혔다. 삽시간에 불행이 닥친 듯 세간들은 그대로였다.

원창의 눈에 흙벽의 한 부분이 들어왔다. 회색으로 변색된 손톱이 벽에 박혀 있었다. 주위로 몽글 핏자국이 굳었고, 흙벽은 일정치 않게 패였다. 희생자의 절박했던 마지막이 보였다.

"태연하게 안방까지 들어와 물었다?"

원창은 황급히 말에 올라 떠날 채비를 했다. 동네 어귀엔 마을 사람들이 분주했다. 몇몇이 작두와 돼지머리를 옮겼다.

"굿판이라도 벌이는가 보군. 그런 걸로 호랑이를 잡을 순 없어."

원창이 등자를 치며 말의 속도를 높였다. 삽시간에 마을에서 멀어졌다.

천렵과 물놀이를 즐기던 청년들이 하늘을 바라봤다. 어느새 눈이 하늘 전체에 찼다.

"쳇. 오뉴월에 눈 내리는 마을이 여기 말고 또 있는가?"

투덜대던 청년들이 하나둘씩 물 밖으로 나왔다. 눈의 양이 갑자기 많아지면서 온도가 급격히 떨어졌다. 헐레벌떡 옷을 챙겨 입은 청년들이 황급히 계곡 위에 올랐다. 어느새 눈은 한 자 가까이 쌓였다. 미끄러질까 서로의 몸을 지탱하며 산을 내려오는데, 스삭. 스사삭. 기분 나쁜 발소리가 들렸다.

모두 얼어붙어 다리가 안 떨어지는데 청년 하나가 비명을 질렀다. 전나무들 사이 번쩍거리는 검은 눈, 꿈틀대는 호랑이 무늬. 청년들이 혼비백산 서로를 밀치며 아래로 달렸다.

"크르릉!"

갑작스런 포효가 산 전체에 울렸다.

"어째 전 형님이 웃는 걸 한 번도 본 적이 없네요. 언제 웃으세요? 아니 웃어본 적은 있으시오?"

"지금 웃고 있다. 안 보이냐?"

현철이 웃음을 터뜨렸다. 명선은 웃음기 하나 없는 무뚝뚝한 얼굴로 표범의 살점을 빠르게 해체했다.

마을 사람 모두 고기를 받아 갔고 이제 현철만 남았다. 명선이 고기를 다듬기 시작하자 시끄러운 도적 떼의 소리가 들려왔다. 방금 고기를 받아 갔던 놈들이 서로 고기를 나누다 빈정이 상한 것이다. 먹살을 잡고 욕지거리를 하며 난동을 부렸다.

소리에 돌아보던 현철이 혀를 찼다. 열일곱. 삐쩍 마른 몸. 아직 앳된 현철의 얼굴엔 여드름이 가득 피었다.

"쯧쯧. 도대체 형님은 배알도 없으세요? 저치들한텐 왜 주는 거예요? 형님 자실 건 있어요? 아까 저놈들이 더 달라고 떼쓰던 거 다 봤어요. 천하의 낯짝 두꺼운 놈들."

"내가 오라고 했다. 맛난 고기도 생겼고. 그리고 이런 때 아니면 저놈들이 언제 표범고기를 먹어보겠느냐?"

"먹고 싶음 지들이 잡아먹음 되지요, 쳇. 나라님은 뭐 하나. 저런 검계(劍契) 놈들 안 잡아가고!"

현철의 말에 명선이 의아해했다.

"혹 저놈들이 또 괴롭히더냐?"

"아니에요. 내가 뭔 말을 말아야지. 참, 형님! 혹시 글 좀 볼 줄 아시오? 언문 말예요."

현철이 잠방이 안에서 찢어진 창호를 하나 꺼내 펼쳤다. '패망'
이란 글자가 선명했다.

"이게 조선이 망한다는 글 맞아요?"

"이걸 어디서 구했어?"

"이미 마을 곳곳 안 붙은 곳이 없어요. 사람들이 조선이 망한
다는 글이라고 하지 뭐예요. 나 참."

"절대 일언반구도 내뱉지 말거라. 괜히 나서다 큰일 날 수도
있다. 이리 줘."

명선이 창호를 뺏어 아궁이에 던졌다.

"위험한 것이에요? 그래도 거짓이지요? 한숨도 못 잤지 뭐예
요. 어디서 오랑캐라도 다시 쳐들어오는 건 아닌지……."

명선이 대답 대신 잘린 표범의 배 안을 휘저었다. 태반을 꺼내
현철에게 건넸다.

"표태라고 나라님께 진상하는 귀한 것이다. 챙겨줄 사람도 없
으니 이거라도 먹고 양기를 보충하여라. 사내놈이 쓸데없는 걱정
에 잠도 못 잘 정도가 되면 어찌하느냐?"

"흐흐. 부모 형제 없이 지낸 지 십수 년인데요? 그나저나 살코
기는 안 주세요?"

현철이 무안한 듯 머리를 긁적였다. 명선이 작두칼을 들어 표
범의 뱃살을 잘랐다.

"살코기도 들어가야 효과가 더 좋지. 옜다. 괜히 어디다 팔지
말고 꼭 네놈이 먹도록 해."

"감사해요, 형님."

현철이 꾸벅 인사를 하곤 후다닥 마을 방향으로 달렸다.

명선은 표범의 가죽을 줄에 걸었다. 고운 매화 무늬가 햇살에 도드라졌다. 명선이 가죽에 묻은 이물질을 빼내는데 급히 사내 한 명이 달려왔다. 삼청골에 위치한 종친의 하인이었다.

'또 쇠고기가 필요한 건가? 하긴, 고기 맛에 홀리면 참을 수 없겠지.'

소 도축이 엄격히 금지됐지만 종친들은 백정들을 불러 비밀리에 도축을 했다. 명선 또한 자주 종친이나 사대부의 부름을 받았다.

"부원군 어르신의 분부시네. 거절하면 어찌 되는 줄 알지?"

"걱정 마시오. 피 한 방울 안 남기고 깨끗이 처리할 테니. 보수나 두둑이 챙겨주시오."

"언제 섭섭케 한 적이 있던가? 그리고…… 비밀인 건 당연 알겠지?"

명선이 수긍하며 하인에게 표범고기를 한 근 쥐어 줬다. 하인은 반색하며 연신 고마움을 표하고 떠났다. 명선은 오히려 기대했다. 어쩌면 참수를 앞둔 두근거리는 마음이 진정될 수 있을지 모를 일이다.

명선이 작두칼을 들었다. 길이가 두 자 조금 넘는 칼은 갑사 시절 손수 만든 것이다. 작두의 쇠 날을 빼내 갈고 갈아 살상용으로 개조했다. 날은 스치는 모든 것을 벨 수 있을 정도로 시퍼렇게 섰고, 칼자루에 감긴 가죽은 여러 동물의 피로 얼룩졌다. 명선은 생명을 끊을 때 오로지 이 작두칼만 사용했다. 사냥을 할 때나 참수를 할 때나.

명선이 칼을 꼿꼿이 세워 날을 봤다. 면에 얼굴이 비쳤다. 휘익, 허공을 향해 휘두르자 날카로운 바람 소리가 울리며 새 떼가 흩어졌다. 그때 명선의 시선에 멀리 나무 사이의 한 남자가 보였다. 얼핏 검은 갑사 옷과 비슷했다.

"누구요!"

수풀이 흔들리더니 이내 사내가 사라졌다.

낭림산 전나무 숲. 한 자쯤 쌓인 눈밭에 '쩌억 쩌억' 발소리가 울렸다. 흰 눈에 길게 이어진 선홍빛 핏물이 눈을 녹이며 흘렀다. 피는 계속 흘러 분지에 가서야 뻘건 웅덩이를 만들며 멈췄다. 그곳에 무언가 둥둥 떴다. 핏물을 뒤집어 쓴 청년들의 머리. 무언가를 본 듯 시선이 한쪽으로 쏠렸다. 두려움에 질려 숨이 끊어진 듯 입은 벌어졌고 눈은 활짝 열렸다.

눈발이 그치자 붉은 웅덩이에 파장이 하나둘 일었다. 눈이 비로 변하자, 웅덩이의 피가 투명하게 희석됐고 천천히 머리들이 드러났다. 몸은 온데간데없고 목만 날카로운 흉기에 당한 듯 매끄럽게 잘렸다. 폭우로 웅덩이가 범람하며 머리들이 하나둘씩 떠내려갔다. 어느새 웅덩이의 핏물이 완전히 씻겼다.

영조 23년 정묘년 7월 14일 계묘

 종친 김해 부원군의 집 뒤뜰에서 여종들이 몰래 명선을 훔쳐
봤다. 도축은 빠르게 진행됐다. 작두칼에 소의 머리가 떨어졌다.
뜨겁게 데운 물이 계속 들어왔고 내장들이 김을 내뿜으며 물에
담겼다. 늙은 여종이 어린 여종들을 나무라며 끌고 데려갔다.

 뒤뜰엔 이제 명선 말곤 없다. 살점을 발라내던 그가 홍두깨살
을 슬쩍 잘라 내장에 섞었다.

 "다 끝났는가? 혹시 살코기까지 빼낸 건 아니겠지?"

 뒤늦게 하인이 헛기침을 하며 다가왔다. 명선이 고기를 다듬
으며 무심하게 답했다.

 "하루 이틀 보시오? 그럴 리 없소."

 하인이 잘린 고기와 부산물을 하나씩 살폈다. 의심스러운 표
정을 짓더니 명선의 몫이 담긴 바구니로 시선을 돌렸다. 우설과
뼈, 창자가 뒤섞였다. 주저앉아 바구니 안의 뼈를 슬쩍 드는 순
간, 핏물이 옷과 얼굴에 튀었다. 명선이 살점을 떼는 시늉을 하다
선지를 담은 통을 친 것이다.

 "이게 무슨 짓인가!"

 "아이고, 아까운 고기가 피 통에 빠지지 않았소. 괜찮은 거요?"

 명선이 급히 일어나 하인 얼굴에 묻은 피를 손으로 닦자 오히
려 번졌다.

 "그만두게. 아니 그렇게 해서 지워지겠나?"

 툴툴대던 하인이 급히 뒤뜰로 향했다. 명선은 급히 내장을 들

쳐 구석의 홍두깨살을 집었다.

명선은 후련한 듯 크게 숨을 내쉬었다. 조심한다고 했지만 잠방이는 온통 피투성이었다. 닦아내고 빨래를 한다 해도 사나흘이 멀다 하고 또 피가 묻을 터다. 벗은 적삼에 고기와 내장을 둘둘 말아 허리에 찼다. 아직 참수형 시간까지는 여유가 있었다.

지나가던 사람들이 명선을 피해 걸었다. 명선은 약간 불편함을 느꼈다. 한성부 경조 5부 안에서 제일 활기찼던 운종가에 들어섰음에도 공기가 차가웠다. 지나치는 행상들은 고개를 숙였고 젊은 사내들은 벽에 붙어 시선을 피했다. 명선은 이내 이유를 눈치챘다.

"이놈! 얼굴을 들어라!"

포졸 몇이 지나가던 사내를 붙잡아 얼굴을 강제로 확인하곤 찾던 사내가 아닌지 확 밀쳐냈다. 포졸이 명선과 눈이 마주쳤다. 명선은 공손히 고개를 숙였다. 피 묻은 그의 잠방이를 보던 포졸이 인상을 구겼다.

"흥! 도한 주제에 글이나 읽겠어? 비켜라!"

포졸들이 명선을 밀치고 지나갔다. 순간 포졸 하나가 의아한 듯 고개를 돌렸다. 명선은 아직 고개를 들지 않은 채였다.

"저놈, 그 갑사 아닌가? 왜 착호갑사로 있던? 병조에서 신임이 두터웠다던 그놈 말일세."

다른 포졸이 돌아봤다. 사람들에 명선이 가렸다.

"설마? 잘못 본 거겠지? 그놈은 참수당했다고 하지 않았던가?"

사람들이 흩어지자 이미 명선은 사라지고 없었다. 포졸이 허망한 듯 고개를 저었다.

"하긴 명줄이 붙어 있을 리 없겠지. 그 일을 저지르고."

포졸들이 다시 길을 나서다 멀리 담벼락에 붙은 방 하나를 발견했다. 사람들이 수군대며 모여들었다. 포졸들이 다급히 다가가 사람들을 해산시키고 방을 뜯었다.

칠패 시장의 어물 비린내가 코끝을 찔렀다. 생선들은 끈적끈적한 날씨에 부패가 빠르게 진행됐다. 흥정하는 사람들과 목청을 높이는 장사치들이 실랑이를 했다.

탁주를 쥔 명선이 시장 한복판에 들어섰다. 흐릿한 눈은 길가 너머 숭례문을 향했다. 비틀거리며 가다 서다를 수 번. 입가를 타고 허연 탁주가 흘렀다.

"저놈 잡아라!"

"살려주시오."

포박당한 사내 하나가 좌판들을 밀치며 달려왔다. 다급히 뒤쫓는 포졸들과 사내를 피하는 아낙들이 뒤엉켰다. 명선은 개의치 않고 다시 술을 마셨다. 이런 실랑이들은 저잣거리에선 흔한 일이다. 다툼은 폭력과 살인을 부르고 그들 중 몇몇은 수배자로 바뀌어 포졸들과 숭례문을 지키는 병사들에게 실적을 안겨줬다.

사내가 명선에 막혀 도망을 멈췄다. 명선이 사내 쪽으로 몸을 돌렸다.

"도와주시오. 난 아무 죄도 없소."

명선의 옷차림에 백정임을 확인한 사내가 실망한 듯 주변에 소리쳤다.

"제발 다들 말 좀 해주시오. 그 방은 내가 붙인 게 아니잖소? 난 그저 찢어진 걸 집었을 뿐이오. 제발."

"거기 서라! 이놈."

포졸들이 달려왔다. 사내가 급히 도망갈 찰라 명선의 주먹이 사내의 배에 꽂혔다. 울컥. 사내가 피를 토하며 고꾸라졌다. 포졸이 사내의 배를 밟았다.

"죽을 놈이 어딜 도망가고 난리야?"

포졸들이 사내를 일으키다 명선을 발견하곤 다시 바닥에 팽개쳤다.

"오늘 참수를 집행할 백정이 네놈이냐? 뭘 꾸물대느냐? 끌고 오거라."

"알겠습니다, 나리."

명선은 숭례문으로 돌아가는 포졸을 향해 인사를 했다. 사내는 아직 고통이 가시지 않은 듯 바닥을 기었다. 명선이 사내의 목을 잡아당겼다.

"늦을수록 고통만 늘 뿐이오. 빨리 끝내 주겠소."

"으허엉. 이보게. 살려줘, 살려주시오. 억울해. 난 시장에 나온 죄밖에 없네."

사내가 통곡을 했다. 명선이 술병을 바닥에 던지고 삽시간에 사내를 어깨에 둘러멨다.

　서른둘의 조식은 종3품이 됐다. 갑사 근무를 마치고 과거를 통과해 종4품을 받은 지 1년만이다. 착호갑사 시절 그의 부대는 조정까지 소문이 퍼질 정도로 실력이 출중했다. 소수 정예로 구성된 군은 상대할 적수가 없었다. 조식의 부대가 귀환할 때면 어른 아이 할 것 없이 거리로 나와 환호를 하고 박수를 쳤다. 준마 가득 호피를 싣고 돌아온 부대원들은 영웅이라도 된 듯 들떴고 우쭐했다. 쉽사리 사라질 것 같지 않던 기분은 수 번의 환영 행사를 겪자 조금씩 감흥이 잦아들었다. 대원들은 영웅 대접에 익숙해졌다. 못 가는 곳도 제한을 받는 곳도 없었다. 사기가 하늘을 찔렀고 동시에 방심과 태만, 우월감이 스며들었다.

　1년 후, 군엔 조식만 남았다.

　날렵하고 긴 얼굴, 날카로운 눈매와 또렷한 콧대, 무관에 어울리는 강인한 인상 그리고 흉터. 조식이 볼의 흉터에 손을 올렸다. 반 척 정도 더 얼굴을 들이밀었다면 머리가 잘렸을 터다. 흉터는 오른 눈썹 끝에서 일자로 입가까지 이어졌다. 조식은 호랑이 발톱이 살에 닿았을 때를 떠올렸다. 칼날과는 다른 둔탁함, 차가운 아림. 지울 수 없는 흉터는 오히려 용맹스런 전설의 표식이 됐다.

　조식은 내금위장만 맡았다. 임금의 호위를 담당하는 내금위장은 대부분 겸직을 하는 관직이다. 이상하게도 조식의 발령만 늦었다. 당연히 판서 영감의 반발을 샀다는 소문이 내금위에 돌았다.

'누구의 잘못도 아닌 것을. 판서 영감이 그럴 리 없다.'

병조에서 자신을 끔찍이 아끼는 것을 잘 알고 있는 조식이다. 발령이 늦어지는 것은 분명 다른 이유일 터다.

조식이 집무실 계단을 내려와 군영의 마당에 섰다. 백일홍이 화사하게 폈다. 꽃에 시선을 빼앗기는데, 검은 도포를 입은 병사가 달려와 고개를 조아렸다. 심복 무사 이강우다. 20대 중반, 5척 반의 큰 키. 벌어진 어깨는 각이 졌다.

"어떻게 지내고 있더냐?"

"변함없이 도한으로 살고 있습니다. 반인들과도 스스럼없이 지내는 게 이젠 그 생활에 익숙한 듯 보였습니다."

"허. 어떻게 그런 삶에 익숙해진단 말인가?"

조식이 헛웃음을 지었다. 강우가 의아한 듯 물었다.

"나리, 놈은 이제 백정 나부랭이와 다를 게 없습니다. 관심을 가지시는 연유가 무엇인지요?"

"놈의 재주가 아깝지 않더냐?"

"허나…… 이미 그놈은…….."

"올해는 꽃이 빨리 피었구나."

조식이 백일홍 꽃에 손을 뻗었다.

숭례문 위로 보이는 흰 구름이 빠르게 먹구름으로 변해갔다. 하늘을 올려다보던 명선의 시선이 땅으로 꺼지며 손에 쥔 작두 칼에 힘이 들어갔다.

"이게 나라님의 뜻이오? 나는 아무 죄도 없단 말이오. 이보오? 제발! 살려주시오, 포졸 나리!"

참수는 숭례문 앞에서 집행됐다. 사람들이 처형장을 빙 둘러 쌌다. 사내가 연신 자신의 억울함을 하소연했지만 구경꾼들과 포졸들에겐 구경거리 이상도 이하도 아니었다.

"빨리 집행 안 하고 뭐 하는 것이야? 자꾸 꾸물대면 네놈 목이 먼저 달아날 것이다."

명선이 사내의 얼굴을 봤다. 눈의 핏줄이 터져 피눈물이 얼굴을 타고 흘렀다. 점차 흐느낌이 작아지더니 절망한 듯 사내가 고개를 숙였다. 순간 명선의 작두칼이 하늘을 향했다. 무심한 명선의 눈빛도 허공을 향했다. 뜨거운 거리의 기운이 차갑게 변하며 하늘이 어두워졌다. 명선의 얼굴에 하얀 눈송이가 닿았다.

언제부턴가 저잣거리는 물론 사대문 안 궁궐 벽까지 방이 붙었다. 민초들은 예전보다 훨씬 예민해 있었다. 호환 피해는 줄어들 줄 몰랐고 남쪽 지방에선 머리가 둘 달린 병아리가 나왔다는 소문이 돌았다. 불안감엔 천문이 한몫했다. 하루가 멀다 하고 떨어지는 유성은 자주 산불을 일으켰고 많은 사람이 집을 잃었다. 그 후로 민심을 호도하는 방이 여기저기 붙었다. 병사들은 방을 붙인 자들을 색출하기 위해 온 저잣거리를 다 뒤졌으나 억울한 사람들만 속출됐다. 늙은이들은 또렷하게 과거를 떠올렸다. 대혼란. 강산이 세 번 변하기 전 그때와 비슷하다고.

급작스런 눈에 사람들이 동요하며 하나둘 자리를 피했다. 명선이 집행을 서둘렀다. 작두칼이 사내의 목을 향했다. 순간 어두 웠던 주변이 환하게 밝아졌다. 시뻘건 불덩이가 멀리 삼각산 너 머로 떨어졌다. 모두의 시선이 분산되는 찰라 사내의 목이 떨어 졌다. 이미 구경꾼들의 시선은 멀리 유성에 쏠렸다. 산 너머에 불 이 타올랐다. 눈발은 거세졌고 포졸들 또한 유성을 살피느라 처 형엔 관심도 없었다. 다시 유성이 머리 위로 지나갔다. 구경꾼들 이 비명을 지르며 뿔뿔이 흩어졌다.

명선은 나무통에 사내의 머리를 담았다. 뿜어져 나온 피가 계 속 바닥을 적셨다. 그때 반쯤 찢겨진 종이가 날아와 핏물에 떨어 졌다. '조선에 패망이 닥쳤다'라고 쓰인 언문이다. 흔하게 붙은 방들 중 하나다.

"진짜 당신이 방을 붙인 게 아닌 거요? 억울하시오? 아무리 항 변해도 그들이 들어주지 않았소? 허나 어쩌겠소. 나도 그랬소. 아무도 듣지 않았지. 며칠을 조아리고 빌고 빌었소. 그러다 알게 되었지. 억울하다, 내 잘못 아니다 말한들 소용없단 걸. 누군가 꼭 죗값을 치러야 한다는 걸. 나를 원망하지 마시오. 내 얼굴을 마지막에 봤다고 원귀가 되어 따라다니지 마시오. 만약…… 진 짜 죄를 안 지었다면 내…… 대신 사죄하리다. 한을 풀어줄 순 없 겠지만 안쓰러운 마음은 가슴에 묻고 살겠소."

조그만 수레가 들판 한가운데 멈춰 섰다. 멀리 양화나루가 보 였다. 명선이 수레 밖으로 발을 빼고 안을 살폈다. 통에 담긴 사내의 머리는 코 위까지 피에 잠겼고 몸은 구겨져 엉켰다.

숭례문에서 한참을 왔다. 들판 멀리 고라니와 토끼가 달렸다. 피 냄새를 맡은 매와 독수리가 명선의 위를 빙글 돌았다.

"걱정 마시오. 다음 생은 억울하지 않을 터이니."

명선이 마치 대화하듯 말하곤 시신의 머리와 몸을 들어 풀 위에 눕혔다. 그러고는 쟁기를 들어 땅을 팠다.

7월의 눈은 흙바닥에 닿자 바로 말랐다. 눈까지 내리는 급격히 쌀쌀해진 날씨건만 쟁기가 푹푹 흙에 박혔다. 그때 지나가던 젊은 양반 한 명이 땅을 파던 명선을 보며 소리쳤다.

"이놈아 그런 죄인을 왜 묻어주느냐? 그냥 버리어라. 들짐승들 먹이로 쓰게."

명선이 들은 체도 않고 다시 땅을 팠다. 양반 남자가 약간 주춤하다 역성을 냈다.

"말이 안 들리느냐? 어디 백정놈이 눈을 부라리고! 이놈 봐라?"

남자가 급히 주변을 살피더니 돌을 하나 들었다. 다가와 명선의 머리를 내리쳤다. 픽 픽! 명선의 뒷목과 머리가 뻘겋게 멍이 들었다.

"빨리 쟁기질을 멈추지 못하겠느냐? 내 네놈을 포도청에 일러……."

참다못한 명선이 고개를 돌렸다. 명선의 눈에 눈물이 그렁했다.

"그만! 소인이 잘못……했습니다."

"빨리 들판에 버려라. 어서!"

명선이 시신을 들어 들판에 던졌다. 끝까지 확인을 한 후에야 양반이 혀를 차며 돌아섰다.

"에이! 천하의 상것 같으니라고."

툴툴대며 떠나는 양반의 뒤에 명선이 고개를 숙였다. 그 사이 독수리 떼가 들판에 내려왔다.

개성 나성 근처 마을에서 잠시 요기 중이던 원창은 다른 이들의 대화에 밥맛을 잃은 듯 수저를 놨다.

"아 글쎄 나라가 망한다 하지 않소?"

"나도 들었네. 한양에 가득 방이 붙었다고 하지 않나? 역적들 잡으려고 난리도 그런 난리가 없다고 하던데."

"그게 왜 역적 잘못인가? 나라님 잘못이지."

"쉿. 그러다 큰일 나 이 사람아."

"평안도 얘기 들어봤나? 하루에도 수십 명이 몰려 간다고 그러지 않나? 천문도 이상해, 도적 떼 들끓어. 이런 때가 있었던가 말이야."

원창이 바닥에 놨던 쇠뇌를 등에 맸다. 철컥. 술을 마시던 사람들의 시선이 원창에게 쏠렸다. 탕! 원창이 시위를 건드리자 빠졌던 기계틀이 자리를 잡는다. 수군대던 사람들이 소리를 낮췄다. 원창이 사내들 곁을 지나가자 한 사내가 물었다.

"산척이오? 혹 악수 피해가 어느 정도인지 아시오? 나 원 불안해서."

원창이 대답대신 슬쩍 노려보자 기세에 눌린 사내가 눈을 피했다.

양화나루가 보이는 들판의 바닥에 봉분이 조그맣게 솟았다. 덮인 흙은 부드럽고 매끈했다. 명선이 봉분 앞에서 합장을 했다. 무덤 뒤로 독수리 몇 마리가 목이 꺾인 채 널브러져 있었다. 합장을 마친 명선이 독수리를 집어 수레에 던졌다.

"약재가 생겼어. 운이 좋은 날이야."

영조 23년 정묘년 7월 15일 갑진

군영 안으로 원창이 다급히 들어왔다. 내금위장의 집무실로 향하는데 검은 도포를 두른 강우가 앞을 막아섰다. 원창이 다급히 고개를 숙였다.

"조 장군님을 만나러 왔소. 긴히 전할 말이 있소."

강우가 원창의 행색을 훑었다. 반들반들 손때가 묻은 색 바랜 쇠뇌와 언제라도 사용할 수 있게 날이 선 화살촉. 흔한 산척의 모습이 아니었다. 가죽을 덧대 입은 검푸른 옷은 피 냄새를 풍겼다.

"지금 나리는 자리에 없소. 급히 판서 영감의 호출이 있었소."

"병조판서 영감의? 진짜 판서 영감이? 사실이오?"

놀라며 묻는 원창의 반응에 이상한 듯 강우가 대답했다.

"그렇소. 일각이 넘었으니 곧 돌아오실 시간이 되었소만……

왜 놀라는 것이오?"

"아니오…… 기다리겠소. 조 장군님이 올 때까지 기다리겠소."

병조판서라…… 원창은 묘한 기대를 가졌다. 조식을 부른 이유라면 혹시 1년만의 복귀일 수도 있다. 뿔뿔이 흩어졌던 갑사들이 다시 모일 수도 있다.

집무실에 무거운 침묵이 흘렀다. 조식이 급히 머리를 조아렸다. 병조판서가 지그시 조식을 내려다봤다.

"혹 오해한 것이 있는가?"

"어찌 소인이 그런 불손한 마음을 품을 수 있겠습니까? 미천한 재주로 인해 오히려 영감께서 마땅한 쓰임을 못 찾아 염려를 끼친 것이 아닌지 걱정입니다."

"하하. 그럴 리가 있겠나? 자네를 아끼는 걸 알고 있지 않나?"

조식이 고개를 들었다. 판서가 작설차를 조식에게 건넸다. 받아 드는 조식의 손이 떨렸다.

"그나저나 혼란스럽네. 어쩌다 이런 불손한 일들이 이어지는지. 호환 피해로 인해 상감의 근심이 이만저만이 아니네. 무지한 백성들은 조정을 욕하고 반역에 가까운 말들을 서슴없이 내뱉는 실정이야."

"어찌 그런 사소한 일에 상감께서 염려를 하신단 말입니까? 반역자들은 때를 기다렸을 뿐입니다. 발본색원하겠습니다. 대감께 심려 끼쳐드리지 않겠습니다."

"그런 이야기가 아니네. 이걸 좀 보게나."

판서가 옆에 놓인 보자기를 조식 앞으로 밀었다.

"그게 무엇입니까, 판서 영감?"

"풀어보게."

조식이 보자기의 매듭을 풀었다. 은색 쇠붙이 조각. 부드럽고 윤이 나는 표면에 한쪽은 어디에 부딪혔는지 각이 심하게 졌다. 조식이 쇠붙이를 들이 각이 진 부분을 손가락으로 훑다 얼굴을 찌푸렸다. 검지에서 피가 배어 나왔다.

"이런, 괜찮나?"

"죄송합니다."

조식이 급히 손가락의 마디를 꾹 눌렀다.

"예전 판서 영감이 남겨둔 것이라네. 30년 전 그때도 호환 피해가 심했다고 하네."

"이 물건이 그리 오래된 것이란 말입니까?"

"그때도 호환 피해가 심해지자 전국 각지에 조선이 망한다는 방이 나붙었다네."

병조판서의 이야기는 현재 상황과 비슷했다. 하루가 멀다 하고 벌어지는 호환 피해, 그로 인한 백성들의 불안감, 오뉴월에 내리는 눈과 급격한 천문 변화. 특히 평안도 지역의 호환은 조정의 큰 골칫거리였다. 당시 병조판서는 임금의 명을 받아 내금위장 김창근을 경차관으로 임명해 상소가 올라온 지역을 조사하고 오라고 명했다.

유심히 듣던 조식이 물었다.

"수령은 뭘 했답니까? 착호군을 소집하는 게 우선이었을 텐데 말입니다."

"나도 그게 의아해서 물어봤으나 영감이 입을 닫아버리지 않나. 아무래도 피치 못할 사연이 있었던 듯하네. 그것보다도……."

판서가 이야기를 이었다.

"파견된 지 60일이 넘어서야 경차관이 돌아왔다네."

30년 전 군영의 밤은 조용했다. 저벅이는 걸음이 흙을 질질 끌었다. 경차관 김창근의 앞을 병사들이 막아섰다.

"내가 누군지 모르느냐? 썩 물러나라."

음성이 쇳가루가 섞인 듯 탁했다. 들어간 볼 때문에 광대가 더욱 도드라졌다. 김창근의 호통이 더 이어지자 쫓아내려던 병사들이 찬찬히 그의 얼굴을 뜯어봤다. 생채기 흔적이 가득한 얼굴. 너무 달라진 몰골에 알아보기 어려웠던 얼굴이 어느새 익숙했던 얼굴로 변했다.

"나리! 이게 무슨 일입니까?"

병사들이 김창근을 부축해 옮겼다. 이미 그의 다리는 힘이 완전히 빠져 있었다. 병조의 집무실로 들어가기도 전에 주저앉고 말았다.

"자…… 잠깐 놔주게. 잠시…… 쉬어야겠네."

병사들이 그의 팔을 놓고 계단에 앉혔다. 다른 병사가 급히 물을 떠 와 건넸다. 벌컥 마신 그가 깊은 숨을 내쉬고 고개를 들었다.

달빛에 그의 얼굴이 선명하게 드러났다. 병사들이 놀라 서로를 바라봤다. 김창근의 동공이 회색이었다. 시선은 하늘을 보는지 앞을 보는지 분간이 안 됐다.

"맹인이 되어서 돌아왔다네."

조식이 침을 삼켰다.

"그 물건을 판서 영감에게 전달했다네. 아직 그게 무엇인지 모르네."

"그러고 보니 들어본 적이 있는 것 같습니다. 맹인이 돼서 관직을 그만둔 무관 이야기를 말입니다."

판서가 남은 작설차를 들이켰다. 목이 탄 조식 또한 차를 들었다.

"엊그제 상감께서 이렇게 말씀하셨네. 세자 때 들었던 상황과 어찌 이리 똑같단 말이냐?"

"30년 전과 말입니까?"

"더구나 그때는 기근도 심하게 들었네. 걱정하시네. 당시와 같은 일이 벌어질까 말이네."

임금의 한마디는 천금과 같다. 미적지근했던 병조가 그 한마디 때문에 움직인 것이다. 조식이 병조판서를 유심히 살폈다. 보자기로 쇠붙이를 묶는 손이 미세하게 떨렸다. 보자기를 치운 판서가 이번엔 창호 하나를 건넸다. 조식이 빠르게 창호를 폈다.

"경차관 김창근이 악수의 모습을 그린 것이네. 어쨌든 놈을 물리쳤다고 하네. 그 후 귀신같이 호환 피해가 줄어들었네. 나붙던 방들도 자취를 감췄고 천문도 안정이 됐다네."

"맹인이 됐다면 어찌 군에?"

"군에 남을 수 없었지. 더구나 소문엔 귀신이 들렸단 얘기도 있었다네."

"귀신이라니요?"

"귀에서 장구 소리가 끊임없이 들렸다지."

"그 후엔 어찌 됐습니까?"

"떠난 이후가 알려져 있지 않아. 앓다가 병사했다는 말도 있고. 살아 있다 해도 이미 환갑이 넘은 나이네."

판서가 조식에게 가까이 얼굴을 갖다 댔다.

"어떤가? 할 수 있겠는가?"

"무슨 말씀이신지……."

"모든 소문의 근원은 그때와 마찬가지로 평안도라네. 평안도의 조그만 소문이 이리 나라를 흔드는 게지. 그런 연유로 자네를 경차관으로 임명하려고 하네. 악수의 가죽을 벗겨 오게."

조식이 고개를 조아렸다. 몸이 떨렸다.

"한시적으로 군을 소집하게. 인원은 최소. 내 이번 일만 잘되면 필히 책임지고 상감에게 말씀드리겠네."

조식이 크게 팔을 접어 절했다.

"감사합니다, 영감. 이 은혜 어찌 헤아려야 할지 몸 둘 바를 모르겠습니다."

"착호군에 대한 백성들의 원성을 잊지 말게. 내 자신 또한 과거는 다 잊었네. 조정의 안정이 우선. 필히 성공해야 하네. 단 외부에 이 일이 알려지면 안 될 터. 나쁜 소문은 나라를 흔들어놓는다네."

"명심하겠습니다."

"전하의 행차가 한 달하고 달포밖에 안 남았네. 그전에 악수를 잡아 백성들 사이에 도는 소문을 없애야 해."

병조판서가 만족감에 엷은 미소를 보이며 차를 따랐다. 조식이 조아렸던 고개를 살짝 들고 입을 열었다.

"영감, 혹 폐가 안 된다면 소인 청이 하나 있습니다."

"무엇인가? 말해 보게."

조식의 눈매가 매서웠다. 판서가 불안한 듯 찻잔을 들었다.

한참을 기다려 조식을 맞은 원창은 평안도의 호랑이 이야기를 꺼냈다. 조정에 건의해 달라는 부탁이었다. 조식은 이미 알고 있다며 원창의 말을 막았다.

"판서 영감에게 어명을 전달받았네. 조 대장, 당신을 찾으려고 했어."

"정말입니까? 설마? 다시 군이 모이는 겁니까?"

"일단 한시적이네. 그래서 이번 작전은 무조건 성공해야 해. 대장의 쇠뇌가 역할을 해줘야 하네."

병조판서는 착호군 해체에 큰 영향력을 발휘한 인물이었다. 그가 다시 군을 소집하라고 시키다니. 원창은 문득 떠오른 질문을 했다.

"그럼, 그치도 다시 소집하는 겁니까?"

조식은 원창이 누구를 이야기하는지 알아채고 단호하게 답했다.

"재주가 아깝지 않은가."

"나리!"

원창이 급히 조식에게 고개를 숙였다. 조식이 내려와 그의 어깨를 토닥였다. 뒤에 선 강우가 무표정하게 둘을 지켜봤다.

군사들

영조 23년 정묘년 7월 17일 병오

가뭄이 와도 마르지 않는다는 왕숙천의 물이 줄어 있었다. 정묘년 천문은 예상이 불가능했다. 한여름에 비 대신 자주 눈이 내렸다. 눈 또한 내리자마자 녹아버려 가뭄에 도움을 주지 못했다.

나룻배에 올라탄 명선이 1년 전을 떠올렸다. 강 건너 둑에서 어머니와 여섯 살 누이동생이 자신을 배웅했다. 둘은 하염없이 눈물을 흘렸고 명선은 애써 둘을 외면했다. 몰락한 집안은 다시 일어서기 힘들었다. 그것이 반역에 가까운 죄로 인정받는다면 참수를 면한 것만 해도 감지덕지였다.

구지(구리)엔 내시들이 많기로 소문난 촌이 있었다. 퇴궐한 내시들은 결혼을 하고 일가를 이뤘다. 권세를 말해주듯 식솔도 많았다. 어머니와 여동생은 그런 권세 있었던 내시의 집에 종으로 들어갔다. 명선의 탓을 하며 타박을 할 만했지만 모녀는 한 번도 아픈 말을 내뱉지 않았다.

"어머니는 오라버니를 원망하지 말라고 하셨어요."

마중 나온 누이동생은 명선을 보자 울먹였지만 이내 억지로 참았다. 명선이 누이의 광대 부근을 쓰다듬었다. 붉은 타박의 흔적이 있었다. 괴롭힘을 당한 건 아닐까? 누이동생이 볼을 만지며 웃었다.

"걱정 마시어요. 대문에 부딪쳤지 뭡니까?"

명선은 억지로 눈물을 참고 새끼줄에 묶인 고기를 건넸다.

"쇠고기다. 어머니와 함께 국이라도 끓여 먹어라."

"감사해요, 오라버니."

"정말…… 힘들지 않은 것이야?"

"어르신께서 잘 보살펴주십니다. 어머니도 걱정 말라고 꼭 오라버니에게 전해달라 했습니다. 단지…… 소녀는…….."

명선이 불안한 듯 바라봤다. 누이동생이 망설였다.

"다 말하여라. 오라비가 할 수 있는 거라면 뭐든지 돕겠다."

누이가 활짝 웃었다.

"웃어주세요, 오라버니. 예전처럼 말이에요. 왜 헤어지고 나선 한 번도 웃질 않으시나요?"

명선이 억지로 웃었다.

"하하…… 웃고 있다. 보이느냐?"

까르르, 누이가 소리 내 웃었다.

"그러니 이제야 진짜 우리 오라버니 같아요."

명선이 확 누이를 껴안았다. 어깨가 들썩였다. 웃고 있는 얼굴 위로 눈물이 흘렀다.

"이리 고생을 시키고…… 정말 미안하다. 미안하……다."

누이의 조그마한 손이 명선의 허리를 감쌌다.

해맑은 웃음과 청명한 누이의 목소리에 명선은 좀 전부터 이어진 긴장이 좀 가시는 듯했다. 태평한 상황이 아니다. 오솔길로 접어들면서부터 낯선 이의 기척을 감지했다. 분명 검은 도포 사내다.

'분명 그때 갑사 놈이야.'

명선이 걸음을 멈추고 누이와 눈높이를 맞췄다.

"이제 혼자 갈 수 있겠느냐?"

"벌써 가시게요? 어머님은 안 보시게요?"

명선이 누이의 머리를 쓰다듬었다.

"어머니께 꼭 전해주어라. 분명 함께 살 수 있다고. 걱정 마시라고 말이다. 내…… 장에 고기들을 내다 팔고 있다. 꽤 이문이 남으니 우리 고생도 얼마 안 남았다. 조금만 더 참으면 함께 살 수 있을 것이야."

"네, 알겠어요. 믿어요. 오라버니가 하는 말이면 꼭 될 거예요."

누이가 물러나더니 두 손을 모아 공손히 머리를 숙였다.

"어서 들어가거라. 꼭 고깃국 끓여 먹고."

참으려 해도 목소리가 울먹였다. 누이는 환하게 웃더니 손을 흔들고 돌아섰다.

누이가 오솔길 너머로 사라지는 것을 확인한 명선이 급히 작두칼에 손을 올렸다.

"무슨 일로 갑사의 군이 비천한 백정을 그리 쫓아다니는 거요?"

명선의 말이 끝나기 무섭게 소나무 뒤에서 강우가 모습을 드러냈다.

"긴히 전달할 것이 있다."

"그게 무엇이오?"

"그전에."

강우가 양쪽 허리춤에 손을 올렸다. 두 개의 검이 빠르게 칼집에서 나왔다. 명선이 반사적으로 작두칼을 뺐다.

"우선 네놈 실력을 봐야겠다. 쌍검에 대응하는 방법쯤은 알겠지?"

멀리 아이들 소리가 들렸다. 명선이 주춤했다. 누이동생의 소리와 비슷했다.

"장소를 옮겨야겠소."

명선이 작두칼을 다시 허리춤에 차고 한 걸음 앞으로 다가갔다. 강우의 검이 명선의 앞을 가로막았다.

"빨리 칼을 빼라."

명선이 칼을 피해 옆의 나무를 밟고 올랐다. 강우가 빠르게 쫓아와 검을 명선에게 겨눴다.

"여기를 벗어나자고 했지 누가 따라오라고 했소?"

"이놈, 오만 방자하구나."

챙! 환도의 날이 명선의 작두칼을 쳤다. 불꽃이 튀었다. 명선이 대응하는 척하다 강우를 밀치고 멀찍이 뛰어내렸다.

"서라!"

강우는 그저 명선의 검술을 확인해 보고 싶었다. 조식 장군은 놈의 재주가 아깝다고 하지 않았던가? 며칠을 지켜본 바 그는 그저 도축과 망나니를 하는 백정일 뿐이었다. 제일 먼저 놈을 거론했다는 게 이해가 가지 않았다.

명선이 빠르게 시야에서 멀어졌다. 강우가 나뭇가지에 디뎠던 발에 힘을 가해 옆 나무로 빠르게 뛰었다.

"대체 뭐 하는 놈이더냐? 혹 내가 뭔 잘못을 했던가?"

멀리 왕숙천을 향해 달리던 명선이 뒤를 돌아봤다. 도포 사내는 보이지 않았다. 누이와 어머니를 찾아와서 그러는가? 신분을 박탈당한 백정의 삶을 누가 감시하고 쫓아다닌단 말인가? 명선이 속도를 냈다. 막 왕숙천의 나룻배가 출발했다. 명선이 다급히 소리쳤다.

"이보시오 사공. 기다리시오! 아직 안 탔소! 어이?"

"돌아오는 데 한 식경은 걸릴 것이다. 그 정도면 충분히 겨뤄볼 시간은 될 듯한데……."

뒤에서 들린 날카로운 소리에 명선이 빠르게 작두칼을 뺐다.

반 보 정도 뒷발을 빼며 작두칼을 휘두를 찰라 강우의 쌍검 하나가 자신의 코끝을 겨눴다. 휘익! 삽시간에 다른 손의 검이 흔들렸다. 명선이 가까스로 허리를 뒤로 젖히며 얼굴을 뺐다.

검 두 개가 바람을 갈랐다. 동시에 명선의 작두칼이 방어하며 대각으로 쌍검을 쳐냈다. 강우가 주춤 뒤로 물러섰다.

이번엔 명선의 작두칼이 강우의 얼굴을 겨눴다. 이마에 맺힌 땀이 눈가에 닿자 강우가 살짝 눈을 감았다. 명선이 때를 놓치지 않고 갈지자로 흙바람을 일으키며 달려갔다.

챙! 챙! 작두칼과 쌍검의 뒤엉킴에 불꽃이 튀었다. 일진일퇴. 둘은 쉽사리 결판을 내지 못했다. 이번에는 명선이 뒤로 물러날 차례였다. 온몸으로 강우의 검을 느끼고 방어했다.

강우는 작두칼의 둔탁함에 꽤 곤란을 겪었다. 명선의 검술은 무겁지만 속도가 있었다. 조금이라도 살에 닿는다면 삽시간에 피부가 벌어지고 골이 드러날 것이다.

둘은 둑 아래 나루터까지 이동했다. 나룻배가 막 천의 중간을 지났다.

검 하나가 명선의 팔을 벨 찰라 작두칼이 강우의 턱을 향했다. 물러서던 강우의 발이 나루터의 턱에 걸렸다. 넘어질 듯 균형을 잃었다. 틈을 놓치지 않고 작두칼이 파고들었다. 강우는 서늘한 느낌에 질끈 눈을 감았다. 웬일인지 작두칼이 들어오다 말고 멈칫했다. 강우가 놓치지 않고 쌍검을 휘둘렀다. 팅! 작두칼이 멀리 모래 위에 떨어졌다. 그제야 강우의 몸이 중심을 잡았고 명선은 텅 빈 자신의 손을 바라봤다.

"졌소."

명선이 이마의 땀을 닦으며 작두칼이 떨어진 곳을 향했다. 강우는 거칠어진 숨을 진정시키기 위해 심호흡을 했다. 다리가 후들거렸다. 두 개의 검을 교차로 칼집에 넣고 돌아서는데 튀어나온 뾰족한 쇠기둥이 보였다. 한 발만 뒤로 물러서 넘어졌다면, 명선이 한 번만 더 휘둘렀다면……. 강우의 동공이 심하게 흔들렸다.

"이미 졌소. 혹 다음이란 말 하지 마시오."

명선은 몇 개 뜯어 온 풀을 만지작댔다. 강우가 아쉬움에 칼집의 손잡이를 버릇처럼 쓰다듬었다. 삐익. 명선이 풀을 접어 불었다. 나룻배에 탄 둘 사이에 침묵이 흘렀다.

"언제쯤 말할 것이오?"

명선이 풀피리를 물에 던지며 물었다. 물고기들이 튀어 올라 배 안에 물이 튀었다. 강우는 천변을 살폈다. 어느새 배는 뭍에 가까웠다. 그가 품에서 세로의 긴 장방형 사찰을 꺼내 건넸다. 명선이 피봉을 살폈다. 자신의 이름은 쓰여 있으나 보내는 이의 이름이 없었다.

"누가 보낸 것이오?"

강우가 뜯어보라는 듯 손짓을 했다. 명선이 피봉을 열어 사찰을 펼쳤다. 내용을 살피던 명선의 얼굴이 일순 굳었다. 배가 흔들렸고, 사공이 노를 젓다 멈췄다.

"도착했습니다요."

명선이 사찰을 급히 접어 뒤따라 내린 강우에게 다시 건넸다.

"난 이미 쫓겨난 몸이오. 뭔가 착오가 있는 게 아니오?"

강우는 대답 대신 나룻배를 살폈다. 이미 출발한 배는 건너편을 향하고 있었다.

"나와 같이 도감으로 가야 하오."

"누구 맘대로? 더 이상 군역을 질 의무도 없소. 그리고 내가 누군지 알면 이런 맹랑한 사찰을 보내지 않았을 거요. 헛수고 하셨소. 돌아가서 다시 알아보시오."

명선이 한 걸음 내딛다 강우의 한마디에 멈췄다.

"조식 내금위장님이 보낸 것이오."

명선이 놀라며 돌아섰다. 눈앞에 강우의 쌍검이 다시 흔들렸다. 강우가 나지막이 입을 열었다.

"함께 가야 하오."

명선과 강우가 군영에 도착한 시간은 축시의 한밤중이었다. 불침을 서던 병사들은 백정의 등장에 수군댔다. 몇몇 명선을 기억하는 병사들은 부러 명선을 피했다.

불과 1년 전만 해도 군영 한복판에 꿇어 앉아 있던 명선이다. 나시 찾은 군영은 변한 것이 없었다. 명선은 화사하게 핀 백일홍 꽃에 걸음을 멈췄다.

'올해는 빨리 피었구나.'

이 자리였다. 만신창이가 되어 병사들에게 끌려나갔던 1년 전의 기억이 생생하게 떠올랐다. 명선은 더 이상 나아가지 못했다. 강우가 의아한 듯 살폈다.

"왜 그러시오. 무슨 문제라도 있소?"

"더는 안 가겠소. 조 장군보고 나오라고 하시오."

"그 무슨 안 될 소리를 하시오? 따라오시오."

명선은 꿈쩍도 않고 조식의 집무실만 뚫어지게 봤다. 그때 둘의 뒤에서 인기척이 났다.

"예상보단 훨씬 빨리 왔군."

조식이 다가오자 강우가 급히 고개를 숙였다. 명선은 시선을 백일홍으로 옮겼다. 그 모습에 조식이 엷은 미소를 지었다. 사실 믿기지 않았다. 이렇게 순순히 강우를 따라올 것이라 상상 못 했다.

"네 이야기는 전해 들었다. 사찰은 읽어보았나?"

명선이 대답 대신 무릎을 꿇었다. 당황한 강우가 명선의 팔을 잡았지만 꿈쩍도 안 했다.

"장군님 앞에서 무슨 짓인가? 일어나시오."

"놔둬라. 아마 저놈이 내게 할 말이 있는 듯하다."

조식이 제지하자 명선이 고개를 들었다. 눈이 뻘겋게 충혈됐다.

"기억하시오? 이러고 일주일을 있었소."

"그게 무슨 상관이더냐? 이미 지난 일. 참 저잣거리를 행보하고 다니니 잘 알겠구나. 악수들의 피해가 심해지니 무리들이 나타나 민초들을 선동한다 들었다. 안 좋은 소문에 조정의 근심이 크시다. 지금은 네놈이 필요하다. 어쩌겠는가?"

"안 하겠소."

조식의 눈이 번뜩였다.

"뭐라 했는가."

"못 하겠소, 장군 나리. 소인의 일은 들짐승이나 쇠목을 자르는 일이오. 그리 1년 넘게 살았소. 이제 와 군이라니?"

명선이 비아냥댔다. 지켜보던 강우가 명선의 얼굴을 주먹으로 가격했다.

"말을 높여라."

코피가 터졌다. 명선이 쓰윽 닦아내자 자국이 번져 얼굴이 붉어졌다. 명선의 눈가가 그렁했다.

"나리. 소인은 못 합니다. 어떤 화를 입을지 두렵습니다. 그냥 도축이나 계속하게 해주십시오. 가족과 떨어졌습니다. 빨리 한 푼이라도 벌어 데려와야 합니다. 같이 살아야지요."

조식이 의아한 듯 명선에게 가까이 갔다. 쉽게 존대를 하다니, 예전 모습이 아니다.

"왜? 이제 세상이 무섭더냐? 예전의 패기는 다 어디 갔는가?"

"패기? 그런 게 세상살이에 무슨 소용이란 말입니까. 무섭습니다. 나랏일은 전혀 모릅니다. 악수? 소인이 나설 일이 아닙니다."

조식이 인상을 찌푸렸다. 그저 백정 놈이다. 하루하루 입에 풀칠 걱정이나 하는 무지한 놈이다. 언제 그런 놈이 된 것일까?

"백정의 삶은 어떻더냐? 네 어미에게 창피하지도 않으냐? 도축이나 하면서 사는 걸 기뻐하시더냐? 네놈 잘못으로 이리되었는데?"

"그게 무슨?"

"어미와 누이가 종년이 되지 않았더냐. 참, 내시 집안 식솔이니 오히려 다행이라 여겨야 하는 건가? 그래서 네놈이 그리 태평하게 있는 것이냐?"

삽시간에 명선의 작두칼이 조식의 목에 닿았다. 그렁하던 눈물이 온통 핏빛으로 변했다. 동시에 강우도 검을 명선의 목에 겨눴다.

조식이 경멸 섞인 웃음을 지었다.

"네놈도 참. 가족은 그렇다 치자. 네놈도 동물 내장이나 팔아가며 사는 것에 만족하는 것이냐? 자초한 일이니 감수하고 사는 것이더냐?"

"함부로 말하지 마시오!"

명선의 작두칼이 조식의 목을 살짝 찔렀다. 놀란 강우가 명선의 목에 날을 가까이 댔다.

"조금만 더 움직이면 네놈의 목이 달아날 것이다. 어서 칼을 치워라."

강우의 겁박에도 명선은 꿈쩍하지 않았다. 일순 셋 사이에 정적이 흘렀다. 명선이 조식을 노려봤다. 분노에 입술이 파르르 떨렸다.

"내가 왜 순순히 따라왔는지 이유가 궁금하시오? 하루하루 칼을 갈았소."

"그래서 부른 것이야. 네놈에게 기회를 주려고. 약조를 받았다. 이번 일만 잘되면 병조에서……."

"역시 당신은…… 이미 다 잊었군. 어떻게 하면 그리 쉽게 잊을 수 있소?"

"네놈이 정말, 아직도 정신을 못 차렸구나. 정녕 죽고 싶은 것이냐?"

"누구 때문에 칼을 간 줄 아시오? 조 장군님, 당신 때문이오. 몇 번이나 당신을 죽이러 담을 넘었소. 이렇게 기회가 올 줄 정녕 몰랐소. 여기서 원을 이루게 됐구려. 악수? 악호? 관심 없소."

명선이 악력을 가했다. 작두칼이 금방이라도 조식의 목을 관통할 듯했다. 강우의 손이 빠르게 움직였다. 쌍검 중 하나가 명선의 목을 벨 듯 훅 들어올 찰라, 몸을 돌린 명선이 검을 쳐냈다. 나루터의 결투와 반대가 됐다. 강우의 검이 멀리 떨어졌다.

명선이 돌아섰다. 조식이 없다. 순간 날카로운 환도가 살짝 명선의 어깨를 벴다.

"네놈 사정은 알겠다. 허나 이미 늦었어. 군에 들어왔으니 이젠 돌아갈 수 없다. 이 작전은 알려져선 안 된다. 불안한 징조를 보여서도 안 된다. 이미 알게 된 이상 벗어나려면 평생 수옥 상태로 지내야 할 것이다. 자신 있다면 도망쳐 보거라. 그렇다 해도 평생 쫓기는 것보다 자결하는 것이 더 편한 삶일 것이다."

옆에 선 조식이 환도를 칼집에 넣으며 말했다.

망연자실한 명선을 강우가 다가와 공격했다. 팔을 잡아 넘어뜨리고 으드득 관절을 꺾었다. 다른 팔은 머리를 잡아 땅에 조아리게 했다. 명선이 신음을 내뱉었다.

"내…… 기필코 당신을 죽일 거요."

조식이 강우에게 신호를 보냈다. 강우가 명선의 팔을 풀었다.

"작전이 끝나면 네놈 맘대로 하라. 가능하다면 말이다. 오늘부터 네놈은 군의 소속이다. 출정 준비를 하라."

"어떻게! 어찌 나를 다시 부를 수 있소? 어찌? 네놈은…… 어찌 나한테 이럴 수가 있단 말인가!"

강우의 주먹이 명선의 목덜미를 쳤다. 명선이 의식을 잃었다.

조식은 후련한 듯 미소를 지었다.

'그렇지. 그래야 네놈 같다. 착호갑사 김명선.'

강우가 명선의 몸을 바로 눕혔다.

"괜찮으시겠습니까? 언제든 나리를 해할 수 있는 놈입니다. 작전에 방해가 될 수도 있습니다."

"상대해 보았지 않은가? 이 작전엔 놈이 제일 중요한 병사다."

강우가 잠시 응시하다 고개를 숙였다. 백일홍 꽃 하나가 명선 위에 떨어졌다.

영조 23년 정묘년 7월 18일 정미

전날 강우에게 꺾였던 팔이 벌겋게 부어올랐다. 죄여 오는 가슴의 답답함에 팔의 고통은 느껴지지 않았다.

기억을 떨치려 쉴 새 없이 칼을 갈아도 전날의 수모는 못내 가시지 않았다. 같은 자리에서 또 1년 전과 같이 머리를 조아렸다.

그날 이후로 조식과 보낸 어린 시절이 명선의 뇌리에서 잊혔다. 오로지 흙투성이의 갑사 복을 입은 무심하고 뻔뻔스런 배신자만이 남았다. 그럼에도 조식은 조정의 명을 핑계 삼아 자신을 또 소집했다. 다시 악수와 싸우는 건 문제가 아니다. 조식을 보면 잊고 싶던 기억이 떠올랐다. 떨어진 명예가 떠올랐고 수모를 당하는 어머니와 누이가 떠올랐다.

군영에서 만난 조식은 현재만 이야기했다. 기억이 가라앉았던 분노를 다시 일으켰다.

조식과 명선. 둘은 사대문 안 고을에서 나고 자랐다. 달포 차이의 같은 나이. 총명함은 쉽게 눈에 띠었고 다른 집안들의 부러움을 샀다. 어려서부터 함께 어울리던 둘은 유독 사이가 좋았고 양반가 자제들 중에서도 돋보였다. 놀이는 물론 공부, 심지어 사냥을 해도 둘이 선두에 나섰다. 관직에 오를 꿈을 꾸는 승경도놀이라도 벌어지면, 엎치락뒤치락 순서의 차이만 있을 뿐, 항상 둘이 최고 관직인 영의정을 차지했다.

약관의 나이에 이르자 둘은 나란히 갑사 취재에 응시했다. 명목상 평민 이상이면 응시할 수 있었지만 실제론 양반가의 자제들을 위한 무술 시험이었다. 통과해 갑사가 된다면 군역을 마친후 무관 시험에 임할 수 있었다. 이때까지도, 아니 이후 한참 맹위를 떨치며 군을 움직였을 때까지도 둘의 운명은 비슷했다.

취재에서도 둘의 실력은 비등했다. 세 발을 240보 안의 표적에 맞춰야 하는 목전에선 조식이 승리했고 편전은 반대였다. 둘의 차례가 올 때마다 '획' 자의 흰 깃발이 펄럭였다.

의기양양한 둘이 병조판서의 눈에 들었다. 둘 다 미래의 내금위장감이었다. 판서가 획 자의 깃발을 확인했다. 명중의 흰색. 둘의 점수가 돋보였다.

각궁 시험이 끝나자 훈련원은 들뜸이 사라지고 냉정한 기운이 감돌았다. 마지막 차례였던 피투성이 평민의 활이 과녁을 벗어나자 분주히 병사들이 마상 시험을 준비했다. 평민은 활을 잘 쏘기로 소문이 자자했던 터라 다른 양반들에겐 눈엣가시였다. 그들은 몰래 평민에게 몽둥이질을 가했다. 피투성이가 되어 시험장에 들어선 평민의 활은 과녁을 자꾸 벗어났고 힘이 빠진 한쪽 다리는 계속 균형을 잃었다.

발사된 화살이 밑으로 떨어졌다. 상체를 기울이던 평민의 코와 입에서 피가 떨어졌다. 시야도 흐려져 화살을 잘 집지 못했다. 보다 못한 명선이 조그맣게 전했다.

"조금 더 손을 뻗게. 자네 발 앞쪽에 있다네."

"아유, 감사합니다. 나리."

고개를 숙여 화살을 집은 평민이 명선 쪽에 인사했다. 흐뭇하게 웃던 명선을 뒤에 선 양반 자제가 툭 쳤다.

"뭐 하는 짓인가? 저런 상것에게 알려주다니. 만에라도 과녁을 맞히면 어쩐단 말인가?"

명선은 돌아보지도 않고 쾌활하게 웃었다.

"뭐 하는 짓인가? 지금 내 등을 쳤나?"

"아…… 아니네……. 난 왜 저런 상것을 도와주는지 궁금해서…… 그래서……."

양반 자제가 꼬리를 내리듯 말을 흐리자 명선이 고개를 돌렸다.

"뭔 말을 하다 마나? 이제 보니 평민에게 질까 무서운 겐가? 겁 많은 모지리 같으니. 그런 솜씨로 붙어봐야 병조에 해만 끼칠 게 분명하네."

"이보게. 말이 좀 심하지 않나?"

명선이 양반 자제의 얼굴을 뚫어지게 보다 박장대소했다.

"맞네, 겁 많은 모지리. 이제 보니 자네 면상도 모지리 아닌가?"

"뭣이!"

"아 그만들 하게. 시험장서 무슨 짓들인가? 위중한 상황이 아닌가 말일세."

조식이 말리자 명선이 짐짓 고개를 끄덕였다.

"알았네. 식이 자네 부탁이면 뭐 들어야지, 크하하."

양반 자제의 씩씩대는 소리와 낮은 욕지거리가 둘에게 들렸다. 둘은 아랑곳 않고 시험에만 집중했다. 그러는 사이 평민이 시험을 끝내고 돌아섰다. 한쪽 다리를 질질 끌며 시험장 밖으로 향했다. 남은 시험은 의미가 없었다.

둘에게 관심을 가졌던 병조판서의 시선이 조금씩 명선으로 향했다. 지나치게 활달했다. 마상 시험에서도 그랬다. 한 보 한 보

말의 움직임을 세고 활시위를 놓던 조식과 달리 명선은 계산이 없었고 시점도 일정치 않았다. 본능대로 활시위를 당기고 쐈다. 타고난 무예가가 틀림없었다.

최종 점수는 조식의 승이었다. 명선은 두 번째였다. 타고난 기질이 오히려 점수 면에선 손해를 봤으리라.

명선이 조식을 안고 울먹였다. 감격한 조식이 위로를 건네자 명선이 울먹이며 웃었다.

"내가 봐줬다네."

"예끼!"

조식이 웃으며 명선을 밀쳐냈다. 훈련원의 병사들이 깃발들을 챙겨 지나갔다. 다들 둘을 보고 웃었다. 머지않아 그들은 둘의 부하가 되었다.

취재의 환희가 가시지 않던 둘은 홍지문 근처의 계곡을 찾았다. 어포를 뜯어 펼치고 곡주를 따랐다. 술잔을 든 조식이 세검정 위를 봤다. 탕춘대성의 벽이 길게 홍지문까지 이어졌다.

"자네 덕에 첫 관문을 쉽게 통과했네."

조식의 말을 듣던 명선이 어포를 집었다.

"하하, 그야 당연하지 않은가? 최고의 선생을 곁에 두고도 일취월장하지 않는다면 바보 천치인 걸세. 으하하."

조식이 급히 명선 앞에 놓인 술을 뺏자 놀란 명선이 잔을 들이댔다.

"따르게, 어여."

씩씩대던 조식이 명선의 웃는 얼굴을 보곤 포기한 듯 술을 따랐다.

"또 경망스럽게. 아무리 생각해도 자네는 웃음이 너무 헤퍼."

"그런가? 그럼 조심해야지, 하하하."

명선이 호탕하게 술을 들이켰다. 조식이 어이없다는 듯 고개를 저었다.

"말을 말아야지. 아마 자넨 늙어 죽는 날에도 그렇게 웃고 있을 거네."

둘은 너무 달랐다. 어떤 일이든 신중하게 나중을 도모하는 조식과 달리 명선은 과거의 좋은 기억들을 붙잡아뒀고, 그에 따라 현재의 반응이 나왔다. 훗날은 생각할까. 조식은 가끔 그 본능이 부러웠다.

"끝까지 함께할 붕우가 있으니 세상 무서울 것이 없네."

명선이 다시 웃었다. 조식이 생각난 듯 물었다.

"자넨 훗날 우리가 어찌 됐으면 싶은가? 기대하는 게 있는가?"

"골치 아프게 그런 걸 왜 생각하는가? 난 그저 말을 타는 게 좋고 활을 쏘는 게 좋고 검을 잡는 게 좋네. 그 덕에 취재도 합격했으니 더 바랄 게 어디 있는가?"

"고민 없는 친구일세. 난 말일세. 좀 더 높은 관직에 오르고 싶네. 그래야 나라를 위해 진심으로 일할 수 있지 않은가?"

"높은 자리라…… 난 그저 내 재주가 나라에 도움이 된다면 그걸로 족하네. 나쁜 데만 쓰이지 않으면 되네."

"나쁜 일로 쓸 게 무어가 있겠는가?"

"듣고 보니 그것도 그렇군, 하하."

달빛이 둘을 비췄다. 술시가 해시로 넘어갔다. 술자리는 늦게까지 이어졌다.

그때 발소리가 들렸다. 어디선가 나타난 몽둥이를 든 사내들이 삽시간에 둘을 포위했다. 행색이 양반가의 하인들이었다. 얼굴가리개를 한 양반 자제가 무리들 앞으로 나왔다. 가린다고 했지만 성긴 면포 사이로 얼굴이 그대로 보였다. 취재 때의 양반 자제였다. 명선과 조식이 억지로 웃음을 참았다.

양반 자제가 헛기침을 했다. 목소리가 심하게 떨렸다.

"으…… 크음…… 그러니까…… 듣자 하니 네놈 둘이 취재 시험에서 명망가의 아들을 괴롭혔다던데, 맞느냐? 듣자 하니 그 친구는 취재에도 떨어져서 모멸감에 끙끙 앓고 있다던데, 알고 있느냐?

"그걸 알아야 하오? 같이 술이나 마십시다."

명선이 취한 목소리로 대꾸했다.

"안 마신다! 그리고 알아야지. 하루 종일 괴로워했다던데. 보다 못해 내가 물었네. 억울함을 풀고 싶으냐고 물어봤더니만 글쎄, 그 착한 자제가……"

"뭐라 하오?

조식이 남은 술을 들이켜며 일어났다.

"아 글쎄, 그냥 미안하다고만 하면…… 다 용서하겠다고 하더

군. 어찌 그리 올바르고 마음을 예쁘게 쓰는지…….'

"그리 어려운 걸 어찌하겠소?"

"뭣이? 어려워?"

조식의 대응을 지켜보던 명선이 새 나오는 웃음을 참다가 이내 박장대소를 했다.

"그 얼굴에 면은 왜 뒤집어쓴 거요? 모지리라 가린 거요? 다 보이오. 다. 하하하."

양반 자제가 얼굴가리개를 열었다. 얼굴이 빨갛게 상기됐다. 양반 자제가 급히 하인들에게 신호를 보냈다.

"뭣들 하느냐? 이놈들 버릇을 고쳐주지 않고? 아주 사족을 다 부러뜨려라."

"한 보라도 내딛으면 모두 송장이 될 것이다."

조식이 으름장을 놓자 하인들이 주춤했다. 우드득. 명선이 목을 꺾고 손에 악력을 가하며 일어났다.

"이봐 식이? 수박이나 시험해 볼까? 어떤가?"

"안 그래도 항상 궁금했다네. 수박이란 무예가 어느 정도 위력이 있는지 말일세."

"갑사 시험에선 넷을 싸워 이겨야 한다더군. 이런 딱 여덟이군 그래, 하하."

당당한 둘의 모습에 양반 자제가 한 발 물러섰다.

"어허…… 그냥 미안하다고만 하면 되지 않나? 수박이라니. 너무하네. 진짜 한판 붙을 작정인가?"

"이제 도망치고 싶은 게로군. 허나 너무 늦었네."

명선이 주먹을 맞닿아 치자 자제의 얼굴이 파랗게 상기됐다.

"잠깐! 내가 잘못했네. 아악!"

명선의 주먹이 양반 자제 오른쪽 하인의 얼굴에 꽂혔다. 조식은 왼쪽 사내의 멱살을 잡아 앞으로 당겼다. 쿵! 주먹이 사내의 머리를 내려쳤다. 양반 자제를 제외한 일곱의 하인이 차례대로 쓰러졌다. 조식이 갑자기 명선을 향해 손을 흔들자 급히 명선이 달려왔다. 조식 또한 달렸다. 영문을 모르는 양반 자제가 안절부절못하는데 삽시간에 조식이 명선의 어깨를 밟고 날아올라 주먹을 뻗었다. 기겁을 한 양반 자제가 질끈 눈을 감았다. 엄청난 속도로 다가오던 조식의 주먹이 일순 멈췄다. 놈이 주저앉아 오줌을 쌌다.

조식이 바닥에 착지해 양반 자제에게 다가가자 비명을 지르며 황급히 도망갔다. 박장대소하던 명선이 조식의 어깨에 손을 올렸다.

"저놈을 못 쳤으니 이번엔 내가 이겼네."

"하…… 어떻게 거기에서 오줌을 지린단 말인가. 더러워서 때릴 수가 없었네. 모지리도 저런 모리지가 있단 말인가."

마주 보던 둘이 참지 못하고 웃음을 터뜨렸다.

훗날 판서의 예측은 적중했다. 둘은 나란히 진급을 거듭했고 혹 한 명의 진급이 늦어져 상대를 상관으로 모실 상황이 닥쳐도 시기하지 않았다. 오히려 충성을 다해 부하의 임무를 다했다. 둘은 이후 착호갑사가 되어 무예가 출중한 병사들과 이름난 산척들을 모아 특수군을 만들어 활동했다. 업적이 쌓여갔고 이름을 날렸다. 특수군에선 조식이 명선보다 계급이 높았다. 친구와 함께할 수 있음에, 재주를 뽐낼 수 있음에 명선은 군에 있는 하루하루가 소중했다. 조식의 명이라면 만사를 제치고 나섰다. 거대한 호랑이가 인왕산 마을에 내려와 대혼란이 왔을 때 둘의 역할은 극에 달했다. 명선은 상관 조식의 명에 따라 위험한 호랑이 사냥에 성공했고 부하들과 함께 공을 나누었다. 둘의 소문은 조정을 넘어 전국으로 퍼졌다.

그러던 게 한순간에 변했다. 비가 추적 내리던 밤. 명선은 조식의 집무실 앞에 꿇어앉아 울부짖었다. 탁하게 쉰 목소리는 건조해져 뚝뚝 끊겼다. 열린 창문 너머로 보이는 조식은 돌아앉아 술만 마실 뿐, 관심을 주지 않았다.

이미 며칠이 지났다. 판서 영감 앞에 꿇어 수많은 병사가 보는 데서 망신과 모멸을 당했던 그날부터 조식의 집무실 앞에서 빌었다. 명선에겐 모멸감이 문제가 아니었다. 이젠 집안의 안녕이 달렸다.

"부탁하네. 한 번만 더 이야기해 주게. 이보게, 나만의 잘못이 아니지 않나?"

조식은 그대로였다. 흔들리는 호롱불에 그림자만 움직였다.

창문을 왜 열어두고 있을까? 왜 희망을 가지게 하는 걸까? 왜 뒤돌아 있을까? 자신의 말을 외면하지 않는 모습에 명선은 더 악에 받쳤다.

"내 잘못이 아니라곤 안 하겠네. 가족이 무슨 죄가 있겠는가? 부디 어머니와 어린 누이에게 만이라도 선처를 부탁해 주게나. 자네가 아니면 누가 판서 영감에게 얘길 할 수 있단 말인가? 이보오, 식이. 들리는가? 제발 난 괜찮네. 어머니만이라도……."

조식이 호롱불을 껐다. 이내 그림자가 사라졌다.

"제발 얘기해 주게. 우리 그 세월들은 다 뭐란 말인가? 자네가 나에게 이럴 수가 있는 건가 말이네?"

하나둘 병사들이 명선의 주위를 둘러쌌다.

"뭔 짓이냐? 비켜라."

명선이 이를 부딪치며 거칠게 소리치자 병사 한 명이 다가와 애처롭게 보며 살짝 고개를 숙였다.

"김 갑사님. 이제 그만하시지요."

"시끄럽다. 네깟 놈들이 뭘 안다고"

병사가 명선의 머리를 봉으로 내리쳤다. 병사들이 쓰러진 명선의 팔을 한쪽씩 잡아끌었다.

백일홍 꽃이 하나둘 떨어졌다.

이후 명선이 군영 안으로 들어오기까지 1년이 걸렸다.

영조 23년 정묘년 7월 20일 기유

수원 들판에 노루 몇 마리가 유유자적 거닐고 있었다. 양반 서 넛이 언덕에 서서 활을 노루에 겨눴다. 옆에 서서 자세를 살피던 30대 중반의 짤막한 체격의 사내 배인손이 허허 웃으며 허풍을 떨었다. 네모난 얼굴에 광대가 툭 튀어나온 게 고집스러워 보였다. 이는 시커멓게 색이 바랬고 입을 열 때마다 악취가 풍겨 양반들이 인상을 구겼다.

"제가 이래 봬도 호랑이를 이 각궁으로 잡았지 뭡니까요? 그래서 평민도 되었고 군에도 들어갔습죠. 군에서는 말도 마십시오. 다 때려잡았다는 거 아니여요, 이 각궁으로요."

인손이 숨 쉴 틈도 없이 말을 뱉자 침이 여기저기 튀었다.

기름기 가득한 양반 하나가 인손에게 손짓했다.

"이렇게 하는 게 맞는가?"

양반이 살을 시위에 넣자 인손이 빠르게 살의 위치를 조정했다.

"여기 활을 쥔 손의 엄지와 검지를 펴서 살을 잡으십시오. 이렇게 말여요. 오른손 검지하고 중지로 오늬도피를 잡고…… 여기 오늬 홈에 시위를 눌러 끼십시오. 네, 맞습니다요."

다른 양반이 인손을 보며 짜증을 냈다.

"뭐 하는가? 노루 다 도망가겠네."

"아이고. 내가 뭐 하는 거여."

놀란 인손이 뒤뚱거리며 들판을 뛰었다. 짧은 다리가 빠르게 움직이는 게 영 우스꽝스럽다. 양반들이 웃음을 터뜨리는데 노루

들이 몰이를 피해 각궁의 관통 범위 안으로 들어왔다.

"지금입니다요, 나리. 빨리!"

양반들이 활시위를 당겼다 놨다. 살들이 노루들을 다 빗겨 갔다. 어이없단 표정으로 인손이 달려왔다. 양반이 불호령을 했다.

"어찌 한 발도 안 맞는단 말이냐? 네놈이 거짓으로 가르쳐준 게 아니더냐?"

"아닙니다, 나리. 그게 아니고요. 이게 어쩐 일이여?"

보다 못한 인손이 등에 맨 각궁을 꺼내 살을 끼웠다. 최대한 오늬를 팽팽하게 당겼다가 놓자 휘익! 삽시간에 노루의 목을 관통했다.

"네놈 활을 좀 써보자."

양반 한 명이 인손의 각궁을 빼앗았다. 이리저리 살피고 구부리더니 맘에 드는지 살을 하나 장착하고 시위를 당겼다.

"네놈이 사냥을 망쳤으니 이 궁은 우리가 가져가도 되겠지?"

"아이고 그게 무슨 말씀이십니까? 제가 더 몰이를 하겠습니다. 그 궁은 제 분신과도 같은 것입니다요."

"시끄럽다. 그럼 사냥을 망친 대가는 어찌하겠느냐? 미리 준 면포의 두 배를 배상하여라. 어찌할 테냐?"

"그게 아직 남아 있을 리가…… 아이고 나리, 한 번만 용서해 주셔요. 그 활은……."

"제가 대신 변상하겠습니다."

모두 돌아봤다. 검은 도포를 입은 강우가 예를 갖추며 공손히 고개를 숙였다.

약관을 막 넘었을까. 둘은 앳돼 보였다. 한 명은 곰보 자국이 가득하고 버릇처럼 헛기침을 했다. 쌍둥이 포수는 시큰둥하게 강우를 맞았다.

"허험! 뭘 다른 이들이 필요하다 하시오? 조총을 그리 못 믿으시오?"

하루 전에 사대문 안에 도착한 함경도의 포수 동성과 강성은 뒤늦게 다른 사냥꾼들과의 합동작전이라는 말을 듣고 빈정이 상했다. 호랑이를 잡는 데 자부심이 강했던 둘은 오히려 다른 이들의 방해를 걱정했다. 불만은 또 있었다. 버릇처럼 헛기침을 하던 강성이 물었다.

"그럼 그치들과 나눠야 한단 허험, 커억, 거잖소? 장군님에게 부탁 좀 해보오. 우리 둘이 깔끔하게 처리해 줄 테니 그 수당 커억, 캭, 다 우리에게 몰아주는 게 어떤지 말이오."

"그건 내 소관이 아니오."

"아이 뭐 그리 딱딱하시나? 그럼 같이 나누면 되지. 형씨하고 우리 둘 이렇게 셋이 나누자고. 어떻소?"

강우가 피식 웃었다.

"이치가 웃네? 함경도 포수 무시하네? 우리가 한양 출신이긴 해도 함경도에선 모르는 사람이 없소."

"험, 커억! 어찌 웃음을 보이셨소? 우리 소문을 들었으니 헛,

험, 일을 맡기려 하는 거 아니오?"

둘은 흥분한 듯 목소리를 높였다. 강우가 듣는 둥 마는 둥 서찰을 하나 꺼내 둘에게 건넸다.

"이제 당신들은 군의 소관이니 명령대로 움직여야 하오. 약속날 거기 적힌 장소로 오시오."

"잠깐, 어딜 가나? 흥정이 안 끝났는데."

둘이 의아한 듯 서로를 바라봤다. 강우는 이미 도포 자락을 휘날리며 멀리 골목으로 사라졌다.

영조 23년 정묘년 7월 22일 신해

서찰을 펼쳐 확인하던 성호의 표정이 시큰둥했다. 그때 문이 살짝 열리며 성호 아내가 얼굴을 조금 내밀었다.

"빚쟁이는 아니지요?"

"이 여편네가 실없는 소리를 하고 그래. 문 닫지 못해?"

"흥, 누가 듣는다고!"

"어허, 저것이 정말."

쾅, 방문이 닫혔다. 서찰을 보던 성호가 갸웃했다. 유난히 긴 얼굴의 근육이 일그러졌다. 얇고 긴 눈을 들어 강우를 빤히 바라봤다.

"이 나이에 뭘 또다시 소집이야? 이깟 거 이문이 남는 것도 아니고."

"보수 걱정은 안 해도 되오."

"어차피 나중에 범 잡아야 주는 거 아니요? 그걸 어떻게 믿으라고. 다 잡고 딴소리하면 말짱 꽝이지, 젠장. 혹시 미리 주는 건 없소?"

"급전이 필요한 거라면 소집일에 얘기를 해보는 게 어떻겠소?"

성호가 반색했다.

"그럼 그때 갚을 테니 좀 꿔주시오."

강우가 당황한 듯 망설였다.

"혹시 왜 필요한지 물어도 되오? 가족 때문이라면."

"미쳤소? 하여튼 빨리 줘보시오."

"그…… 그게 나도 많이 가지고 있는 것이 아니라서…….."

강우가 소매 안에서 화폐를 꺼내자 성호가 빠르게 낚아챘다.

"잠시 기다리시오."

성호가 내달렸다. 당황한 듯 우물대던 강우가 이내 뒤를 쫓았다.

"어찌 하나같이 다들 이렇단 말이냐? 온전한 이들이 하나도 없다."

강우가 주막 평상에 앉아 한탄했다. 편전대원 한성호는 주막 방에서 투전 중이다. 탄식과 욕설이 방에서 흘렀다. 쿵, 문이 열리더니 성호가 달려 나와 강우 앞에 섰다.

"좀 더 빌려주시오."

순간 강우의 쌍검이 성호의 목덜미를 교차로 겨누었다. 성호가 놀라며 주춤했다.

"알았소. 안 하면 될 거 아니야. 뭐 이런 일로 검을 꺼내고. 그나저나 젠장, 큰일 났소."

성호가 슬쩍 강우의 검을 손가락으로 밀어 내렸다.

"군영에 편전 남는 게 있소?"

"각자 쓰던 무기가 있다 들었소. 당신이 쓰던 게 일반 군의 편전과 같은 것이오? 어쩌다가 무기를?"

"그게…… 아! 이 자식들이 말이오……."

성호가 성큼 걸어가 주막방을 확 열었다. 투전을 하던 이들이 놀라며 안절부절 욕설을 하는데 투전꾼 옆에 검게 윤이 나는 편전이 한 대 보였다.

'자신의 무기를 판돈으로 사용하다니.'

강우가 얼굴을 찌푸렸다.

영조 23년 정묘년 7월 24일 계축

가장 먼저 군영에 들어온 배인손은 감회에 젖어 구석구석을 살폈다. 자신이 있던 때와 비교하며 집무실 안까지 살피던 그를 병사들이 눈총을 줬다. 도망치듯 밖으로 나온 인손이 군영의 넓은 훈련장에 섰다. 보초병들 말곤 변한 것이 없었다.

"우라질 놈들. 또 다들 늦지? 예전에도 그랬지 뭐여. 집합하면 항상 내가 일착이었지."

인손이 나무 그늘에 앉아 추억을 상기했다. 그때 훈련장에 껄렁해 보이는 어린 청년 둘이 들어왔다. 어깨에 조총을 멨다.

"포수 아녀? 저놈들은 왜 왔지?"

한 놈은 얼굴에 곰보 꽃이 가득했다. 쌍둥이인데 한 놈만 곰보라니, 아닌 놈은 천운이 아닌가? 인손이 웃으며 새로 들어온 이들이 없는지 입구를 살폈다. 그때까지도 인손은 쌍둥이 포수들이 같은 대원인 줄은 생각도 못 했다. 예전부터 조식의 군에선 의도적으로 포수들을 제외했다. 작전상 포수들은 각궁과 쇠뇌, 망패들과 동선이 같지 않았다. 그때 인손이 쌍둥이들에게 다가가는 강우를 발견했다.

'포수들이 필요한 작전이란 말여?'

다가갈까 망설이던 인손이 입구를 보고 활짝 웃었다. 원창이 대문 너머로 들어왔다.

"대장? 저요 인손입니다. 아이고 이게 얼마만이여요? 원창 대장."

"배인손? 하하, 잘 지냈는가?"

둘이 서로를 포옹하고 안부를 물었다. 눈물이 그렁한 둘을 보던 쌍둥이들이 고개를 저었다. 동성이 못마땅한 듯 물었다.

"형님, 저거 각궁이지? 저딴 것들도 불렀네?"

"헛 험, 그러게. 쇠 힘줄 늘어난 것 좀 봐라. 저거 가지고 토끼 새끼라도 커억, 잡겠니?"

수군대던 둘에게 원창과 인손이 다가왔다.

"반갑네, 조원창이네. 쌍둥이 포수 명성은 함경도에서 익히 들어 알고 있네. 이렇게 같이 한다니 마음이 든든하군그래."

"아, 대장. 이 친구들도 우리 대원이여요? 하하, 인손이오, 배인손. 아유 어쩌다 곰보가…… 그런데 어려들 보이네? 그럼 못 들어 봤겠네? 착호군 각궁 인손이. 보아 하니 호랑이 좀 잡아봤나본데 우리 군에선 말여, 포수는 그렇게 안 치거든."

동성이 말을 막으며 빈정댔다.

"그 각궁으로 뭘 한다고. 혹 그만둘 마음 없소?"

강성이 말을 이었다.

"우리 헛험, 둘만으로도 충분하오."

"각궁, 쇠뇌? 왜란 겪다 왔나? 조총의 살상력이면 그깟 범쯤이야 식은 죽 먹기지. 각궁이라니, 꿩 잡는 것도 아니고."

원창이 말릴 틈도 없이 인손이 둘의 앞으로 나섰다.

"이거 식은 죽 같은 놈들이네. 곰보에다 어려 보여서 예를 갖추고 말하려고 했는데 말여. 어디서 굴러먹었어, 너희? 조총 나부랭이로 뭘 잡는단 말여?"

"뭐라? 나부랭이?"

보다 못한 원창이 둘의 사이를 가로막는데 쿵! 군영의 문이 열리며 편전대원 성호가 안으로 들어와 소리쳤다.

"이리 오너라. 한성호가 왔다. 하하, 병사놈들 다 어디로 갔어?"

"아, 편전? 저 미친놈은 왜 또 불렀냔 말여."

인손이 못 볼 것을 본 듯 급히 고개를 돌렸다. 인손을 발견한 성호가 성큼 뛰어와 인손의 앞에 섰다. 짝. 인손의 얼굴에 따귀를 날렸다.

"가꿍아, 이놈. 여기서 만날 줄 알았어. 면포 열 필 빨리 갚아라, 새끼야."

"아…… 내가 언제 빌렸다고 그려?"

"하, 이 새끼 봐라. 가꿍아, 벌써 잊으면 안 되지. 네가 투전판에서 연달아 '무대' 나와서 쪽박 찰 때 면포를 누가 빌려줬어? 잃는 건 내 알 바 아니고. 어디 허접한 거렁뱅이 운수로 투전판 끼어든 네놈이 잘못이지."

"말은 바로 혀. 그때 패 좋다고 부추긴 게 누구여? 네놈이잖아?"

한 해 전 인손은 성호의 꾐에 빠져 투전판을 몇 번 기웃댔다. 지켜만 보던 인손이 용기를 내서 판에 끼어들었고 좋은 패는 들어오지 않았다. 가진 판돈을 다 날린 후에야 괜찮은 패가 들어왔다. 지켜보던 성호가 면포를 대줬다. 판돈이 생기자 다시 제일 끗수인 '무대'가 연달아 나왔다. 인손은 차일피일 면포 값을 미뤘고 그사이 군이 해체됐다.

"그래 부추겼지. 네놈 돈 잃으라고 제사도 지냈고. 그러니까 빚 갚으라고. 가꿍이 상놈의 새끼야."

"가꿍이라 계속 부를 거여?"

인손이 주먹을 쥐었다. 성호는 예전부터 각궁을 빗대 인손을 가꿍이라 놀려 불렀다. 한두 번은 웃어넘겼으나 계속되는 놀림에 인손이 속을 끓였다. 주먹다짐도 하고 욕지거리를 해도 성호는 멈추지 않았다.

인손의 주먹이 성호의 아랫배를 가격했다. 삽시간에 둘이 엉켰다.

"뭣들 하는 짓이오. 그만하시오."

강우와 원창이 둘을 떼어놓으려 했지만 더 엉겨 바닥을 굴렀다. 동성과 강성이 혀를 찼다.

"병신들. 이것도 군이라고. 같이 갈 수나 있겠어?"

인손의 목을 잡아 돌리던 성호와 곰보 강성이 마주쳤다. 성호가 으르렁댔다.

"눈깔 깔아, 곰보새끼야!"

갑작스런 공격에 어안이 벙벙하던 쌍둥이 형제가 싸움판에 끼어들었다. 군영은 아수라장이 됐다. 누가 누구에게 주먹을 날리는지 분간이 안 됐다. 강우가 병사들을 동원해 말리기 전까지 싸움은 계속됐다.

성호의 입술 한쪽이 터져 피가 흘렀다. 날름 혀로 피를 닦아내곤 뒤를 돌아봤다. 코가 부풀어오른 인손이 씩씩댔고 옆엔 동성과 강성이 멍든 눈으로 성호를 노려봤다. 동성은 왼쪽에 강성은 오른쪽에 멍이 들었다.

"너는 이 수모를 당하고 헛험, 견딜 수가 있니?"

"형. 내 이 자식들 가만 안 둬. 다 죽인다. 쥐도 새도 모르게 대갈빡에 은자를……."

그때 성호가 둘에게 화살 쏘는 시늉을 했다.

"이따 마저 하자고, 쌍둥이새끼들아."

오히려 성호가 선전포고를 하자 약간 주눅 든 쌍둥이들이 시선을 피했다.

사실 싸움은 강우가 인손의 노름빚을 갚아주기로 약조한 후에야 멈췄다. 조금만 늦었더라면 성호에게 목을 졸린 인손이 기절할 수도 있었다.

원창은 대원들의 분란과 싸움에 약간 흥분했다. 대원들이 반가웠다. 무예 실력은 뛰어나도 사고뭉치들이다. 항상 군을 벗어난 후를 걱정했다. 다들 재주를 쓸 곳이 없다. 몇 명이라도 다시 모인 것에 그는 감사했다.

다섯의 대원이 도열했다. 편전대원 한성호, 각궁의 배인손, 쇠뇌의 조원창, 포수 동성과 강성.

싸움이 끝나고 진정이 되자 인손은 너무 적은 병사 수에 의문을 가졌다.

"조그만 현도 착호군을 소집하면 스물이 훨씬 넘는데 말여요. 대장, 우리가 전부여요?"

성호도 그제야 대원들을 살폈다.

"망패도 없네. 뭐야, 대장. 몰이도 우리가 합니까?"

"그러네. 어떡하라고 말여?"

인손이 맞장구를 쳤다.

"피치 못하게 최소 인원이라 들었네. 허나 그만큼 보수는 두둑

하다 하니 이번 작전 끝나면 처자식들한테도 면이 설 것이야.”

원창의 보수 이야기에 인손과 성호가 반색했다.

“아, 그럼 좋지요. 그깟 그물, 나 혼자서도 하지 뭐여. 하하, 우리끼리 나눠가지면 면포 스무 필 정도는 더 받겠죠? 안 그려요, 대장?”

“가꿍아, 네 게 어딨어? 넌 나한테 줘야지.”

“함 다시 해보자 이거여?”

성호와 인손이 다시 으르렁댔다. 원창이 급히 말렸다.

“진정들 하게. 얼마인진 아직 모르겠네. 그래도 섭섭지 않을 정도는 되지 않겠는가?”

처음으로 대원들 사이에 미소가 번졌다.

시간에 늦은 대원 한 명이 비틀거리며 안으로 들어왔다. 명선은 한눈에도 취해 보였다. 편전대원 성호가 퉤! 침을 뱉었다.

“김 갑사잖아? 저 새끼는 왜 불렀어? 조 장군님 지십니까? 설마 대장이 부른 건 아니겠죠?”

원창이 나지막이 대답했다.

“내게 무슨 그런 힘이 있나?”

명선이 부대원들을 지나쳐 편전대원 성호 앞을 지나갔다. 성호가 스윽 발을 내밀었다. 비틀 거리던 명선이 반사적으로 성호의 몸을 잡아 균형을 잡았다.

“어딜 잡아, 재수 없게. 에라!”

퉤! 성호가 명선의 얼굴에 침을 뱉었다. 명선이 물러나 노려보자 성호가 입을 삐죽 내밀었다.

"왜?"

"한……성호……던가? 투전꾼 한성호…… 네놈이…… 여긴 웬일인가? 투전할 판돈이 부족한가?"

"뭐? 이 상놈새끼가. 네놈은 왜 왔는데? 우리를 요 모양 요 꼴로 만들어놓고 무슨 낯짝으로 기어들어 온 거야?"

"비켜라."

명선이 성호를 밀치고 대원들 앞에 섰다. 손을 들어 얼굴에 묻은 침을 닦았다. 냄새가 역겨웠다. 명선이 헛구역질을 하며 비틀거리자 급히 다가온 원창이 명선을 잡았다.

"김 갑사님, 조원창입니다. 오실 줄 알았습니다."

"조 대장? 맞군요. 저를 추천하신 게 조 대장이지요? 왜 그랬습니까. 안 오려고 했는데…… 군에서 협박을 하더군요. 감옥에 집어넣겠다고…….'"

비틀거리던 명선이 원창에 의지해 섰다. 원창은 1년 전 명선의 모습을 떠올렸다.

병조판서는 계속 울먹임을 참는 듯했다. 수십의 병사가 지켜보는데도 계속 목소리가 떨렸다. 대단한 전투를 벌였는지 대원들은 진흙과 피가 덕지덕지 묻었고 꾀죄죄했다. 상처를 입은 몇몇은 바닥에 앉았고 원창은 맨 앞줄에 서서 고개를 숙였다. 그 옆에 입을 굳게 다문 조식이 있었다. 명선이 끌려와 무릎 꿇렸다. 모두 명선을 외면하고 고개를 돌렸다. 명선의 눈썹에 생긴 상처에서 피와 눈물이 섞여 떨어졌다. 명선이 옆의 조식을 봤다.

"조…… 장군님? 이보게…… 식이."

"닥쳐라 이놈."

병조판서가 명선을 노려보며 고함쳤다.

"사지를 찢어 죽여도 시원찮으나 그간의 공과를 인정해 그것만은 면해주겠다. 단! 도한의 삶을 살아야 할 것이다. 어미와 누이 또한 노비로 신분을 강등할 것이다."

"이런 법이 어디 있습니까? 판서 나리, 저만 어찌 벌을 받는단 말입니까? 이미 들어갔을 때는……."

"이, 이…… 무례한 놈!"

판서가 내려와 있는 힘껏 명선을 발로 찼다. 쓰러진 명선이 조식을 보며 울부짖었다.

"말 좀 해주게. 이보게, 식이. 조식 장군! 같이 들어가지 않았나?"

조식은 조금의 미동도 없었다. 병조판서가 병사들에게 고했다.

"네놈들의 죄도 용서받지 못할 것이다. 가는 곳마다 폐해를 일으켜 백성을 괴롭힌 점. 악수를 처치한다는 명분으로도 설명이 안 된다. 전하의 명으로 오늘부로 군을 해체한다. 앞으로 유사시엔 포수들을 동원할 것이다."

최고의 병사들을 모아 만들어졌던 조식의 착호군은 그날로 마지막이 됐다. 대원들은 뿔뿔이 흩어졌다. 원창은 산척으로 돌아갔고 대원들은 평민의 삶에 적응하지 못했다. 힘을 가졌던 과거를 잊지 못했다. 편전을 다루던 성호는 투전에 빠졌고, 술에 빠져 지내던 인손은 가족을 버리고 도망갔다. 어쩌면 도한이 되어 반인의 마을에 정착한 명선이 오히려 삶에 수긍했는지 모른다. 하루하루 똑같은 삶이 목표를 없앴다.

명선은 원창의 어깨에 머리를 기대고 거친 숨을 내쉬었다. 원창이 명선의 소매를 더욱 세게 잡았다.

모인 병사들이 훈련장 앞 집무실에 집중했다. 아직 경차관 조식은 모습을 드러내지 않았다. 한 식경쯤 지나자 집무실 문이 열렸고 강우가 군에게 소리쳤다.

"조식 경차관님이시다."

조식이 계단을 내려와 대원들 앞에 섰다. 급히 열을 맞춘 대원들은 기대감에 찼다. 조식 또한 애써 반가움을 숨겼지만 목소리는 부드러웠다.

"한 사람도 빠짐이 없는가? 약조대로 모두 모였는가?"

"네."

조식이 대원들을 한 명씩 훑었다. 인손과 성호, 원창. 처음 보는 쌍둥이 포수 그리고 원창에게 매달린 명선까지.

"서찰의 내용은 다들 읽었겠지?"

모두 끄덕이는데 인손만 멋쩍게 머리를 긁적였다.

"우리가 가야 할 정도면 악수 피해가 어느 정도인 겁니까. 어떻기에 우리를 다시 소집하신 겁니까?"

성호의 질문에 조식이 말을 이었다.

"그걸 우리가 알아내야 한다. 이상 천문이 이어지고 악수 피해로 인한 상소가 올라오니 거짓 소문들이 저잣거리에 횡횡하는 거 아니겠는가? 우리 임무는 피해 상황을 조사하고 피해를 끼친 악수까지 잡는 것이다."

"힛힘, 그럼 가야 할 곳이 어딥니까?"

곰보 강성이 물었다.

"평안도 영원이다."

"평안도?"

동성이 이해 못 하겠다는 듯 고개를 내저으며 웃었다.

"가본 적이 있는가?"

"영원은 아직이지만 평안도 범들 습성이야 빤하지 않겠습니까?"

쌍둥이들 말이 끝나기 무섭게 인손이 나섰다.

"하긴 평안도든 경상도든 충청도든 그래 봐야 범 아니냔 말여? 헤헤, 나리. 제 각궁으로 놈의 대가리를 날려버리겠습니다요."

인손이 지나친 자신감을 보이자 원창이 걱정스러운 듯 입을 열었다.

"이번엔 좀 다르네. 발자국도 이상했고 민가 피해도 심했네. 발이 처음 보는 크기였어. 심상치 않아 경차관님께 보고를 하려고 한양으로 내려왔던 거네."

"대장이 처음 보는 놈이란 말여요? 아니 그런 놈이 있을 수 있단 말여?"

인손이 갸우뚱하자 쌍둥이가 헛웃음을 지었다. 동성이 조식에게 고했다.

"나리, 평안도라면 우리에게 맡기지 이리 불편하게 군을 소집하셨습니까? 여기 모인 치들을 보니 어차피 우리 형제가 다 하게 생겼습니다."

"무슨 소리인가?"

"우리는 다 필요 없습니다. 확실하게 사냥에 성공할 테니 포상금이나 좀 더 쳐주시지요."

"자네들 재주가 그리 출중한가? 그렇다면 더 줄 수도 있겠지. 단 내 눈으로 확인만 한다면 말이다."

"봐 뭐 합니까? 조총 한 방이면 끝납니다."

"저 새긴 더 맞아야겠네."

편전대원 성호가 눈을 부라렸다. 인손까지 거들었다.

"조총 그거 한 식경에 두 발은 쏠 수 있어?"

"헛헛, 뭐? 조총 무서운지 모르오? 어디 각궁 따위로 악수의 숨통이나 끊을 수 있소? 카, 칵, 험헛, 허튼소리 마시오."

"네놈이 지금 각궁을 무시한단 말여?"

"무시 안 하게 됐나? 호랑이는 화살 세 발을 명중시키고도 창으로 세 번이나 찔러야 잡을 수 있다고 하던데? 까짓 조총만 있으면 한두 방이면 끝이야."

"이 어린 새끼가. 함 덤벼볼텨?"

인손이 동성의 멱살을 잡자 곰보 강성이 인손의 멱살을 잡았다. 성호까지 달려들어 쌍둥이의 따귀를 연속으로 날렸다.

군기라곤 하나 없는 대원들의 모습에 조식이 눈을 가늘게 떴다. 자신도 모르게 손이 환도에 갔다. 대원들은 어느새 군영이라는 것도 경차관 앞이라는 것도 인식 못 하는 듯했다.

"허허. 두고 봐라, 자식들. 동성아. 카, 카악, 연자 꺼내! 네놈들 말이 맞는지 아닌지 해보자 이거요. 헛헛."

곰보 강성이 조총을 인손과 성호에게 겨누자 동성이 급히 납탄환인 연자를 건넸다. 성호와 인손도 각궁과 편전을 겨눴다. 으르렁대던 중 명선이 끼어들었다.

"조총이니 각궁이니 뭔 지랄들이냐? 어차피…… 당신들은 장기판의 말에…… 불과할 뿐인데."

명선의 발음이 샜다.

"넌 가만히 있어, 새끼야. 이게 다 누구 때문인데, 개자식이."

성호의 일갈을 무시하고 명선이 비틀대며 조식에게 향하자 놀란 강우가 급히 막았다. 명선이 강우의 몸을 밀치고 집무실 계단에 올랐다.

"그렇지 않습니까, 나리? 다들 백정에, 거리의 투전꾼에 바닥의 삶을 살고 있는데 어찌 당신은 진급이 되었단 말입니까? 보십시오, 저치들 몰골을. 장군님의 상만 어찌 이리 좋습니까?"

"김 갑사님, 그만 자중하세요."

원창이 불안한 듯 조식의 눈치를 살폈다. 하지만 명선은 거침이 없었다.

"그리 팽개쳐놓더니 이제 와 어찌 다시 찾는단 말입니까?"

어느새 대원들도 한두 마디씩 거들었다. 말리고 욕하며 명선에게 소리쳤다.

조식이 대원들을 살폈다. 불만이 가득한 놈, 긴장한 놈, 돈밖에 생각이 없는 놈. 예전 수십의 부대를 이끌었을 땐 보이지 않던 대원들의 속내가 보였다. 오로지 능력만 보였던 예전과는 사뭇 달랐다.

"네놈은 본인의 삶에 자신이 없더냐? 네놈 자신을 돌아보아라."

조식이 한 발짝 계단을 내려왔다. 명선이 대꾸했다.

"그게 소인이 드리고 싶은 말이오."

일순 조용해졌다. 강우가 쌍검의 검 하나를 뽑자 원창이 급히 명선을 뒤로 끌고 갔다.

"소인이 잘 타이르겠습니다."

"아, 못 할 말 했습니까? 대장은 좀 비키시오."

명선이 원창을 밀쳤다. 쾅! 달려온 강우가 칼집을 휘둘렀다. 명선이 머리를 쥐어 잡고 비명을 질렀다.

"그러게 저런 놈은 뭐 하러 데려가는 거여?"

인손이 투덜댔다. 성호도 혀를 찼다.

"쯧쯧. 네놈은 어떻고? 저잣거리 투전꾼? 네놈이 나한테 어찌 그런 소릴 해? 아직도 네놈이 상관인 줄 알아? 네놈 때문에 이 한 성호 앞날이 어찌 되었는데? 네놈이 우리 신세 다 망친 것을 잊었단 말이야?"

성호가 명선에게 달려들었다. 원창과 강우가 성호를 말렸다. 밀려나던 성호가 있는 힘껏 명선의 배를 차고 밟았다.

"그만 멈춰라."

조식이 나섰다.

"나리, 이놈과 같이 한다면 소인은 못 합니다. 울화가 치민단 말입니다."

성호가 흥분을 가라앉히며 발길질을 멈췄다. 명선이 상체를 일으키며 비아냥댔다.

"이리 다른 대원들도 다 이 몸을 원치 않습니다. 흐흐, 이제 그만 놓아주시지요. 독박골 숲속에 처박혀 조용히 도축이나 하며 살겠습니다."

강우의 발이 명선의 정강이를 가격했다. 쓰러지는 명선의 팔을 잡아 꺾었다. 으흑, 신음이 터졌다.

"이젠 도축도 네 맘대로 하지 못해. 오늘부터 네놈 목숨은 군의 것이다."

인자하던 조식의 미소가 사라졌다. 빠르게 그의 손이 환도에 닿았다.

조식의 환도가 대원들 앞 돌바닥을 내리쳤다. 껄렁대던 대원들이 모두 움찔했다. 환도가 다시 바람을 갈랐다. 앞에 섰던 성호의 적삼이 베였다. 성호가 침을 삼켰다.

"네놈들도 마찬가지다. 지금부터 네놈들 생사여탈은 이제 네놈들 것이 아니다. 군의 것이다. 작전의 발설도 도망도 안 된다. 조금의 실수라도 있을 시 목을 내놔야 할 터! 명심하라. 대신 성공하고 돌아왔을 시엔 포상보다 더 큰 것을 주겠다. 약조한다. 알겠는가?"

명선을 제외한 나머지 대원들이 고개를 숙였다. 조식이 계단 위에 올라 대원들을 내려다봤다.

"면포 세 필씩 미리 건네겠다. 내일까지 모든 신변을 정리하고 다시 여기에 모인다."

면포 세 필이면 그래도 체면치레는 할 수 있지 않을까 기대하던 인손은 이내 용기가 사라졌다. 아내는 마당에서 깨를 타작 중이었다. 뙤약볕에 아내의 얼굴이 시커멓게 탔다. 힘겨움이 울타리 밖 인손에게 전해졌다. 용기를 내 한 발 내밀던 인손이 아내와 눈이 마주칠 찰나 황급히 몸을 숙였다. 그때 발에 팽이가 와 부딪혔다.

"아부지?"

쉿! 인손이 아이를 향해 신호를 보냈다. 아이가 놀라 인손의 손 모양을 따라 쉿 하며 주저앉았다. 똑같은 움직임에 미소가 번진 인손의 얼굴이 금세 울상이 됐다. 다 찢어진 의복에 상처투성이 맨발. 삐쩍 마른 아이의 몸은 기름기가 전혀 없었다.

군에 있는 기간이 길어져 아이를 가지기 힘들었던 인손은 뒤늦게 사내아이를 보았다. 이후엔 유산이 이어졌다. 인손 부부는 모든 애정을 사내아이에게 쏟았다. 다행히 아이는 별 탈 없이 자랐으나 벌이가 어려워지자 눈에 띠게 말라갔다. 몇 달 만에 본 아이는 전보다 더 병약해 보였다.

아이는 성격만큼은 인손을 닮아 천진난만했다.

"아부지, 엄니를 왜 훔쳐보아요?"

"아부지가 좀 잘못한 게 있어 그런 거여. 개똥아, 아비가 부탁이 있어. 엄니에게 이걸 전해줘라. 아부지가 군에 다시 들어갔다는 말도 해주고 말여."

인손이 면포를 건넸다. 아이가 받자마자 엄니! 소리를 지르며 뛰어 들어갔다. 놀란 인손이 황급히 일어나다 팽이에 발이 걸렸다. 으득, 나무팽이가 깨졌다.

"얘가 무슨 소리니? 아버지가 왔다니?"

아내의 소리에 인손이 허겁지겁 달렸다. 돌아보지 않았다. 아내의 부르는 소리가 멀어졌다. 그럴수록 인손의 뜀은 더욱 빨라졌다.

'개똥 엄마, 좀 만 참어. 이번엔 주머니를 두둑이 채워가지고 올 테니 말여.'

명선이 작두칼로 돼지의 허벅지를 토막 냈다. 더운 바람이 도한의 작업장을 뜨겁게 데웠다. 퍼지는 육고기의 썩은 냄새에 원창이 코를 찡그렸다. 명선이 잘린 멧돼지 다리를 짚으로 묶었다.

"곧 이 도한의 생활도 끝이 날 겁니다. 경차관 나리도 갑사님의 처지를 걱정하셨습니다."

"대장, 존대하지 마세요."

"네? 어찌 제가……."

"시간이 많이 흘렀어요. 대장이 알던 예전의 그 갑사가 아닙니다. 군으로 돌아간다 해도 신분이 달라지진 않아요."

"아니요. 이리 보니 그때와 같습니다. 칼을 쓰는 솜씨도 얼굴의 강인함도 다 똑같습니다."

"계속 그리하면 대장이 웃음거리가 되고 말 거예요. 저를 위해서라도 존대를 하지 마세요."

명선이 칼을 내려놓고 탁주를 사발에 따라 원창에게 건넸다.

"대장은 잘 지내셨죠?"

"물론입니다."

명선이 빤히 바라보자 원창이 어색한 미소를 지었다.

"할 수 없군요…… 후……. 전국 산천을 다 다녔……네. 많은 범을 잡았고."

"그리하니 좀 괜찮아지던가요?"

"소용없는 일. 죽은 이들이 다시 돌아오는 게 아니지 않은가? 흐르는 세월이 평정심을 가르쳐주었네. 한동안 다른 이들의 피해를 막기 위해 산을 탔네."

명선은 원창의 마음을 이해 못 했다. 원한은 이제 기억에서 잊었단 말인가? 자신이라면 후련해질 때까지 악수들을 잡아 죽일 것이다.

"갑사님은…… 자네는 알고 있는가? 언제까지, 몇 마리를 잡아야 내 한이 풀릴지? 끝이 어딘지? 도통 알 수가 없는 거네."

명선이 작업대에 놓인 고깃덩어리를 원창에게 내밀었다.

"끓여서 드세요. 오늘로 마지막입니다."

원창이 고기를 받았다. 붉은 빛의 쇠고기다.

독박골의 아낙들과 아이들이 명선이 나눠주는 고기를 받기 위해 순서를 다투고 삿대질을 하고 목소리를 높였다. 명선은 자신의 흔적을 다 지우리라 맘먹었다. 고기를 마을 사람들에게 주고 자신의 거처를 태우고 떠나리라.

고기가 소진될 때까지 현철이 보이지 않았다. 사람들이 떠난 후 현철의 거처를 찾았지만 초가는 텅 비어 있고, 짐을 싼 흔적이 있었다. 마을을 떠난 게 확실했다.

명선이 돌아와 자신의 초가에 불을 붙였다.

영조 23년 정묘년 7월 26일 을묘

한낮의 군영은 후덥지근한 공기가 가득했다. 대원들이 땀을 흘리며 자신들의 무기를 손질했다. 인손은 각궁의 힘줄에 기름을 먹이고 성호는 애기살 촉을 갈았다. 쌍둥이들은 조총을 분해해 총열 안을 닦느라 분주했다.

원창이 무릎에 올려놓은 쇠뇌 시위를 팽팽히 당겼다. 일반 군의 쇠뇌와는 다른 대형의 강노. 기계틀엔 열 발 이상의 살을 장착할 수 있고 가까운 거리에 표적이 포착되면 살상력이 배가됐다. 원창이 기계틀을 열었다. 부스럭대는 소리에 코골이가 섞였다. 원창이 구석을 봤다. 명선이 벽에 붙어 간간이 코를 골았다.

빽빽한 각궁을 접던 인손이 허풍을 떨었다.

"포상금이 예전의 열 배가 넘는다니 말여, 이게 무슨 횡재여. 살아생전 이런 날이 또 올 줄 몰랐지. 히히…… 이래 봐도 내가 소싯적에 호랑이 사냥으로 날렸거든. 한 100마리쯤 잡았나. 아, 한 놈은 새끼까지 뱄으니까 101마리여. 하하, 안 그려요 대장?"

"가꿍아, 왜 그리 허풍을 떨어? 100마리 잡았으면 면포가 몇 필인데? 그렇담 네놈이 이런 거렁뱅이 신세가 됐겠어?"

성호가 통아에 애기살을 넣으며 대꾸했다.

"대장, 얘기 좀 해줘요. 이놈이 군에 오기 전에 내가 얼마나 조장군님의 총애를 받았는지."

"배인손 각궁 솜씨야 말해 뭣 하겠는가? 신분이 달라졌지 않은가?"

"들었어? 이 모자란 놈아?"

인손이 의기양양해하자 성호가 못마땅해하며 화제를 돌렸다.

"그런데 다들 면포들은 남았나?"

성호의 의도를 눈치챈 인손이 급히 등을 졌다. 남은 면포를 걸고 투전이나 할까 했던 성호가 못내 아쉬운지 동성과 강성을 살폈다.

"야, 쌍둥이."

"일없소."

일언지하에 거절하자 성호가 둘에게 다가갔다.

"뭐라? 어린 노무 자식들이. 흐흐, 그러지 말고. 면포 얼마 남았니?"

그때 명선의 코 고는 소리가 커졌다. 성호가 눈을 부라렸다.

"저 새끼는 진짜 편하겠네. 어디 망나니 칼 하나 차고 왔으니 점검도 필요 없고 말이야."

인손이 몸을 돌려 거들었다.

"망나니가 망나니 칼 써야지 뭘 쓰겠난 말여?"

성호가 애기살을 명선 목에 댔다.

"이 새끼만 보면 오장육부가 뒤틀리니 이를 어쩐다? 아주 미치겠네."

갑자기 명선이 애기살을 잡았다. 힘을 주자 으득, 살이 부러졌다.

"네놈들이 얼마나 못 미더우면 나를 다 불렀겠어?"

"뭐, 이놈아?"

"이치가 그러하잖아. 다 네놈들이 부족해서 날 불렀지. 영 못 미더우니 달랑 작두칼 하나 든 나 같은 놈까지 부르지 않았겠냐."

성호가 멱살을 잡자 인손도 달려와 명선의 목을 잡았다. 쌍둥이 둘은 하루 만에 다른 이들에게 질렸는지 계속 총열만 닦았다. 둘은 명선을 일으켰다. 다급히 원창이 둘의 양 팔꿈치를 잡고 힘을 가했다. 둘의 얼굴이 일그러졌다.

"대…… 대장. 아픕니다요."

"으윽, 좀 놔줘요. 대장, 저놈이 먼저 그랬지 않소?"

"지금은 같이 힘을 모아야 할 시기네. 이게 무슨 짓들인가?"

원창이 손을 놨다. 둘이 팔꿈치를 잡으며 주저앉았다.

"거 봐. 대장도 내 말에 동조하지 않는가? 둘 다 실력이나 키우게."

명선이 비아냥대며 돌아누웠다.

"아유 저놈을 진짜. 오늘은 대장 때문에 봐준 줄 알아. 안 그랬음 벌써 황천길이여."

인손이 툴툴대며 각궁을 들었다. 성호가 못마땅한 듯 계속 명선을 노려봤다.

"명선이 자네도 무기를 닦아야 하지 않나?"

원창의 말에 명선이 상체를 일으켰다. 작두칼과 쇳돌을 꺼냈다. 스삭. 무뎌 보이던 날이 퍼렇게 변했다.

"계세요, 나리."

"아, 왔는가?"

원창이 숙소 앞에 안절부절 서 있던 청년을 안으로 데려왔다. 현철이다. 명선이 놀란 듯 칼갈이를 멈췄다.

"네놈이 웬일이냐?"

"형님 여기 계시었소? 얼마나 찾았다고요. 그럼 형님도 이번에 같이 가시오?"

둘의 대화에 모두 의아해했다. 성호가 나섰다.

"저 백정 놈이랑 어찌 아는 사이야?"

명선이 쇳돌에 물을 뿌렸다. 현철이 조근 조근 설명했다. 같은 마을에 살았고 명선이 마을에서 고기를 나누어주던 인심 좋은 사람이었다는 것을. 그리고 사냥을 잘했다는 것을. 현철이 덧붙였다.

"아무리 졸라도 저에겐 사냥을 안 가르쳐주지 뭐예요."

성호가 입을 삐죽 내밀었다.

"네 몸을 보면 어느 누가 사냥을 가르쳐주겠어? 대장, 이런 삐쩍 마른 놈이 어떻게 짐을 나른다고 그럽니까? 아마 황해도도 못 가서 도망갈 거요."

명선도 거들었다.

"돌아가. 네가 같이 갈 수 있는 곳이 아니야."

현철이 삐친 듯 대꾸했다.

"형님 말 안 들을 거요. 이미 허락받았어요. 여기 어르신, 아니 대장님한테."

"어쩌려고 그럽니까?"

명선이 걱정스럽게 묻자 원창이 현철의 어깨를 꽉 잡았다.

"내가 함께하니 그리 걱정 안 해도 되네."

"꼬맹아, 너 호식총 본 적 있어?"

성호의 물음에 현철이 숙소 안으로 더 들어와 섰다.

"저도 그 정돈 알아요. 본 적도…… 있어요. 어렸을 때."

곰보 강성이 철컥, 총열을 결합했다.

"꼬마 헛, 험, 너 따라가도 되니 방해만 하지 마라. 험, 범 쫓다 보면 못 볼 꼴 많이 볼 테니, 그때 가서 무섭다고 귀찮게 하면 내가 앞장서서 쫓아낼 테야."

성호가 갑자기 현철의 팔을 잡아끌더니 자신 앞에 앉혔다.

"작년에 우리가 호랑이를 한 마리 잡았거든. 그놈이 말야. 다 처먹고 아이 이빨과 손가락만 남겼지. 참! 배를 까보니까 이 자식이 글쎄 씹지도 않고 삼켜서 눈이랑 코랑 그대로 있더라고. 숨 끊어지는 거 잠깐이야. 놈 발톱에 스치기만 해도 네놈 정도는 목이 달아날걸. 그러니까 나중에 오줌 싸지 말고 지금 그만둬, 응?"

현철이 상상한 듯 눈을 동그랗게 떴다가 금세 괜찮다며 웃었다. 원창이 대원들을 향해 말했다.

"꼭 데려가달라고 바지 자락을 잡는데 어쩔 수 없었네. 이 아이를 데려가는 책임은 내가 분명 지겠네. 자네들에게 피해 안 가게 할 테니 그만들 하시게."

그때 차가운 살기가 움직였다. 모두의 시선이 원창을 벗어나 명선을 향했다. 막 명선이 성호의 목에 작두칼을 댔다. 시퍼런 날에 목젖이 금세 닿을 듯했다.

"네놈! 또 한 번 그 이야기를 하면 악수보다 나한테 먼저 죽임을 당할 것이다."

"왜? 창피해 새끼야? 아이 머리가 나온 건 사실이잖아?"

칼날이 성호의 목에 더 가까이 들어왔다. 그제야 성호가 불안한 듯 몸을 떨었다.

"미…… 미안. 아이 진짜. 농이네, 농."

명선이 칼을 숫돌 옆에 던진 후에야 성호가 안도하며 주저앉았다. 현철이 어쩔 줄 몰라 어정쩡하게 일어서자 명선이 다가갔다.

"스스로 짐꾼을 하겠다고 오다니. 네놈 배짱이 이리 좋아진 줄 몰랐다."

"형님이 챙겨주신 표범고기를 먹어서 그런가 봐요."

현철이 분위기를 바꾸려 했지만 쉽사리 웃음이 나오지 않았다.

"대장에게 들었겠지만 오늘이 지나면 이젠 돌아갈 수 없어. 아무도 챙겨주지 않아. 네놈이 스스로 책임져야 돼."

"알아요, 형님. 저 진짜 큰맘 먹고 왔어요."

명선이 숙소의 문을 열고 훈련장으로 향했다. 쾅! 성호가 마룻바닥을 주먹으로 쳤다.

"개자식! 저놈 언젠간 내가 죽여버릴 거야."

깊은 밤에도 조식의 집무실은 환했다. 환도의 그림자가 벽에 긴 줄을 만들었다. 조식은 환도의 날을 점검하며 출정을 앞둔 마음을 진정시켰다. 최정예의 대원들이지만 이렇게 최소의 인원으로 착호 임무에 나선 적은 없었다. 병조판서의 말이 귓가에 생생했다.

'더는 소문이 안 나오게 하게. 그게 나라가 평안해지는 일일세. 성공만 한다면 필히 자네들의 명예를 찾아주겠네.'

조식이 판서에게 받은 그림을 펼쳤다. 검붉은 눈동자에 한 자나 되는 이빨, 두 척이 넘는 발. 대호라 불리는 놈들도 이만큼 크지 않다. 30년 전 작전은 성공했다. 이번에도 마찬가지 일 터다. 조식이 성공을 다짐하며 그림을 서랍에 넣었다.

영조 23년 정묘년 7월 27일 병진

대원들이 군영 앞에 모였다. 군마의 안장에 대나무 등패를 달고 간단한 짐을 실었다. 무기들도 점검하고 마지막 채비를 했다.

갑사 강우와 도한 명선, 쌍둥이 포수 동성과 강성, 각궁의 인손, 쇠뇌의 원창, 편전의 성호 그리고 짐꾼 현철. 여덟 명이 경차관의 특수군이 됐다.

조식의 신호에 대원들이 군마에 올랐다. 명선이 말에 오르자 안장이 미끄러지며 몸이 기울었다. 안장의 고리가 끊어져 있었다. 성호가 휘익 낮은 휘파람을 불며 명선에게 활 쏘는 시늉을 했다. 명선이 태연히 고리를 묶고 다시 말에 탔다.

군마들이 군영 밖으로 몸을 돌렸다.

"멈춰라."

밖에 나서자마자 조식이 대원들을 멈춰 세웠다. 군영의 벽에 정체불명의 방이 붙었다. '조선', '패망' 등의 언문이 쓰였다. 조식이 인상을 구겼다.

"떼어내라."

강우가 말에서 내려 방을 뜯어 찢었다. 조식이 대원들 앞으로 나왔다. 대원들의 얼굴이 긴장한 듯 상기됐다.

"다들 준비됐는가?"

"네!"

"출발한다. 평안도 영원이다!"

조식이 등자를 힘껏 쳤다.

"이랴!"

대원들의 힘찬 구령에 군마들이 땅을 박찼다.

빠르게 저잣거리를 지난 군마들이 평원으로 들어섰다. 원창이
돌아봤다. 군마의 속도에 놀란 현철이 사색이 되어 있었다. 전날
미리 연습을 시켰지만 짧은 시간에 익숙해지기엔 무리였다. 아이
의 간절함에 사리 분별을 제대로 못 한 것이 아닌가, 원창은 슬쩍
걱정이 됐다. 그때 현철의 말이 약간 좌우로 흔들렸다. 원창이 속
도를 줄이고 다가갈 찰나 명선이 먼저 현철에게 가까이 갔다. 원
창이 안심하고 다시 조식 뒤에 붙었다.

조식이 등자를 계속 쳤다. 군마들의 발굽에 흙과 돌이 사방으로
튀었다. 대원들은 예전의 영화를 꿈꿨다. 뒤처지는 이가 없었다.

미시를 지나 신시가 가까워지자 천문이 변했다. 콰쾅. 번개가
치더니 거센 빗줄기가 쏟아졌다.

쉬지 않고 달려온 대원들이 경기도 청석관을 지났다. 관문에
'기해교계' 네 글자가 새겨져 있었다. 경기도와 황해도의 경계였

다. 청석동 골짜기로 들어서자 산등성이와 고개가 겹친 사이로 큰길이 뻗어 있었다. 양옆으로 깨진 바위들과 깎아지른 듯 날카로운 돌기둥들이 가득했다.

"이런 곳을 천하의 요새라고 하는군요."

"양쪽의 능선이 해자가 된 거지. 그래서 임꺽정이가 여기다 은거지를 만든 것 아니겠더냐."

산세에 혀를 내두르던 현철에게 원창이 말했다.

다른 대원들도 웅장함에 시선을 뺏겼다. 자연스레 속도가 느려졌다. 몇 번이나 봤던 쌍둥이들도 다시 천하의 해자를 감상하며 여유를 가졌다. 그러는 사이 해가 졌다. 조식의 신호에 모두 진군을 멈추고 진을 꾸릴 준비를 했다.

한여름인데도 골짜기 너머 숲은 냉기가 돌았다. 인손의 지시로 땔감을 줍던 현철이 놀라 고개를 돌렸다. 분명 발소리다. 무언가 움직였다. 어두워진 탓에 분별이 어려웠다.

"뭐…… 뭐야? 누…… 누구 있어요?"

"뭐긴 뭐여? 우리 저녁거리지."

뒤에서 인손이 각궁의 시위를 당겼다.

"방해하지 말고 비켜. 우리가 잡는다."

옆 나무 뒤에서 쌍둥이들이 나왔다. 동성은 조총에 연자를 끼웠고 강성은 조총을 겨눴다.

"허접한 조총 나부랭이들 같으니. 아가들아, 너희는 들어가서 잠이나 처자."

성호가 현철을 밀쳤다. 급히 편전에 애기살을 끼웠다.

"헛, 힘, 편전 따위가 어찌 헛, 조총을 이긴다고. 그리 뛰어나면 임진년 왜란은 왜 못 막았어? 칵."

"하, 이 새끼들이. 조총 전술이 후져서 진 거를 편전 탓을 하네."

타닥. 발소리가 들리자 모두 반사적으로 몸을 돌렸다. 탕! 핑! 위잉! 화살과 탄이 동시에 발사됐다. 뒤에 서 있던 현철의 눈이 동그랗게 커졌다. 누가 먼저 발사했는지 분간이 안 됐다. 이리 빠른 손놀림은 처음이었다.

쿵. 나무 뒤에서 300근은 돼 보이는 멧돼지 한 마리가 쓰러졌다. 대원들이 달려갔다.

"봐, 은자가 목을 뚫었다."

"아가야, 반대편을 봐야지. 뚫고 나온 애기살 안 보여."

"다들 눈이 어떻게 된 거여? 머리에 박힌 각궁은 신경도 안 쓴단 말여? 딱 봐도 각궁 맞고 쓰러진 거 아녀?"

"그건 아니지!"

쌍둥이와 성호가 이구동성으로 외쳤다.

대원들 뒤로 현철이 다가왔다. 멧돼지 머리와 목에 정확히 탄과 살이 꽂혔다. 그사이 셋은 결국 먹살까지 잡았다. 전과 달리 장난기가 섞였다.

멧돼지를 끌고 온 대원들은 명선이 잡아 온 500근이 넘는 멧돼지를 보곤 아연실색했다. 명선이 거침없이 돼지 배를 갈라 내장을 꺼냈다. 원창이 내장을 잘라 나무에 꽂았다. 현철이 달려가 원창을 거들었다.

"저 새끼한텐 질 수 없지."

성호가 다시 숲에 들어갔다. 인손과 쌍둥이가 뒤를 따랐다. 꾸엑, 꽥. 동물들 비명과 대원들 웃음이 숲 안에 울렸다. 강우가 말리려 일어나자 조식이 제지했다.

"놔두어라. 그리웠을 게다."

어느새 동물의 비명이 잦아들었다. 대원들의 웃음소리도 멎었다. 잠시 후 숲 밖으로 노루, 꿩, 족제비 등 온갖 동물들이 던져졌다. 눈이 뚫리고 내장이 흘러나오는 놈들이 태반이었다. 돌아온 대원들의 모습에 현철이 헛구역질을 했다. 동물 피가 얼굴과 몸 전체에 튀어 있었다. 이미 저녁거리는 충분했다. 쓸데없는 도살이었다. 현철이 명선의 반응을 살폈다. 놀이를 위한 살생을 경계하던 명선이었는데 대원들에게 눈길도 주지 않았다. 돼지의 해체에만 열중이었다.

시끌벅적 저녁 식사를 즐기던 대원들 틈을 빠져나온 인손이 나무에 기대앉았다. 소매 안에서 나뭇조각을 꺼냈다. 사냥 중에 박달나무를 잘라 챙겼던 것이다. 손칼로 테두리를 깎자 둥그렇게 모서리가 다듬어졌다. 인손이 활짝 웃었다.

'돌아갈 때쯤 다 완성될 거여. 나도 참. 아이 팽이를 다 망가뜨리고 말여.'

그때 강우의 소집 명령이 들렸다. 못내 아쉬운 듯 인손이 손칼과 조각을 챙겼다.

영조 23년 정묘년 7월 30일 기미

며칠 동안 대원들은 개성을 지나 황해북도 평산면의 예성강에 다다랐다. 험악한 지형은 매 순간 위태로웠다. 한시가 급한 조식이었지만 이상 천문엔 이겨낼 도리가 없었다. 기온이 떨어져 고뿔에 걸리기도 했고 갑자기 쏟아진 폭우에 천이 불어 나룻배가 뜨지 못한 경우도 있었다.

대원들은 배가 뜨길 기다렸다. 무료한 시간을 사냥으로 보냈고 의미 없는 살생이 늘어났다. 명선이 버려진 동물 사체를 묻었다. 현철이 도우며 물었다.

"형님, 왜 말리지 않으세요? 저리 막 죽여도 되는 거예요?"

"저들은 저게 살아 있음이다. 내가 그걸 막을 이유가 없어. 죽은 동물들에겐 미안하지만 우리는 죄 많은 미물이야. 생명을 꺾어야 살아갈 수 있다. 너도 곧 살생을 해야 한다. 마음가짐이라도 갖추어라."

사체를 묻은 후 명선이 합장을 했다. 성호와 인손이 지나가며 비아냥댔지만 더 이상 건드리지 않았다.

전날, 인손과 성호는 한밤중까지 사냥에 매진하다 곰의 먹잇감으로 전락했다. 각궁이 곰의 눈을 관통했고 애기살이 목을 뚫었지만 곰은 멈추지 않고 둘에게 달려들었다. 망연자실 도망치던 둘이 바위에 부딪쳐 넘어졌고 곰의 사정권에 들어왔다.

눈앞에 닥친 죽음에 편전과 각궁이 계속 흔들렸다. 퍽. 그때 작두칼이 곰의 목에 박혔다. 어디선가 달려온 명선이 곰의 목을 잡고 칼을 내리쳤다. 몇 번을 찍었다. 그사이 인손과 성호가 각궁과 편전을 겨눴다. 명선이 표적과 겹쳤지만 오늬도피를 잡은 손은 망설임이 없었다. 곰의 목이 꺾일 찰라 각궁과 애기살이 머리에 박혔다. 한 치만 벗어났어도 명선의 눈을 뚫었을 거리였다. 곰의 머리가 땅에 떨어졌다.

"자네가 거기서 나올 줄은 몰랐지 뭐여…… 아무튼 고맙네, 고마워."

인손이 어색하게 고마움을 표했다. 명선은 둘을 지나쳐 곰 앞으로 갔다. 성호가 숨을 진정시키며 명선을 흘깃 봤다.

"아, 하필이면 재수 없게 네놈이란 말이야. 좋아, 이번엔 네놈 도움 받았다. 한 번 빚졌어, 젠장."

명선이 잘린 곰 머리를 살폈다. 성난 눈과 벌어진 입, 생을 잡기 위해 안간힘을 쓴 듯했다. 명선이 둘에게 손짓했다.

"그 빚 지금 갚아라."

둘이 의아해하자 명선이 나무를 들어 땅을 골랐다. 투덜대던 둘이 명선을 도왔다. 커다란 곰이 땅속에 묻혔다. 둘이 명선을 따라 억지로 합장을 했다.

"이리 매번 합장하다간 손이 다 닳고 말 거여. 한둘 죽여야 하는 것도 아니고."

"안 해도 돼. 묻어준 것만 해도 이놈이 자네들을 잊지 않을 거야."

명선의 말이 끝나기 무섭게 둘은 합장을 풀었다.

"이상한 놈. 1년 동안 도축만 하더니 바보 천치가 다 돼버렸네? 말 같지 않은 소리나 하고 말이야."

성호가 편전을 어깨에 멨다. 둘은 빠르게 숲을 빠져나갔다.

명선의 실력은 예전과 다를 바 없었다. 성호와 인손이 어제의 기억을 떠올리곤 명선을 멀리 피했다.

강 물살이 잦아들자 나룻배들이 모였다. 박달나무를 깎던 인손도, 누워 자던 성호, 쌍둥이들도 몸을 일으켰다. 대원들이 강을 건넜다.

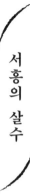

서 홍 의 살 수

영조 23년 정묘년 8월 1일 신유

황해도 평산의 흙은 온통 붉었다. 비옥한 땅엔 밭이 가득하고 저택들도 즐비했다. 대원들은 착호군의 위엄을 보여주고 대접을 받기에 최적이라고 생각했다. 은근 진군을 멈추길 기대했지만 조식은 한눈을 팔지 않았다. 오로지 전진 명령뿐이었다.

고을에서 멀어지자마자 대원들 앞을 태백산성이 가로막았다. 너머엔 숲에 가려진 샛길이 있었다. 인적이 끊긴 듯 길이 수풀에 가렸다. 대원들이 빠르게 산성을 넘었다.

맨 뒤 명선이 대원들을 살폈다. 다들 지쳐 보였다. 이상 천문으로 인한 한때의 여유를 제외하곤 휴식이 없었다. 제일 걱정은 현철이었다. 말 타는 것엔 익숙해졌다지만 여전히 체력이 약했다.

고삐를 쥔 손이 자꾸 풀렸고 등에 맨 행장은 몇 번이나 벗겨져 팔에 걸렸다. 고개를 넘을 때가 되자 현철은 한계에 이른 듯했다. 등자에 낀 발이 자꾸 빠졌다.

명선이 현철에게 소리쳤다.

"현철아, 멈춰. 말을 멈춰라."

현철의 발이 등자에서 완전히 빠지더니 말에서 떨어졌다. 흙바닥을 굴렀다. 급히 원창과 명선이 말에서 내렸다. 구르던 현철을 원창이 잡아 세웠고 명선이 날뛰던 말의 고삐를 잡았다. 말이 나무를 치고 껑충 뛰었다. 명선의 몸이 크게 튕겼다. 흥분한 말이 쓰러진 명선을 향해 뛰었다. 밟힐 찰라 강우가 말의 고삐를 잡아 진정시켰다. 앞장섰던 조식이 현철에게 다가왔다.

"왜 지체하는가? 빨리 말에 올라라."

조식의 불호령에 현철이 절뚝이며 일어났다. 명선이 현철을 부축했다.

"이 다리로 당장은 무립니다. 군마들도 이미 지쳤습니다."

강우가 명선을 떼어내고 현철을 밀쳤다. 명선이 놀라며 강우의 팔을 잡았다.

"뭐 하는 것이오? 이 아이 상처가 안 보이는 거요?"

강우가 명선을 무시하고 현철의 멱살을 잡아 말 쪽으로 던졌다. 명선이 다급히 조식에게 향했다.

"아무리 적토마라 하더라도 이리 달리면 굽이 깨지고 다리가 부러지고 맙니다."

"다리가 부러진 걸 본 적이 있는가? 그 정도로 부러지지 않는다. 다시 출발한다."

조식이 싸늘하게 반응했다.

"그럼 한 식경만이라도 주십시오. 여물이라도 먹여야 합니다."

"네놈 생사여탈이 내 손에 있다 한 말 잊었느냐? 출발한다고 분명 말했다."

명선이 분을 삭이며 다시 말에 올랐다. 현철은 여전히 다리를 잡고 안절부절못했다.

"빨리 말에 올라. 이리 될 줄 몰랐단 말이냐?"

"형님, 갈 수 있어요. 저…… 할 수 있어요."

현철이 발목에 흐르던 피를 닦고 말안장을 잡았다. 원창이 엄히 꾸짖었다.

"이보다 더한 일이 부지기수다. 네놈 때문에 지체된다면 더 이상 널 데려갈 수 없어!"

현철이 등자에 발을 끼우고 오르자 말이 힘이 빠진 듯 뒷발을 꺾어 주저앉았다.

"빨리 일어서 이놈아. 이랴."

현철이 성을 내며 등자를 쳤다. 말이 화들짝 놀라며 일어났다. 반동에 현철의 몸이 들썩이며 떨어질 듯 균형을 잃었다.

"고삐를 당겨."

"고삐!"

원창과 명선이 소리쳤다. 가까스로 현철이 균형을 잡았다. 그제야 다른 대원들도 말의 방향을 돌리고 출발 준비를 했다.

조식이 출발했고 대원들이 뒤를 따랐다. 깊은 숲에 오로지 군마의 굽 소리만 울렸다. 현철의 자세가 조금씩 안정됐다. 흐트러졌던 대열도 일정하게 맞춰졌다. 대원들의 속도도 일정하게 올랐다. 어느새 대원들이 태백산성의 동문을 빠져나왔다.

영조 23년 정묘년 8월 2일 임술

서흥의 평원 끝에 멸악산맥 자락이 뻗었다. 고을 하나만 지나면 닿을 정도로 가까워 보였다. 산세는 험악했다. 북풍에 흔들려 남쪽으로 휜 나무들은 스스로 요새를 만든 듯 엉겼다. 누구라도 안에 들어가면 고립될 듯 보였다. 대원들은 태조 이성계의 일화를 떠올렸다. 이성계는 이곳 지형을 이용해 홍건적을 퇴치했다.

강우가 조식의 명을 받아 대원들에게 신호를 보냈다. 지쳤던 대원들이 반색했다. 선두에 선 강우를 따라 고을 쪽으로 방향을 바꿨다.

우물가 옆에 위치해서일까? 월정이라 불리는 주막은 사람들로 붐볐다. 바삐 음식을 나르던 주모가 외지 대원들을 보자 표정이 어두워졌다. 도포 자락의 사내 둘 말곤 다들 거렁뱅이 산적 차림이라니, 주모가 빠르게 주막의 손님들을 살폈다.

'그치들이 있음 안 되는데.'

아니나 다를까 구석의 두 사내가 주모를 보며 웃었다. 곧 다른 손님들에게 해가 갈 게 분명했다.

"나리, 보시다시피 주막에 자리가 없으니 어쩝답니까? 한 리 정도만 가면 다른 주막이 있습니다. 여기보다 크고 방도 여러 채이니 그쪽으로 가시는 게 어떨까요?"

성호가 공손히 조아리던 주모를 밀치곤 식사 중인 손님들 앞에 앉았다.

"여기 이 사람들 다 먹었네? 안 그런가?"

손님들이 성호의 불량한 말투에 슬금슬금 자리에서 일어났다.

"아니 착호군을 뭐로 보고 오라 가라 한단 말여? 우리가 쉬고 싶으면 쉬는 거여."

인손도 평상에 앉았다.

주모가 난감한 듯 멀리 두 사내 눈치를 보는 사이 조식이 말에서 내렸다.

"자네가 이 주막의 주모인가? 다른 사람들 모두 내보내게. 한 식경 정도 머물 테니 그 후에 다시 오라 하게."

"어찌 그럽니까요, 나리. 장사가 문제가 아니라……."

주모가 간절히 애원하자 명선이 나섰다.

"조금만 가면 주막이 또 있다 하지 않습니까. 굳이 객이 많은 곳에 여장을 풀 이유가 있습니까?"

"말이 안 들리는가? 다들 내쫓게."

강우가 식사 중이던 손님들을 일으켰다. 주모는 안절부절 구석에서 걸어오는 두 사내를 살폈다. 껄렁한 걸음에 허리춤에 찬 단도가 덜렁거렸다.

"아이고 그렇담 저는 모르겠습니다."

주모가 황급히 주방으로 도망갔다.

사내 둘은 평민복 위에 관복의 반만 걸쳤다. 흔히 보던 도적 떼와 다를 바 없었다. 강우가 둘에게 한 식경 후에 다시 오라고 하자 한 사내가 웃으며 대답했다.

"우리는 외지인들을 검사하는 사람들이라오. 하도 금붙이를 나라 밖으로 가져가는 사람들이 많아서 말이오. 그래서 우리가 당신들 수색을 좀 해야겠소."

"비변사인가?"

조식이 물었다.

"비변사가 무엇이오? 하하."

"무례하다."

강우가 일갈했다. 순간 사내들이 단도를 꺼내 대원들에게 겨눴다.

"아, 금붙이만 내놓으면 별 탈 없이 보내주겠소."

"아, 새끼들 밥을 못 먹게 하네."

성호가 다른 사람이 먹다 남긴 음식을 입에 넣으며 상황을 살폈다. 원창이 둘에게 다가갔다.

"누구인데 이리 이치에 어긋난 행동을 하는가?"

"산척이시오? 금붙이 없으면 비키시오. 소문을 못 들은 모양인데, 오래전 사신들의 행차가 있을 때부터 하던 것이니 순순히 따르시오. 당신들이 어떤 신분이든 이 고을에선 고을의 법도를 따라야 하지 않겠소? 껄껄."

쾅. 인손이 각궁을 던지듯 내려놨다.

"시상에. 어찌 이리 겁 없는 놈들이 있단 말여? 대장, 애들이 뭐라는 거여요? 아니, 갖다 바쳐도 시원찮을 판에 금붙이를 내놓으라니?"

쌍둥이도 조총에 은자를 장착했다. 동성이 총을 들었다.

"그런 소문이 있나? 처음 듣는데."

겁먹을 만한데도 사내들은 아랑곳 않고 더 크게 웃었다.

"쌍둥이, 네놈들에겐 볼일 없다…… 거기 나리?"

경차관 도포가 관심을 끄는지 사내들은 조식에게만 관심을 보였다.

"나리, 그러지 말고 순순히 내놓고 편히 갈 길 가시는 게 어떻습니까? 행차에 늦어지면 안 되지 않겠습니까? 아니 그러다 황천길로 빠지면 더 큰 일이고요, 흐흐."

조식이 사내들을 무시하고 태연히 목을 축이며 대원들에게 명했다.

"한 식경 후에 바로 떠난다. 시간이 많지 않다. 빨리 요기를 해결하고 여물을 먹여라."

"이 고을은 나라님의 손이 닿지 않는 곳이요. 그렇게 죽고 싶으면 뭐 할 수 없지. 진짜 황천길로 보내드리지요."

두 놈이 칼을 휘두를 찰라 빛이 번쩍였다. 삽시간에 놈들 팔이 한쪽씩 잘렸다. 바람 갈리는 소리만 들릴 뿐 환도는 보이지 않았다. 조식이 빠르게 환도를 칼집에 넣었다.

파악이 안 된 듯 멀뚱하던 두 놈이 뒤늦게 비명을 지르며 바닥을 뒹굴었다. 대원들이 태연히 웃으며 놈들을 봤다.

"으윽, 두고…… 봐라. 이 자식들."

놈들이 씩씩댔다. 숨 멎는 소리로 겨우 협박을 하곤 잘린 팔을 들어 도망치듯 내뺐다.

"팔은 왜 들고 가? 뭐 실로 꿰매기라도 하려고? 낄낄."

성호와 다른 이들이 박장대소했지만 명선은 걱정이 앞섰다.

"관복이었어. 저놈들, 관에 속한 놈들이야. 일을 크게 만들었어."

"딱 보면 모른단 말여? 관복 훔쳐 입은 도적놈들이여."

인손이 손사래를 쳤지만 쌍둥이는 얼굴이 시퍼렇게 변했다. 혹시 하는 불안감에 수군대자 조식이 대원들 앞에 섰다.

"명심하라. 우리는 조정의 명을 받아 왔다. 아무도 우리 앞을 막을 수 없어. 다들 식사를 빨리하라."

조식이 주막방에 들어갔다. 강우가 주모를 손짓해 불렀다.

"식사 준비를 하시오."

주모는 넋이 나간 듯 머뭇댔다. 강우가 재촉하자 마지못해 음식을 차렸다. 그 모습을 살피던 원창이 명선 옆에 앉았다.

"자네 말대로 조금 지체될 수도 있겠군."

한 식경은 짧다. 또 이런 주막에 들를 수 있을지 알 수 없었다.

대원들은 기름기 가득한 고기를 씹지도 않고 삼켰고 연신 술을 들이켰다.

　대원들은 미시가 넘어 산 입구에 도착했다. 주막에서 먹은 음식은 소화된 지 오래였고, 산 속은 곧 해가 떨어질 듯 어두웠다. 원창이 조식에게 진을 미리 치는 것이 어떤지 상의했다. 그때 악취가 숲에 진동했다. 대원들이 코를 막았고 명선은 급히 주변을 살폈다.

　"저…… 저기 있는 것이…… 뭐여요? 피…… 피도 있고."

　현철이 길 옆을 보고 소리쳤다. 나무들 밑에 무언가를 덮은 거적들이 있었다. 검게 마른 핏자국들이 덕지덕지 묻었다. 그중 몇 개는 팔과 얼굴이 밖으로 튀어나와 있었다.

　"문둥이들인가?"

　명선이 말에서 내려 거적들 앞으로 갔다. 함몰된 머리와 꺾인 팔목. 어떤 시체는 눈이 빠져 구더기가 찼다. 피투성이 옷들은 평민, 양반, 남녀 가릴게 없을 정도로 다양했다. 구타의 흔적도 역력했다. 조식이 다가와 명선 옆에 섰다. 참혹한 모습에 조식의 눈이 떨렸다.

　"나무 뒤를 확인해 보라."

　명선이 거적들 몇 개를 건너뛰었다. 나무와 나무 사이에 수많은 거적들이 보였다. 대부분 살이 뭉개져 뼈를 드러냈다.

　"이 고을은……."

악취와 시신들 상태에 명선이 어지럼을 느꼈다. 빠르게 숲길로 나오는데 관복을 입은 열댓의 사내가 뛰어와 대원들 앞에 섰다.

"웬 놈들이냐."

강우가 앞에 나섰다. 원창이 쇠뇌의 시위를 당기며 명선에게 물었다.

"역시 그놈들이 관 소속이었을까?"

명선이 고개를 끄덕이고 작두칼을 뽑았다. 다른 대원들도 무기를 들었다.

사내들 중 하나가 조식 앞에 무릎을 꿇었다.

"현감님께서 저잣거리에서의 시비를 듣고 걱정이 많으십니다. 꼭 모셔오라고 하셨습니다."

"우리는 갈 길이 멀다. 돌아갈 수 없구나. 호의는 고맙다고 전하라."

사내는 몸을 일으키지 않았다. 다른 사내들까지 일제히 무릎을 꿇었다.

"빨리 돌아가지 않고 뭐 하는가."

조식의 호통이 있자 사내가 단도를 꺼내 자신의 목에 댔다.

"경차관님을 데려오지 못하면 목숨을 내놓겠다 했습니다."

단도의 끝이 점점 사내의 목으로 들어갔다.

조식이 시신이 담긴 거적들로 시선을 돌렸다. 사내들은 산더미 같은 시체 더미를 전혀 이상하게 생각하지 않았다. 단도를 든 사내의 팔목엔 칼자국이 가득했다. 조식이 고삐를 잡아 방향을 돌렸다.

"일정을 바꾼다. 고을로 돌아간다."

기생들의 춤사위가 술판을 어지럽혔다. 중년 현감의 튀어나온 배가 도포 밖으로 살을 드러냈다. 현감이 조식의 잔에 술을 따랐다.

"칼을 들이댔다고요? 허허 이런. 충성스런 부하들이라 가끔 나댈 때가 있지 뭡니까? 놈을 아주 혼을 내겠습니다. 하하, 그런데 아까 어느 지역으로 가신다고 하셨지요?"

"평안도 끝이지요. 이제 잔은 더 받지 않겠습니다."

조식이 남은 술을 단숨에 마셨다. 조식의 눈이 살짝 떨렸다. 어디선가 비명이 작게 들렸다. 현감은 애써 소리를 지우려는 듯 기생들에게 흥을 더 내라고 재촉했다. 대원들은 저택의 마당에 따로 상을 차렸다. 어느새 비명과 대원들 실랑이가 섞였다. 성호와 인손이 또 명선과 시비가 붙은 듯했다. 조식의 신경이 곤두섰다. 이 고을은 도적 떼가 점령했다. 앞에 있는 현감은 진짜일까.

"나랏일 하시는 분들을 이대로 보낼 순 없지요. 마당에도 거하게 차리라 했습니다. 그리고 혹…… 오해가 있을 듯해서 말인데……."

현감이 조식의 눈치를 봤다.

"아까 낮에 일이 생겼다 들었습니다. 혹 놈들의 행색이 어떻던가요? 요즘 관을 사칭해 외지인들에게 금붙이를 갈취하는 놈들이 활개를 친다지 뭡니까? 생김새를 기억하십니까?"

"두 놈 다 한쪽 팔이 없을 겁니다. 작은 고을이니 수소문하면 쉽게 행적을 알아낼 수 있겠지요. 이만 일어나겠습니다."

"아, 좀 더 드시지요? 아직 이리 음식들도 남지 않았습니까?"

조식이 무표정하게 자리를 박찼다.

"그렇다면 어쩔 수 없지요. 잠자리 불편하지 않게 각별히 하라 일러뒀습니다. 그리고…… 아까 낮의 일은 조정에 복명하지 않을 거라 믿겠습니다. 피해가 발생한 건 안타까우나 관에서도 노력을 하고 있으니 말입니다."

조식이 빤히 현감의 얼굴을 노려봤다. 현감이 어색한 듯 미소를 지었다. 조식이 급히 인사하고 나갔다.

"그만 숙소로 들어간다. 모두 자리를 파하라"

현감이 인상을 구겼다. 밖에선 대원들의 아쉬움과 투덜거림이 이어졌다. 이 고을 때문에 온 것이 아니더라도 경차관이라면 분명 상부에 복명할 것이다. 버려뒀던 시신들을 봤을 수도 있다. 현감이 불안감에 급히 잔을 비웠다. 기생이 술을 따랐다. 현감의 손이 부들 떨려 술이 넘쳤고 이내 바지를 적셨다.

"이년이!"

쾅. 현감이 잔을 벽에 던지고 이를 부득 갈았다. 퍽. 외마디 비명과 함께 기생이 쓰러졌다. 깨진 코와 부러진 치아 사이로 피가 터졌다.

"뭣 하고들 서 있어? 빨리 이년을 치워라."

사색이 된 기생들이 다친 기생을 부축해 뒷문으로 나갔다.

얼마 만에 제대로 된 숙소에서의 잠인가. 대원들은 금세 곯아 떨어졌다. 그 속에서 잠들지 못한 명선은 식사 내내 들리던 비명에 신경이 쓰였다. 현감을 마주하고 나왔던 조식의 표정도 심각했다. 어쩌면 저들이 대원들에게 가해를 할 여지도 있었다. 분명 낮의 관복 입은 사내들과 거적에 쌓인 시체들은 정상적이지 않았다.

밤이 되자 수상한 발소리가 들려왔다.

이동한 건 현감이었다. 숲에서 봤던 사내들이 현감을 호위했고 재갈이 물린 젊은 남녀가 끌려갔다. 일행은 마을 외곽에 위치한 저택으로 들어갔다.

뒤를 쫓던 명선이 담 위에 올랐다. 저택은 비어 있는 듯 생기가 없었다. 그때 매질 소리가 들렸다.

"이 고을을 벗어날 수 있을 줄 알았더냐? 그러니 처음부터 찾아오면 안 되는 거였다."

몽둥이를 든 현감이 누워 있는 남녀를 향해 휘둘렀다. 뻑. 빡. 뼈 으스러지는 소리와 비명이 가득 찼다.

"마음껏 짖어보아라. 외지인이 왔다고 날뛰는 것이냐? 네 연놈들이 현감의 자제들이었다고 누가 믿어주겠느냐? 지금 이 고을의 현감이 누구더냐? 말해 보아라!"

희미하게 눈을 뜬 여인이 현감을 향해 침을 뱉었다. 수분이 말라 탁해진 침은 피가 섞였다. 말을 하려는 듯 입을 열어보지만 첫 소리만 새 나왔다.

지켜보던 명선이 상황을 이해했다. 이 고을은 도적 떼가 현감을 죽이고 자신들이 지배자가 된 듯했다. 반항하는 무리를 모조리 잡아 죽이고 고을에서 멀지 않은 숲길에 고의로 버려 주민들의 공포를 환기시켰을 것이다. 진짜 현감의 자제들은 옆 고을로 발령받은 부친의 연락이 끊기자 찾아온 것 같았다.

"그간 말 안 해준 게 있다. 너희 애비는 범에 물려간 게 아니다. 내가 그놈 숨통을 끊었다. 사지를 찢어 짐승들 먹이로 줬지. 지나가던 우리에게 약간의 적선만 했어도 그렇게 찢어발기진 않았을 것이다. 그래서 이젠 네 연놈들만 아니면 외부에 알려질 일이 없다. 주민들은 이제 상냥한 개돼지가 되었지 않은가, 하하."

현감이 몽둥이를 부하에게 건넸다.

"난 이만 돌아갈 테니 저 연놈들 목을 따서 짐승 먹이로 주도록 해."

현감이 호위병 둘만 데리고 저택을 빠져나갔다. 남은 부하가 단도를 꺼내 관복에 닦았다. 이미 쓰러진 남녀는 조금의 저항도 어려워 보였다.

명선이 작두칼에 손을 올렸다.

"혼자 할 생각이었소?"

강우다. 언제 왔는지 명선 옆에 딱 붙었다. 두 손엔 이미 쌍검을 들었다. 명선이 고개를 끄덕였다.

"좋소."

둘이 담 아래로 뛰자 놈들이 일제히 시선을 돌렸다. 매질을 가하던 사내의 머리가 삽시간에 떨어졌다. 쌍검에 핏물이 교차로 흘렀다.

"외지인이라고 봐주지 않을 것이다. 이리 되면 네놈들 모두 죽은 목숨이다."

놈들 중 하나가 소리치다 멈췄다. 작두칼이 놈의 머리에 찍혔다. 삽시간에 칼이 뽑히고 피가 튀었다. 명선이 남은 놈들에게 칼을 겨눴다.

"한 놈도 이곳에서 나갈 수 없다."

남은 세 놈이 무기를 갖췄다. 한 놈은 창을 들었고 다른 놈은 쌍수도를 들었다. 강우가 땅을 박찼다. 쌍검이 하늘을 가르며 놈들에게 향했다. 챙! 다섯 자 정도의 쌍수도가 두 검을 막았다. 쌍수도를 쥔 놈의 두 손이 부르르 떨렸다. 강우가 더 밀어붙이자 검에 불꽃이 일었다.

챙! 화살 하나가 작두칼의 면에 맞고 튕겼다. 명선이 창과 싸우던 사이 남은 놈이 각궁을 쏜 것이다. 명선의 눈이 번뜩였다. 삽시간에 작두칼이 놈을 향했다. 오늬를 잡던 놈의 가슴에 작두칼이 박혔다.

창이 밀고 들어오자 맨손으로 상대하던 명선은 작두칼을 잡기 위해 연신 기회를 노렸다. 그때 강우와 대결 중이던 놈이 비명을 지르며 쌍수도를 놓쳤다. 쌍수도가 하늘로 던져졌고 두 팔이 쌍검에 잘려 떨어졌다.

창을 든 놈이 우왕좌왕했다. 그 사이 명선이 놈의 창끝을 잡아 힘껏 안쪽으로 당겼다. 놈이 창을 당기며 버텼지만 힘이 달렸다.

으드드득. 창이 부러짐과 동시에 놈의 턱이 흔들리며 이가 후드득 떨어졌다. 명선이 창을 빼앗아 놈의 목을 찔렀다.

저택의 마당은 온통 핏빛이었다. 명선과 강우가 놈들의 시체를 한곳으로 모았다. 대결은 한 다경 정도에 끝났다.

남매는 말을 잇지 못했다. 명선이 둘의 포박을 풀었다.

"한시 바삐 이 고을을 떠나시오. 우리가 조정에 복명한다 해도 시일이 꽤 걸릴 터. 빨리 나가서 이곳의 억울한 상황들을 전하시오."

"가…… 감사하오. 이 은혜는…… 잊지 않겠소."

남자가 마른침을 삼키며 답했다.

강우가 다가왔다.

"놈들이 몰려오기 전에 가야 하오."

명선과 강우의 호위로 마을을 벗어난 남녀가 둘과 인사를 했다.

"돌아올 때 꼭 고을에 들르세요. 보답을 하겠습니다."

동생인 여자가 고개를 조아렸다. 명선과 강우는 더 호위해 주지 못함이 아쉬운 듯 쉽게 돌아가지 못했다.

"아직 지역을 완전히 벗어난 것이 아니니 조심하시오."

남매가 걱정 말고 돌아가라 했다. 산길을 통하면 금방 자신들의 고을에 닿는다 했다. 강우와 명선이 급히 돌아섰다.

남매는 어두운 숲길을 쉬지 않고 달렸다. 어느새 썩은 내가 가까웠다. 이곳만 넘으면 안심할 수 있었다. 거적들을 지나칠 찰라 남매의 등에 화살이 꽂혔다. 삐이. 숲에 풀피리 소리가 울렸다.

벽 너머 부스럭 소리에 조식이 엷은 미소를 지었다. 조식은 잠에 들지 않고 둘을 기다렸다. 예상한 시간보다 좀 늦었다. 작두칼과 쌍검 닦는 소리가 분명했다. 현감의 부하들을 처치하고 온 것이 틀림없었다. 그제야 조식이 눈을 감고 잠을 청했다.

곧 명선과 강우가 코를 골았다. 조식이 잠에 들지 못하고 눈을 떴다. 창호문 밖으로 그림자가 비쳤다. 급히 옆에 놓인 환도를 빼내 문 너머를 겨누자 그림자가 위로 올라가며 사라졌다.

조식이 문을 열었다. 커다란 달에 마당이 밝았다. 이상 징후는 없었다. 돌아서던 조식이 멈칫했다. 머리에 흙이 조금 떨어졌다.

"현감의 부하? 밤새 감시를 한 것인가?"

조식이 고개를 들었다. 처마 끝에 신발 흔적이 보였다. 피식, 조식이 실소했다. 문을 닫고 다시 자리에 누웠다.

"맹랑한 놈들."

사람과의 대결이라니. 악수와 싸워야 하는 대원들에겐 그저 하찮은 일일뿐. 조식은 편히 눈을 감았다.

횃불에 사람의 그림자가 어른거렸다. 동굴에 팔 잘린 사내 둘이 숨을 헐떡였다. 현감이 다급히 둘의 상태를 보다가 일어났다.

"이놈들은 가망이 없는 건가?"

"아끼던 놈들이오?"

검은 옷을 두른 사내들이 다친 두 놈을 둘러쌌다. 현감이 다급히 사내들에게 부탁했다.

"일이 좀 곤란하게 됐네. 이대로 가다간 저놈들이 조정에 고할 게 뻔해. 여기 같은 곳을 어디서 또 찾을 수 있겠나."

"그래서 우리를 부른 거 아니오? 어떻게 해주길 바라오. 팔다리를 부러뜨릴까? 아니면?"

"그놈들은 평안도 영원으로 가는 길이라 했네. 그전에 끝내주게. 여기를 왔다는 흔적을 모두 없애줘. 그리고 놈들의 실력이 보통이 아니니 방심해선 안 되네. 실수가 있어선 안 돼."

"그런 걱정일랑 마시오. 황해도에서 우릴 능가할 자들은 없소. 놈들을 잡을 좋은 곳을 알고 있소. 당신은 약조나 지키시오."

검은 옷이 자신감에 차 대답하자 현감이 그제야 안도했다.

"모아놓은 금붙이 반을 주겠네. 경차관 놈의 목을 가져오게. 아니 나머지 놈들의 머리까지 몽땅 가져오게."

검은 옷들이 칼과 삼지창, 표창 등을 챙겼다. 그중 하나가 다시 물었다.

"이놈들은 어찌하겠소?"

"가망이 없다면 알아서들 하게."

현감이 거치된 횃불 하나를 들고 돌아섰다. 단발마의 비명이 들렸다. 놀라 돌아본 현감이 입을 꾹 다물었다. 박장대소하며 웃는 검은 옷들 사이로 두 사내의 잘린 목이 창에 꽂혔다.

영조 23년 정묘 8월 3일 계해

다음 날 현감의 저택은 아수라장이 됐다. 조식은 이른 아침에 하인 한 명에게 서찰을 한양에 전달하라 넘기고 대원들을 소집했다. 포위된 현감과 부하들이 거세게 저항했지만 그들 중 몇몇이 강우의 쌍검에 쓰러지자 모두 무기를 버리고 투항했다.

"네놈들의 죄가 중해 바로 능지처참을 해도 시원찮으나 우리의 임무와는 어긋나는 일. 조정에 바로 서찰을 보내 네놈들을 벌할 관리를 부를 터다. 그동안 네놈들을 광에 가두겠다."

조식의 호통에 애걸복걸 머리를 조아리는 부하들과 달리 현감은 고개를 빳빳이 들었다.

명선이 강우에게 전했다.

"저놈 얼굴을 보시오. 끝이 아닌 것 같소. 꿍꿍이가 있어."

강우가 현감의 얼굴을 살폈다. 살짝 웃음기까지 돌았다. 강우가 조식에게 사실을 알렸다. 조식이 현감 앞에 섰다.

"할 말이 있느냐?"

"곧 이 마을에 들른 걸 후회하게 될 거다. 네놈들은 이 고을을 벗어나지 못해."

"둘러보아라. 네놈 주위엔 아무도 없다. 약탈당하던 백성들은 쾌재를 부르고 이웃 고을과도 왕래를 시작했다. 네놈이 후회하게 될 듯싶구나. 곧 저잣거리 한복판에서 돌팔매를 맞을 것이다."

"그전에 네놈들 목이 잘려나갈걸. 흐흐……."

조식의 환도가 바람을 갈랐다. 현감의 가슴에 일자의 긴 줄이 생기더니 붉은 핏줄기가 맺혔다. 현감의 눈이 뒤집히더니 이내 쓰러졌다.

"모두 가둬라."

하인들이 분주히 광을 열고 현감과 부하들을 가뒀다.

마을 사람들이 거적을 하나둘씩 걷어 수레에 실었다. 몇몇은 양지에 땅을 파고 시신들을 묻었다. 가득 쌓여 있던 시신들이 빠르게 줄었다.

군마에 오른 조식과 대원들이 앞을 지나자 사람들이 일제히 고개를 숙였다. 조식이 거적들이 사라진 나무 뒤를 한 번 훑고는 고개를 끄덕였다. 강우가 출발 신호를 보냈다. 마른 땅에 먼지가 일었다.

사람들은 대원들이 떠날 때까지 고개를 들지 않았다. 그때 한 명이 얼굴을 들었다. 뚝뚝 얼굴에 붉은 피가 떨어졌다. 주변 사람들도 놀라 고개를 들었다.

현감의 자제들이었다. 남매의 머리가 명주실에 꿰여 나무에 걸려 있었다. 혼비백산 도망가던 사람들을 검은 옷 사내들이 막아섰다.

"네놈들이 연습을 도와줘야겠다, 하하."

한 놈이 삼지창을 꺼내 마을 사람의 배를 찔렀다. 낄낄대던 사내들이 마을 사람들을 포위했다. 표창과 환도가 쉴 새 없이 사람들의 몸을 자르고 관통했다.

"헛험, 소리가 들리지 않소? 캭, 저기 멀리."

곰보 강성의 소리에 대원들이 말을 멈췄다. 조식이 인상을 쓰며 돌아섰다.

"일정이 많이 지체됐다. 말을 멈추지 마라. 더는 한시도 늦어서는 안 돼."

명선이 다시 나섰다.

"분명 위기에 빠진 이일 것입니다. 저러다 죽을 수도 있습니다. 나라의 녹을 먹는 관리가 아니십니까. 좀 전 고을에서도 백성들이 불쌍해 행한 게 아닙니까?"

"놈들이 우리 길을 방해할까 행한 것일 뿐, 다른 이유는 없다."

조식이 출발할 찰라 사내의 목소리가 더 선명히 들렸다.

"살려주시오, 나리! 제발 살려주십시오. 가족이 저를 기다리고 있습니다. 제발, 흑흑."

대원들은 멸악산맥 줄기를 타고 달리던 중이었다. 산과 수많은 하천을 건너 끝없이 이어진 높은 구릉 위에 올랐을 때 사내를 발견했다. 사내는 추무루등판이라 불리는 구릉 끝 절벽에 힘겹게 매달려 있었다. 밑엔 강변이다. 울퉁불퉁한 괴석들이 가득했다. 떨어진다면 골이 터지고 흔적도 없이 물에 쓸려 갈 높이였다.

사내를 확인한 명선이 대원들에게 도움을 요청했다. 현철이 나서려 하자 원창이 말리며 대신 달려갔다. 조식은 지시 없이 명선만 뚫어지게 노려봤다.

"죽을 새긴 죽는 거지, 오지랖은 왜 저리 넓어?"

성호가 동의를 구하듯 인손을 봤다. 인손은 안절부절못하며
망설이는 듯했다. 쌍둥이들은 조바심이 난 듯 신경질을 부렸다.

"잡것들. 이러다 더 늦겠어. 언제 잡아서 언제 엄니에게 면포를
갖다드리나. 형님, 가 도와주자."

쌍둥이들이 구릉 끝으로 갔다. 뒤이어 현철과 인손이 합세했다.
사내는 절벽에서 한 척 아래 나무뿌리에 의지해 매달려 있었다.
뿌리가 뽑히며 사내가 떨어질 찰라 명선이 사내의 옷을 잡았다.

명선이 안간힘을 썼다. 다른 대원들은 명선의 다리를 잡아 지
탱했다. 다들 얼굴이 터질 듯 부풀었고 퍼런 힘줄이 돋았다.

한참을 당긴 후에야 사내가 겨우 벽에 발을 디뎠다. 조금씩 사
내의 몸이 추무루등판에 올라왔다. 사내가 목숨을 구하자 대원들
이 지친 듯 주저앉았다. 명선은 숨을 고르며 사내의 상태를 살폈
다. 강우가 다가와 명선의 등을 칼집으로 내려쳤다.

"계속 이리 문제를 일으킬 거요?"

명선이 어깨를 문지르며 일어났다.

"당신이 장군이었다면 외면하고 갈 수 있겠소? 이 일이 반역
이고 불편했다면 날 버리고 가시오. 그럼 이리 속 썩을 일도 없을
거 아니요?"

강우가 고개를 젓고 조식에게 돌아갔다.

목숨을 구한 사내가 대원들 실랑이에 어리둥절해하다가 빠르
게 고마움을 표시했다.

검은 옷들은 황해도의 도적 떼들에게 널리 알려진 살수였다. 도적 떼들은 상당한 재물이 걸린 큰 건수가 있을 때 항상 그들에게 뒤처리를 부탁했다. 한 치의 실수도 없었다. 황해도 곳곳 지형지물에 익숙해 신출귀몰했다. 관군들도 그들을 잡을 수 없었다. 오히려 동원된 관군들은 모두 목이 잘려 나무에 걸렸다.

검은 옷들이 허리를 펴고 멀리 산 너머의 추무루등판을 살폈다. 넓은 평야의 구릉지 한 면이 절벽이고 상당한 높이다. 구릉지 위로 옹기종기 군마들이 모여 있었다.

"이리 오려면 두 식경은 넘겠는걸. 잘 쫓아와라."

검은 옷들이 돌아섰다. 조그만 분지 가운데 구덩이가 파였고 늪처럼 진흙이 가득했다. 한 놈이 창을 구덩이에 쑤욱 집어넣자 끝까지 빨려 들어갔다.

추무루등판에 해가 내리쬈다. 대원들이 구릉 아래로 내려가다 멈췄다. 사내가 사정을 하며 대원들을 쫓아왔기 때문이다. 사내는 평민 옷차림에 얼굴은 반듯했다.

"혹 어디로 행차하시는지 물어도 되겠습니까?"

"우린 영원으로 가지 뭐여. 자넨 어디 갈 데가 있는 거여?"

대답을 들은 사내가 반색했다.

"이런 게 하늘의 운인가 봅니다. 워낙 악수들이 횡횡하는 세상이 아닙니까? 여러분과 같이 가면 악수 걱정은 없겠지요? 저는 맹산으로 가던 중이었습니다. 한밤중에 범을 만났지 뭡니까. 겨우 목숨을 구해 도망치다 그만 낭떠러지를 못 봤지요. 같이 가도 되겠습니까? 허락만 해주시면 맹산에서 꼭 보답하겠습니다."

대원들이 조식의 대답을 기다렸다.

"일반 평민까지 챙길 여유는 없다."

조식이 냉정히 고개를 돌리자 사내가 무릎을 꿇고 울먹였다.

"부탁합니다, 나리. 노모가 저를 목 빠지게 기다리고 있습니다요. 마누라는 범에게 물려갔고 어린아이들이 힘겹게 노모를 보살피고 있습니다. 범을 피해 도망 다닌 지 벌써 이틀입니다. 혼자선 언제 범의 먹이가 될지 알 수가 없습니다. 대신 제가 빠른 길을 다 알고 있습니다. 영원이면 지름길이 있습니다."

사내의 제안에 조식이 관심을 가진 듯 물었다.

"서흥강 변을 따라 가는 길 말고 다른 길이 있던가?"

사내가 머리를 땅에 조아렸다.

"제가 어디 앞이라고 함부로 거짓을 고하겠습니까요. 더 빠른 길이 있습니다."

사내의 자신감에 동성과 강성이 의아한 듯 고개를 들었다.

"에이, 카칵, 이 길은 우리가 수십 번도 허헛, 더 다닌 길이야. 다른 길이 있단 소린 들어본 적이 없소."

"아니오. 비밀길이 있소. 건너편 산길을 통하면 바로 맹산에 도착한단 말이오."

조식과 대원들이 건너편을 살폈다. 서흥강 너머로 경사가 심한 높은 산이 보였다.

"저곳에 말이 달릴 수 있는 길이 있다는 것인가?"

조식이 의문을 가지자 사내가 목소리를 높였다.

"나리, 영원이라면 제가 아는 길로만 가면 이틀은 넘게 일정을 당길 수 있습니다."

고민하던 조식이 명선을 찾았다.

"네놈이 구했으니 네놈이 챙겨라."

명선이 연신 머리를 조아리던 사내를 일으켜 세웠다.

"따라오시오."

명선이 사내를 말에 태웠다. 처음 타보는 듯 사내의 자세가 영 불안했다. 명선이 행랑에서 면포 끈을 꺼내 자신의 허리에 감고 사내의 팔을 끈에 갖다 댔다.

"어디로 가야 하오?"

명선의 질문에 사내가 추무루등판의 오른쪽 아래를 가리켰다. 급경사의 좁은 길이었다.

"이랴!"

조식과 강우가 경사로 달렸다. 대원들이 그 뒤를 따랐다.

서홍강을 건너 산 분지에 다다른 대원들이 평민 사내에게 칭찬을 했다.

"여기에서 보니 강변을 둘러 가야 겨우 이 산의 끝에 닿는군. 자네 말이 맞았네."

원창이 놀라운 듯 강을 내려다봤다.

"강 길보단 훨씬 빠르지요? 이제 제 말이 믿겨지십니까?"

사내의 목소리가 한결 가볍고 밝았다. 사내가 앞으로의 길을 안내하기 위해 말에서 내려 지형을 살폈다.

순간 현철의 비명이 들렸다. 분지 한가운데 늪에 현철의 발 하나가 빠졌다. 안간힘을 쓰며 발에 힘을 줬지만 금세 허벅지까지 빨려 들어갔다.

"대…… 대장! 형님!"

명선이 급히 현철의 손을 잡아당겼다.

"누군가 당기는 거 같아요. 형님, 다리에 힘이 없어요."

현철이 울먹였다. 인손과 원창이 달려와 명선을 지탱했다. 원창이 기력을 잃어가는 현철을 보며 소리쳤다.

"힘을 놓으면 여기서 죽는다. 눈을 떠라. 정신을 차려!"

"가보아라."

조식이 마지못해 강우에게 명령했다. 현철에게 다가온 강우의 얼굴이 굳었다. 현철의 몸은 이미 허리까지 늪에 빨려 들어갔다. 명선이 다른 대원들을 향해 소리쳤다.

"빨리 와서 잡아. 얼른! 뭣들 해?"

강우가 원창의 몸을 잡자 마지못해 성호와 쌍둥이가 합세했다. 성호가 투덜댔다.

"이 정도면 이미 죽은 몸이야. 헛심들 쓰지 말라고."

"잔말 말고 잡게. 빨리."

원창이 다급히 소리쳤다. 모두 명선의 몸을 잡았다. 바람과 달리 늪엔 현철의 얼굴만 남았다. 갑자기 쑤욱 얼굴까지 밑으로 꺼졌다. 명선의 상체까지 늪으로 빨려 들어갔다.

상황을 지켜보던 평민 사내가 도움을 주기 위해 돌아서자 조식이 막았다.

"자네는 길을 마저 안내해야지."

"그래도……."

조식이 재촉하자 평민 사내가 안절부절 떨리는 목소리로 경로를 이야기했다. 와중에도 대원들의 힘겨운 신음이 계속됐다.

명선이 가까스로 상체를 늪에서 뺐다. 아직 현철을 잡은 두 손은 진흙 안에 있었다.

"가망이 있는가?"

불안한 표정으로 원창이 묻자 명선이 고개를 끄덕였다.

"내 손을 잡고 힘을 주고 있어요. 아직 살아 있어요. 다들 힘을 내."

"이제 그만 손을 놓아라."

조식의 말에 부대원들이 고개를 돌렸다.

"그게 무슨 소립니까? 아직 손이 움직입니다. 살려야지요."

"이미 끝났다. 네놈 같으면 저 진흙 구덩이에서 숨을 쉴 수 있을 듯싶으냐? 그놈 목숨은 안타까우나 그만 포기하고 말에 올라라."

강우가 안타까운 듯 늪에서 고개를 돌리며 원창을 잡았던 손을 놨다. 원창이 목소리를 떨며 조식에게 사정했다.

"경차관님. 조금만, 조금만 더 힘을 써보겠습니다. 아직 어린아이일 뿐입니다."

"이번엔 자네 부탁을 못 들어주겠네."

조식이 환도를 꺼냈다. 성호와 쌍둥이가 명선을 놓고 일어났다. 그때였다.

"으아아악!"

명선이 기합을 하고 얼굴을 진흙 속에 박았다. 상체가 안으로 빨려 들어갔다. 움직임이 커졌다. 동시에 원창이 소리쳤다.

"다들 빨리."

인손과 성호가 반사적으로 원창의 몸을 잡아 뒤로 당겼다. 조금씩 명선의 상체가 진흙 밖으로 끌려 나왔다. 꽉 잡은 손에 현철의 손이 깍지 껴 있었다. 현철의 손이 보이고 팔이 보이더니 어느새 얼굴과 상체가 나왔다.

"더 힘을 내. 더!"

쳐다보던 강우의 몸이 움찔했다. 도와주려 다가갈 찰라 현철의 몸이 늪에서 빠졌다. 원창이 현철의 입에 손가락을 집어넣고 목을 뒤로 젖혔다. 그러자 거친 기침과 함께 진흙을 토해냈다. 원창이 가쁜 숨을 내쉬는 현철을 감싸 안았다.

"괜찮으냐? 숨이 쉬어져?"

쿨럭, 현철이 진흙을 더 토하자 인손이 가죽통을 열어 물을 건넸다.

"미안하오. 설마…… 이런 늪이 있는 줄은 몰랐소."

평민 사내가 당황하며 어쩔 줄 몰라 했다.

"다 되었으면 떠날 채비를 하라."

조식이 군마에 다가가자 명선이 달려와 앞을 막았다.

"아직 떠날 기력이 안 됩니다."

"사사건건 방해만 하는구나. 이제 더 들어줄 수 없어. 이제 그런 걸 따질 시간이 없다."

"호랑이를 잡으러 가는 것 뿐 아닙니까? 동료가 숨이 멎기 직전인데 어찌 그냥 두고 봅니까?"

조식이 흘깃 노려보더니 급히 말에 올랐다.

"또 한 번 이런 일이 생긴다면 그냥 버리고 가겠다. 지체된 시간에 대해선 모두 책임져야 할 것이야. 알겠는가?"

대원들이 나지막이 대답을 했다. 명선이 끈질기게 되물었다.

"대답해 보십시오. 그깟 악수가 사람의 목숨보다 중요합니까?"

"네놈들 목숨보다야 훨씬 가치 있는 일이지. 이봐, 길을 안내하라."

"알겠습니다, 나리."

평민 사내가 말에 올랐다. 명선의 눈에 붉게 핏줄이 서고 주먹엔 힘이 들어갔다. 강우가 명선에게 간절히 말했다.

"제발 부탁이니 그만 말에 오르시오."

빗방울이 하나둘 떨어졌다. 명선이 평민 사내가 탄 군마에 올랐다. 평민 사내가 명선에게 말했다.

"아무튼 미안하오. 한양에 갈 땐 이런 늪이 없었는데 말이오. 나 때문에 욕봤소."

"꽉 잡으시오."

사내가 명선의 허리를 세게 잡았다. 명선이 고삐를 당겨 속도를 높였다. 비는 거세지고 산길은 급격히 좁아졌다. 군데군데 부러진 나무들이 길을 막았다. 명선의 군마가 훌쩍 나무들을 넘어 조식의 군마 바로 뒤까지 붙었다. 명선이 계속 말을 다그쳤다. 속도를 올린 말이 조식의 말에 부딪힐 듯 아슬아슬하게 붙었다.

폭우는 잦아들었으나 그치진 않았다. 서흥을 넘어온 대원들이 봉산의 합룡 주막에 행랑을 풀었다. 평민 사내가 안내한 길은 의주로 향하는 샛길이었다.

쌍둥이가 경로에 의문을 가졌다. 동성이 물었다.

"이 길은 의주 가는 길이잖아. 제대로 가고 있는 거 맞아?"

"아, 어찌 아시오? 산세가 험해 구월산을 넘어 우측으로 돌아가는 게 훨씬 빠르다오."

"하여튼!"

동성이 조총 방아쇠에 손가락을 끼우며 인상을 찌푸렸다.

"만에 하나 하루라도 늦게 도착하면 당신 머리에 구멍 나. 알았지?"

"참 내. 그런 걱정일랑 마시오. 한두 번 왕래한 줄 아오? 그리고 당신들 아직 한참 어린 거 같은데, 이래 봐도 내 아이들이 몇 살인지 아시오? 왜 자꾸 하대를 하시오?"

가까이서 술을 마시던 성호가 일어나 평민 사내에게 다가가 갑자기 저고리 안쪽에 손을 집어넣었다.

"왜…… 왜 그러시오?"

"생각해 보니 말이야. 이리 편안하게 데려다주면 뭐 답례가 있어야 인지상정 아닌가? 한양 갔다 왔음 두둑이 챙겼을 테고?"

사내가 난감한 듯 성호의 손을 치우자, 성호가 사내의 얼굴에 따귀를 올렸다. 쌍둥이들이 질린 듯 자리에서 일어났다. 사내가 급히 쌍둥이를 따라 일어나자 성호가 멱살을 잡아 앉혔다. 빤히 사내를 바라보던 성호가 다시 따귀를 때렸다.

"드…… 드리겠소."

"그러게 진즉에 그랬어야지."

손에 쥔 박달나무 조각이 둥그렇게 깎여나갔다. 행랑을 풀 때마다 인손은 나무를 다듬는 데 온 시간을 보냈다. 모양은 쉽게 만들어지지 않았고 몇 번이나 나무를 새로 바꿨다. 각궁 촉으로 만든 심을 박아 돌려보면 여지없이 균형이 맞지 않았다.

"각궁은 쉽게 만드는데 말여. 개똥아, 애비가 이리 어려운 걸 하지 뭐여. 어무이 말 잘 듣고 애비가 돌아올 때까지 잘 버티고 있어. 이 애비는 지금 혈혈단신이여. 아니 망나니 같은 놈들하고 북쪽의 이 생판 모르는 곳에서 말여……. 이게 뭐 하는 거여, 진짜."

갑작스레 감정이 북받치는지 눈물을 훔치는데 쌍둥이가 방 안에 들어왔다.

"우나?"

"뭔 소리여? 내가 언제? 네놈 진짜 계속 하대할 거여?"

동성이 대답 대신 깎다 만 나무를 집었다.

"참 내. 이런 재주로 각궁은 참 잘 다루겠다, 쯧쯧."

인손이 동성의 손에서 나무를 빼앗았다.

"하, 이놈들 봐라? 왜 맨날 말을 재수 없게 하고 지랄이여? 네 놈들 진짜 몇 살이여?"

"헛험, 동료끼리 나이는 알아 허헛, 뭣에 쓰려고 하오?"

인손이 강성의 멱살을 잡을 찰라 동성이 시큰둥하게 팽이를 다시 들었다.

"이놈 봐봐. 각이 안 맞잖아. 이래서 돌기는 해?"

인손이 동성에게 나무를 건네받았다. 얇고 긴 나무가 중심을 향해 급경사로 깎였다.

"살이 통통하게, 둥그스름하게 깎아야지."

인손이 급히 단도를 꺼냈다. 쌍둥이가 훈수를 두자 인손의 표정이 점점 밝아졌다. 쌍둥이들은 쉬지 않고 잔소리를 했다. 실랑이와 웃음이 오갔다. 원창과 현철도 들어와 인손의 팽이를 살폈다.

"그리하지 말고 테를 맞추게. 삐뚤하지 않나?"

"아, 대장까지 왜 그려요?"

인손이 이마의 땀을 닦고 고개를 들었다. 시선이 모두 인손에게 쏠렸다.

"왜 다들 나만 보고 지랄들이여, 젠장."

인손이 창피한 듯 팽이에 얼굴을 묻었다. 다시 나무에 집중하며 칼질을 할 때 문이 쾅 열렸다.

"가꿍아, 너 진짜 이 새끼야. 돈 안 갚으면 죽어."

성호의 갑작스런 등장에 놀란 인손의 단도가 찌익 밀려나 팽이의 한쪽 면을 잘랐다. 대원들이 하나둘 눈치를 보며 일어났다. 취한 성호조차 분위기를 감지하고 문을 닫았다. 우당탕, 인손이 팽이를 집어던졌다.

창호를 통과한 빛에 작두칼의 면이 반짝였다. 강우가 잠든 걸 확인한 명선이 조식 방에 잠입했다.

명선의 손이 떨렸다. 망설임인가. 작두칼의 떨림에 조식이 눈을 떴다. 빠르게 몸을 돌려 피하자 작두칼이 이불 위에 꽂혔다. 조식이 일어나 환도를 잡았다. 명선이 칼을 빼서 한 발 물러났다. 명선을 확인한 조식이 놀란 듯 칼을 내렸다.

"무슨 짓이냐?"

"네놈을 죽인다고 했잖아?"

조식의 환도가 빠르게 작두칼을 막고 명선의 목을 향했다. 삽시간에 작두칼이 환도의 끝을 쳤다. 손 울림에 조식이 한 발 뒤로 물러나자 작두칼이 틈을 파고들었다. 뒷걸음치던 조식이 이불에 미끄러지며 중심을 잃자 놓치지 않고 작두칼이 날아왔다. 반사적으로 고개를 돌린 조식 옆에 작두칼이 박혔다. 조식의 동공이 흔들렸다.

"진짜였구나. 네놈이 나를? 내 아무래도 네놈을 잘못 데려온 듯싶다."

"네놈은 하나도 변하지 않았어. 동료보다 죽마고우보다 네놈 안위가 더 중요했다. 왕명? 군을 다시 만든다고? 헛소리!"

명선이 달려와 작두칼을 뽑았다. 급히 강우가 들어와 조식을 보호하며 섰다. 조식이 소리쳤다.

"네놈들을 모은 이유를 모른단 말이냐? 믿지 못하는 것이냐? 그래서 사사건건 방해를 한 것이야?"

명선이 작두칼에 조식의 눈을 맞췄다. 강우가 명선의 시선을 막으며 끼어들자 날 끝이 강우의 눈에 닿을 듯 가까워졌다. 명선이 조식을 향해 비아냥댔다.

"호랑이? 그런 맹랑한 소리를 믿으라고? 소문을 부풀려 공적을 쌓으려고 하는 거겠지. 난 관심 없어. 여기 온 까닭도 변한 게 없어. 항상 눈을 뜨고 잠드시오. 조금만 방심해도 내 작두칼이 춤을 출 것이니."

"그렇다면 아까 했어야 했다. 오늘처럼 주춤댔다간 네놈이 먼저 목이 달아날 것이다. 이리 용기가 없었더냐?"

명선이 움찔했다. 작두칼이 조식의 가슴을 향했다. 조식의 환도와 강우의 쌍검이 동시에 바람을 갈랐다. 검이 맞부딪히는 틈새를 명선이 파고들었다. 조식의 목에 칼이 다가갈 찰라, 챙! 작두칼의 면에 쇠살이 맞고 튕겼다.

명선이 칼을 살폈다. 한가운데가 깊숙이 파였다. 놀라 돌아보자 문밖에 대원들이 모였다. 그중 원창이 쇠뇌를 겨누고 있었다.

"대장?"

순간, 강우의 쌍검과 조식의 환도에 명선의 목이 포위됐다.

"이젠 계획을 바꿨다. 군에서 한 발짝만 이탈해도 숨통을 끊겠다. 내 손에 목이 달아나든지 아님 끝까지 같이 가는 것이다."

조식이 환도를 움직이자 명선의 적삼 위가 잘렸다.

"이놈을 묶어라."

강우가 명선을 끌어냈다. 상관을 해하기 위해 침입한 동료에 대원들이 아연실색했다. 인손과 쌍둥이가 명선을 포박했고, 성호가 군마의 안장에 명선의 포박줄을 맸다. 강우가 말에 올라 등자를 쳤다. 비명과 함께 명선이 넘어져 끌려갔다. 지켜보던 성호가 혀를 찼다.

"왜 저런 망나니새끼를 데려가서 고생을 하는 건지. 저 새끼 때문에 다 글러 먹게 생겼어. 재수 없는 놈 같으니라고."

평상에 선 조식이 미동도 없이 명선을 지켜봤다. 명선의 몸이 만신창이가 되어 터지고 피가 흘렀다. 조식이 손을 들어 강우를 제지했다. 조식이 명선 앞에 섰다.

"끝까지 데려가서 네놈을 미끼로 쓰겠다."

지친 명선이 대꾸를 못 하고 입술만 바르르 떨었다. 지켜보던 현철이 슬쩍 눈가를 훔쳤다. 조식이 대원들에게 명했다.

"당분간 이놈에게 물과 음식을 금한다. 어기는 자는 엄벌에 처하겠다."

평민 사내가 주막방에 들어와 대원들이 잠들었는지 한 명씩 살폈다. 인손은 각궁을 자신의 몸에 끈으로 감은 채 코를 골았다. 사내가 슬쩍 각궁 줄을 잡아 손가락 감각에 집중했다. 줄은 뻑뻑한 듯 탄성이 별로 없고 오늬도피는 오랜 세월에 반들해져 엄지에 잘 붙지 않았다.

다음은 쇠뇌였다. 사내가 검게 색이 바랜 기계틀의 발사대 안에 손가락을 넣었다.

"이 정도 크기의 살이 있던가?"

사내가 쇠뇌 안쪽을 살피려 얼굴을 들이댈 찰라 원창이 들썩였다. 급히 물러난 사내가 돌아서다 놀란 듯 굳었다. 막 들어온 듯 현철이 문 앞에 서 있었다.

"아직 안 잤구나?"

"마을 좀 둘러보고 왔어요. 이 방엔 무슨 일이세요?"

"아까 토끼 한 마리가 여로 들어왔지 뭐니. 혹시 못 봤어?"

현철이 의아한 듯 고개를 내저었다.

"그래? 그럼 이놈이 어디로 갔지? 낼 주모한테 탕 좀 만들어달라고 부탁할까 했더니. 하여튼 알았다."

사내가 헛기침을 하곤 나갔다. 이내 옆방의 문 여는 소리가 들렸다.

"토끼?"

현철이 혹시나 하며 방구석을 살피려 고개를 숙이자 인손이 크게 방귀를 꼈다. 황급히 피하며 현철이 일어났다.

영조 23년 정묘년 8월 4일 갑자

주막을 벗어난 대원들이 산길에 들어섰다. 끌려가던 명선에게 숨 고를 여유가 생겼다. 군마들이 풀을 뜯을 동안 명선이 옆 나무에 기댔다. 피로에 지쳐 입술이 완전히 말랐다.

"형님. 여기…… 눈 좀 떠보세요."

현철이 불에 구운 토끼 다리와 물통을 내밀었다.

"가져가. 다른 놈들에게 들키면 네가 다칠 수 있어."

"아무것도 안 드셨잖아요. 잘 살펴 왔으니 아무도 모를 거예요. 드세요, 형님."

명선이 눈을 감았다. 현철이 자리를 뜨지 못하는데 쌍둥이들이 다가왔다.

"야! 허헛, 이놈 봐라! 경차관님 분부 못 들었니?"

성호도 쌍둥이를 밀치며 얼굴을 내밀었다.

"쥐새끼 같은 놈. 짐꾼이나 잘할 것이지, 감히 경차관님 분부를 어겨? 네놈 때문에 이 새끼가 정신을 못 차리지."

"그럼 동료가 굶고 있는데 형님은 맘이 괜찮아요?"

"동료? 하하. 개가 웃겠다, 새끼야. 이 자식 때문에 군이 해체됐어. 뭘 알고 지껄여야지. 이리 내놔."

성호가 고기를 빼앗아 멀리 던졌다. 현철이 다급히 성호의 바지를 잡았다.

"목이라도 축이게 해주세요, 형님."

"형님? 내가 네 형님이냐?"

성호가 현철의 얼굴을 가격했다. 비명에 명선이 눈을 떴다.

"네놈들 다 썩 물러가라."

성호가 코웃음을 쳤다.

"곧 죽어도 큰소리지."

쾅. 명선의 얼굴이 돌아갔다. 지켜보던 쌍둥이들은 흥미를 잃었는지 진지로 향했다. 성호가 의기양양하게 명선의 얼굴을 잡았다.

"네놈 면상을 얼마나 갈기고 싶었는지 알아?"

주먹을 높이 드는데 철컥! 기계틀 소리가 났다. 성호가 돌아보자 원창이 쇠뇌를 겨누고 있었다. 현철이 빠르게 원창 옆에 섰다.

"그 손 놓게. 빨리!"

"대장, 그 짐꾼 새끼가 이놈에게 고기를 가져다주지 뭐요. 뼈까지 씹어 먹어도 시원찮을 놈을 도와준다는 게 말이 됩니까?"

원창이 쇠뇌를 겨눈 채 성호에게 가까이 왔다. 히죽대던 성호가 일순 진지해졌다.

"아…… 젠장. 알았소, 알았어요."

성호가 명선의 얼굴을 놓고 돌아섰다. 현철이 안도하며 물을 주고 싶다고 원창에게 간청했다.

"경차관님의 명령이다. 반하는 짓은 할 수 없어. 돌아가라."

"그래도……"

현철은 명선을 돌아봤다. 명선이 괜찮다는 듯 고개를 끄덕였다.

숲은 빠르게 어두워졌다. 명선은 쉽사리 잠에 들지 못했다. 나무에 묶인 팔은 조금도 움직일 수 없었다. 손목을 비틀자 피부가 벗겨져 포박에 피가 뱄다. 몇 번을 들썩이지만 상처만 깊어졌다. 명선이 낙담하듯 고개를 숙였다.

그때 날렵한 발소리가 들렸다. 명선 앞에 선 조식은 할 말이 있는 듯 입술을 우물댔지만 입을 열지 못했다. 명선이 빤히 보다 먼저 말했다.

"나리 말대로…… 과거는 다 잊지요. 아니 이제 잊었습니다. 생각할수록 생채기들만 더 심하니 어찌 떠올리겠습니까? 그러니 이 포박을 좀 풀어주십시오. 이제 악수를 잡는 데 온 힘을 다 쏟겠습니다."

"진심인가?"

명선이 고개를 끄덕였다. 조식이 쪼그려 앉아 명선과 눈높이를 맞췄다. 명선의 몸 곳곳에 새로 생긴 상처들이 가득했다.

조식이 포박을 하나씩 풀었다. 손목의 밧줄이 풀리자 핏물이 팔을 타고 흘렀다. 순간 명선이 조식의 멱살을 잡아 쓰러뜨렸다. 빠르게 돌을 하나 들어 조식의 머리를 겨누었다.

명선의 눈가가 젖었다. 돌을 든 손이 잠시 떨렸다. 놓치지 않고 조식이 명선의 팔을 쳤다. 돌이 손에서 빠져 굴렀다. 조식이 옷을 털며 일어났다.

"다시 군마에 올라라. 더 이상 네놈 일로 얘기하고 싶지 않아. 시간이 없다. 임금의 행차가 있기 전까지 임무를 완수해야 해. 나에겐 그것뿐이야. 네놈은 거기에 꼭 필요한 인재일 뿐이다. 악수를 잡은 후엔 네놈 원하는 대로 해주겠다."

명선이 고개를 떨구고 흐느끼듯 어깨를 들썩였다.

"나리. 제발 쇤네의 부모와 누이를 보살펴주십시오. 부탁입니다. 나리가 원하는 대로 이 한 몸 악수의 포획에 다 바치겠습니다."

"약조하마."

조식이 돌아섰다. 명선의 흐느낌이 웃음으로 변했다. 조식은 돌아보지 않았다.

나무 뒤에서 둘을 지켜보던 평민 사내가 삐죽 입꼬리를 올렸다. 고개를 까닥 움직여 근육을 풀었다.

"군? 오합지졸 놈들."

영조 23년 정묘년 8월 5일 을축

낭림산 초입엔 부러진 나무들이 넝쿨이 되어 쌓였다. 신시가 다 됐음에도 더위는 여전했다. 머리가 하얗게 센 노인이 이마의 땀을 닦았다. 지팡이로 땅의 지형을 살피던 노인이 고개를 들었다. 동공이 하얗고 시선은 모호했다. 김창근은 자신의 늙은 몸을 한탄했다. 안 보이는 눈보다 자꾸 미끄러지는 지팡이가 더 쓰렸다. 다리와 팔에 힘이 안 들어간 지 오래다.

전국을 떠돌던 김창근이 우연히 악수의 울음소리를 들은 건 닷새 전이었다. 맹산과 낭림산의 거리는 꽤 멀었다. 맹산에 있던 김창근의 귀에 30년 전 들었던 그 악수의 울음이 또렷이 들렸다.

눈이 멀자 귀가 예민해졌다. 김창근은 악수가 있는 곳이 낭림산 근처라고 확신했다.

"왜 이리 다 막혀 있단 말인가?"

지팡이가 부러진 나무 사이에 걸리며 손에서 빠졌다. 몸이 중심을 잃고 휘청댔다. 주저앉는 순간 누군가 그의 손을 잡았다.

"누군지 모르지만 고맙네. 이 고을에 사는가?"

"만난 적이 있지요. 아마 30년 전쯤이었지요?"

목소리가 얇고 날카롭다. 마치 남성이 일부러 여성 목소리를 내는 듯 부자연스러웠다.

"그리 오래전에? 아무튼 고맙네. 그리고 이 산엔 올라가지 마시게. 악수가 언제 나타나 위협을 할지 모르네."

"호호. 경차관이 돌아왔다고 전해 들었는데 진짜였군요. 이번에도 신을 죽이러 오신 건가요? 신이 사라지고 고을이 어떤 고초를 겪었는지 모르시겠군요."

김창근이 급히 소리가 들리는 쪽을 찾았다.

"고초라니?"

"신을 잃은 민초들의 고통 말이에요. 잘 먹고 잘살게 되면 뭐 할까요? 죽이고 싸우고 서로를 비방했지요. 신이 있을 땐 모두 치성을 드렸어요. 믿고 의지할 게 있었어요. 이제 다시 돌아왔어요. 다들 진심으로 치성을 드려요. 그런데 왜 또 죽이려고 오신 건가요?"

김창근의 흰 동공이 허공을 맴돌며 떨렸다.

"네년은…… 무당년이구나. 수령을 악수에게 갖다 바친 무당년. 네 이년! 육살할 년."

김창근이 바닥을 더듬어 지팡이를 찾아 힘껏 들어 휘둘렀다. 물러나는 사람들의 발소리가 많았다. 김창근이 황급히 돌아서서 달렸다. 삐거덕 대던 다리가 얼마 못 가 나무에 부딪히고 돌에 걸렸다.

"얼른 데려와."

무당이 대여섯의 사내에게 지시하고 산 위를 봤다. 흰 연무가 중턱 위를 덮었다. 30년 전 열댓이었던 무당은 마흔 중반이 됐다. 주름은 적고 피부는 반들했지만 눈꼬리가 반달을 뒤집어놓은 듯 꼬리가 처졌고 실눈이 됐다. 연무를 보던 무당의 눈이 더 얇게 변했다. 오물 움직이던 입술이 열리더니 얇고 날카로운 소리가 터졌다.

"머지않아 해가 곤방으로 들어간다. 신이 내려온다."

김창근이 사내들에게 잡혀 끌려 내려왔다. 무당이 돌아섰다.

"제 발로 찾아왔어."

영조 23년 정묘년 8월 6일 병인

언덕을 오르던 인손이 불안한 듯 주위를 살폈다. 아직 대원들은 구월산에 들어가지 못했다. 넘어야 할 언덕이 하나 더 있었다. 평민 사내의 제안으로 바뀐 노선을 두고 쌍둥이를 비롯한 대원들이 갑론을박했지만 사내는 시간을 앞당길 경로라고 부추겼다. 곧 도착할 언덕을 지나면 맹산과 영원의 땅에 도착할 것이라고.

언덕 너머 길은 소문이 무성했다. 매복하기엔 좋은 곳이지만 지나가는 입장에선 불안하기 짝이 없는 곳이었다. 수많은 아녀자와 여행객이 도적 떼에게 살해당해 객들이 일부러 우회하는 곳. 인손이 걱정하자 원창이 웃었다.

"우리가 오랑캐 청군이란 소린가?"

"에이 대장도. 말이 그렇단 소리여요. 그런데 진짜 도적 떼 나오는 거 아녀?"

둘의 대화에 성호가 끼어들었다.

"가꿍아, 무섭니? 나한테 맡겨. 근질거려서 돌아버릴 거 같으니까."

"아이고 멍청한 놈. 뭘 알고 말해야지. 동선령이 무슨 뒷산의 갓길인 줄 아는 거여 뭐여?"

"동선령?"

성호가 그게 뭔데, 하며 대원들을 살피자 다들 머뭇댔다. 현철이 의아한 듯 원창에게 물었다.

"대장. 청군은 뭐고 동선령은 뭐란 말이에요?"

"병자년 호란 때 동선령에서 큰 전투가 있었지."

원창이 동선령 전투를 설명했다. 하나둘 원창의 이야기에 귀를 기울였다.

"청군의 기마병들을요?"

현철을 보며 원창이 미소 지었다.

청군의 기마병을 몰살시켰던 길목은 이후 도적 떼들의 은거지가 됐다. 피해가 속출하자 관은 포졸들을 상주시켜 길목을 지키게 했으나 그들조차도 하루가 멀다 하고 실종됐다. 피해가 반복되자 관도 더 이상 통제하지 않았고 결국 동선령은 객들이 지나다니지 않는 언덕이 됐다.

성호가 오히려 반색했다.

"그래. 도적놈들 상판대기 좀 보자. 온몸이 근질근질하니 잘됐다. 살들로 구멍을 내줄 테니까."

조식이 대원들을 향해 돌아섰다.

"자네들이라면 그깟 도적 떼들이지. 이보게, 자네는 어찌 생각되는가?"

조식이 평민 사내를 지칭했다. 사내가 당황한 듯 머뭇대다 능글맞게 웃었다.

"물론입죠, 나리. 그래서 저도 이 길로 가자고 한 것입니다."

"한양으로 갈 때는? 그때는 어땠는가? 동선령을 넘었는가?"

사내가 말을 더듬었다.

"한양에 갈 때는 동선령을 넘은 게 아니기에…… 아, 왔던가? 아무튼 그땐 별일 없었습니다."

"자네가 앞장서게."

조식이 신호를 하자 명선과 평민 사내가 탄 말이 구릉 너머를 향해 섰다.

뜨겁던 바람이 조금 잦아들었다. 길목은 소문대로 말 두 필이 겨우 지나갈 정도로 좁았다. 마치 계곡이 마른 듯한 급경사의 숲 사이였다. 조식과 강우는 혹시 모를 도적 떼의 습격에 대비해 말의 속도를 늦췄다. 대원들 모두 숨을 죽이고 주변을 살폈다.

길목의 반쯤 다다랐을 때 평민 사내가 급히 위를 살폈다. 움직임에 명선이 고개를 돌렸다.

"무슨 일 있소?"

"아니오. 천문이 좀 이상하지 않소?"

명선이 하늘을 봤다. 먹구름 하나 없는 맑은 하늘이 이상하게도 어두웠다.

"해가……."

그사이 사내가 말에서 뛰어내렸다. 동시에 조식이 부대원들을 멈췄다. 사내가 순식간에 사라졌다. 강우가 소리에 집중했다.

"발소립니다. 검을 들었습니다."

"안다. 다들 준비됐는가?"

조식이 손을 들자 대원들이 빠르게 무기를 꺼냈다. 원창이 안절부절못하는 현철을 불렀다.

"내 뒤로 와라."

현철이 말을 몰아 원창의 뒤에 붙었다. 성호가 편전에 애기살을 장착하다 비아냥댔다.

"뒤에 숨어 있는 꼴이라니."

명선은 여전히 평민 사내를 찾았다. 옆 수풀로 시선을 돌리자 멀리 위에 사내가 보였다. 사내는 올라가다 말고 바위에 서서 아래를 내려다봤다.

"위험하오. 내려오시오!"

명선이 불안한 듯 소리치자 사내가 갑자기 풀피리를 불었다. 삐익. 소리에 맞춰 수풀이 움직이고 발소리들이 민첩하게 울렸다. 사내가 계속 풀피리를 불자 인기척이 늘었다. 으드득, 명선이 이를 갈았다.

"저놈, 같은 패거리야."

"뭐여? 해가 사라져!"

인손이 소리쳤다. 모두의 시선이 하늘을 향할 때 곳곳에서 풀피리 소리가 들렸다. 명선이 작두칼을 뽑았다.

"도적놈들이다."

픽. 길가에 살이 박혔다. 수십의 살이 양쪽 산 위에서 날아왔다. 대원들은 급히 좁은 길 양쪽 끝으로 말을 붙였다. 강우가 쌍검을 높이 세우고 명했다.

"등패를 펴라."

대원들이 안장에 묶었던 대나무 등패를 펴고 말에서 내렸다. 등패를 이어 조식을 엄호했다. 화살이 등패의 면을 맞고 튕겼다.

등패 너머로 산을 뛰어 내려오는 발소리가 들렸다. 인손이 틈으로 밖을 살폈다. 도적 떼는 보이지 않고 주변은 어두웠다. 조식이 하늘을 봤다. 해가 반쯤 어둠에 가렸다.

"대식(帶食, 부분일식)이다."

쾅! 등패의 면이 쪼개지며 도끼가 둔탁하게 들어왔다. 작두칼이 치자 도끼머리가 부서졌다. 조식이 소리쳤다.

"한놈도 살려두지 마라."

대원들이 등패를 던지고 흩어졌다. 시선을 분산시키며 길목의 양옆을 달렸다. 갑작스런 움직임에 검은 옷 사내들이 우왕좌왕하며 중앙으로 모였다. 같이 내려온 평민 사내가 흩어지는 대원들을 눈으로 쫓았다. 대원들은 눈으로 쉬이 쫓을 수 없을 정도로 빨랐다. 순간 쌍둥이와 인손이 수풀로 들어갔다. 사내가 둘을 쫓았다.

탕! 어둠 속에서 은자가 날아와 검은 옷 한 명의 이마를 뚫었다. 우왕좌왕하던 검은 옷들이 뒤늦게 원을 만들어 길목의 한가운데 모였다. 거꾸로 포위된 모양새다.

"웬 놈들이기에 조정의 군에 대항하는 것이냐!"

어둠 속에서 조식의 목소리가 들리자 검은 옷 중 하나가 표창을 꺼냈다.

"네놈들 군이었어? 하하, 알게 뭔가? 곧 저승길로 갈 텐데. 노잣돈은 현감한테 받게."

"현감? 그 도적놈과 한패였던가?"

"네놈들은 지금 그게 중요한 게 아닐 텐데, 흐흐."

검은 옷의 표창이 정확히 조식의 소리가 들리던 경사 위를 향했다. 나무에 박힘과 동시에 쇠뇌 살이 검은 옷의 목을 뚫었다. 목덜미에서 터진 피가 동료들을 적셨다.

남은 검은 옷들이 죽은 동료를 옆으로 치우고 조금 더 대형을 밀집했다.

"모습을 드러내라. 군이 이리 비겁해도 되는 것이냐?"

검은 옷들의 외침을 외면하듯 수풀에서 기분 나쁜 웃음이 울렸다. 검은 옷들이 긴장하며 서로 밀착했다. 그러자 화살도, 조식의 목소리도 들리지 않았다. 기회라 여긴 듯 검은 옷 하나가 동료들과 교감한 뒤 슬쩍 경사에 올라 조식의 소리가 들렸던 곳을 향했다.

정적은 조금 더 이어졌다. 좁은 길목엔 검은 옷들의 거친 숨만 가득했다. 검은 옷들은 소리에만 의지했다. 어두워 공격 방향조차 가늠이 어려웠다. 어디선가 빽빽한 시위가 당겨졌다. 검은 옷들의 시선이 앞으로 쏠렸다.

"으아악!"

작두칼이 놈들의 뒤를 습격했다. 눈치채고 돌아선 한 놈이 삼지창으로 막아보지만 창의 한쪽 끝이 부서지며 작두칼이 밀고 들어왔다. 둔탁한 위력에 삼지창의 고리가 잘리고 이내 놈의 얼굴에 작두칼이 닿았다. 놈이 둥그러니 돌며 쓰러졌다.

명선이 놈의 얼굴에서 칼을 뽑아 들 찰라 다른 검은 옷이 명선의 머리를 향해 봉을 휘둘렀다. 그때 조총이 엄청난 폭발음을 냈다. 봉에서 불꽃이 튀었다. 사내가 봉을 확인했다. 쇠가 일그러지고 구멍이 났다.

명선이 훌쩍 검은 옷들 위로 뛰어올랐다. 수많은 표창이 명선을 향해 날아들자 어디선가 화살이 날아와 표창의 중앙을 꿰며 나무에 박혔다. 검은 옷들이 어리둥절해하는 사이 경사에서 흙바람이 일었다. 검은 옷들이 고개를 들었다. 대원들이 흙바람을 일으키며 경사에서 달려왔다. 궁지에 몰린 검은 옷들은 좀 전 경사에 올랐던 동료의 행방을 쫓았다. 그때 쌍검의 퍼런빛이 수풀에서 번쩍이더니 검은 옷의 팔다리가 떨어졌다.

검은 옷들이 사색이 됐다. 경사에선 조식과 강우가 환도와 쌍검을 휘두르며 내려오고 성호와 인손은 이미 길목에 자리를 잡았다. 쌍둥이는 수풀에서 조총을 겨눴다. 꼼짝없이 포위됐다.

조식이 소리쳤다.

"지금이라도 무기를 버리고 투항하면 목숨만은 살려둘 터. 어쩌겠느냐?"

검은 옷들은 꿈쩍도 안 했다. 오히려 결전을 대비하듯 무기를 세게 쥐었다.

"죽을 놈들은 네놈들이다."

검은 옷 하나가 달려와 환도를 휘둘렀다. 성호의 팔에 살짝 생채기가 났다. 성호가 짜증 난 듯 조식의 명을 기다렸다. 조식이 고개를 끄덕였다.

"목숨만은 살려주려 했건만. 오만 방자한 놈들. 어차피 참수를 당해도 당연한 일. 여기에서 집행한다 해도 문제가 되지 않겠지. 모두 살려두지 마라."

성호가 입술을 핥으며 비릿하게 웃었다.

"다들 나서지마! 내가 이놈들 사지를 다 잘라버릴 테니까."

성호가 편전을 겨누자 검은 옷들이 덤벼들었다. 성호의 손이 빠르게 움직였다. 통아의 살이 편전대에 채워지기 무섭게 오늬를 당겼다 놨다. 날아갈 틈도 없이 다시 살이 발사됐다. 속도에 강우가 넋을 놨다. 원창과 인손 그리고 명선은 당연하다는 듯 자신의 무기들을 챙겼다.

애기살이 쉬지 않고 바람을 뚫었다. 검은 옷들의 목과 눈, 가슴에 차례로 살이 박혔다. 피를 토하던 검은 옷들이 단발에 숨이 끊어졌다.

대원들이 검은 옷들의 시신 앞에 다가갔다. 살수들과의 싸움은 싱겁게 끝이 났다.

대식에 가려졌던 해가 조금씩 모습을 비췄다. 검게만 보였던 선혈이 제 모습을 찾았다. 검은 옷 시신은 모두 여덟 구였다. 좁은 길엔 온통 피가 낭자했다.

강우가 검은 옷을 들추자 푸른색 갑사 복이 드러났다. 놈들은 관군이었다.

민가를 휩쓴 흉흉한 소문은 본성이 악한 관군들에게 오히려 기회가 되었을까. 놈들은 지위를 이용해 정보를 훔치고 도적 떼들의 뒤를 보호했다. 후엔 직접 살생 조직을 키웠다.

조식이 한 발 물러났다.

"모두 태워라. 흔적을 남기지 마."

성호가 잘린 발과 다리를 들어 길 가운데로 던졌다. 명선은 화장할 구덩이를 팠다. 원창이 거들자 명선이 손사래를 쳤다.

"현철이나 챙겨주세요. 아마 오줌을 지렸을 겁니다."

원창이 명선의 농에 웃다가 문득 떠오른 듯 주변을 봤다. 현철이 없다. 다른 이들도 현철을 본 이가 없다. 명선이 불안한 듯 수풀 위를 살폈다.

"한 놈이 없어요. 그 평민 놈."

원창의 눈이 커졌다.

현철은 강우의 검술을 똑같이 따라 하며 검은 옷들과 결전을 벌였지만 앞으로 나아가지 못했다. 귓전을 때리는 바람 소리에 덜컥 겁이 났다. 싸움 도중 수풀로 물러났다. 순간 누군가 현철을 지나쳐 위로 도망쳤다. 현철의 심장이 불규칙하게 뛰었다. 따라가야 한다. 마음과 달리 몸이 움직이지 않았다. 안절부절못하던 현철이 검은 옷 사내를 발견했다. 사내는 숲 경사에 있던 조식의 뒤로 접근했다.

"경차관 나리. 뒤를 보십시오."

조식에겐 들리지 않는 듯했다. 사내의 단도가 조식의 뒷목에 다가가는 게 보이자 현철의 발이 스스로 움직였다. 수풀에 올라 경사를 타고 달렸다.

그때 조식이 환도를 꺼냈다. 빛이 번쩍였고 사내의 팔과 다리가 잘려 현철 옆으로 떨어졌다. 삽시간에 사내의 머리도 굴렀다. 현철은 피가 끓었다. 열기가 넘쳐 땀이 턱을 타고 흘렀다. 꽉 쥔 환도에 힘이 들어갔다. 현철이 평민 사내가 사라진 방향을 찾았다. 멀리 바위 너머로 사람 머리가 움직였다.

"그동안 같이 지낸 시간이 있지 않니? 살려다오. 진짜 노모와 아이들이 내가 오기를 오매불망 기다리고 있단 말이다."

"그걸 어떻게 믿어. 목숨을 구해준 대가가 유인이라니. 못 믿겠소."

핏줄을 끊을 듯 검 날이 평민 사내의 목에 닿았다.

"제…… 제발. 미안하다. 저놈들이 시켜서 어쩔 수 없었어. 이 길로 유인하지 않으면 노모와 아이들을 죽여 개밥으로 준다고 협박하지 뭐니. 너 같으면 어떻게 하겠어? 내가 어찌해야 했던 가? 흑."

사내가 끝내 눈물을 보였다. 진심일까? 현철이 혼란스러운 듯 사내의 눈을 뚫어지게 봤다. 쉬지 않고 산길을 달려 운 좋게 바위 뒤에서 쉬던 사내를 발견했다. 뒤에서 급습할 때까지 사내는 전혀 눈치를 못 챘다.

"네가 저놈들을 몰라서 그래. 말을 듣지 않았다면 아마 가족들 살점조차 찾지 못했을 거야. 이번만 살려주면 내 언젠가 꼭 은혜를 갚을게. 이봐, 제발."

"살려주면……."

"살려줘, 제발. 아이들이 기다린단 말이다. 흐흑."

현철의 손이 떨리자 사내 목에 닿은 검도 흔들렸다. 망설임이 느껴지자 평민 사내의 몸이 빠르게 회전하며 검을 발로 찼다. 검이 멀리 바위 뒤로 떨어졌다.

"이 애송이새끼. 확 눈깔을 뽑아줄까? 네깟 놈이 나를 어찌 죽이겠다고."

돌변한 사내가 현철의 목을 잡고 조였다. 현철이 사내의 두 팔을 잡고 떼어내려 했지만 꿈쩍도 않았다. 조임이 강해졌다. 현철의 눈 흰자위가 넓어졌고 입에서 거품이 새 나왔다.

"담에 태어나면 딴 놈 말 듣지 말아. 그러다 또 죽는다. 크하하. 애송이새끼야."

사내가 이상한 듯 팔을 움직였다. 더 조여야 할 악력이 풀려갔다. 그제야 문제가 있음을 확인했다. 쇠뇌 살이 왼쪽 팔을 관통해 오른쪽 팔을 뚫었다. 쿵. 현철의 몸이 바닥에 떨어졌다.

"멈춰라."

원창이 달려왔다. 놀란 사내가 화살을 뽑지도 않고 뒷걸음쳤다. 원창이 현장에 도착하자 이미 사내는 보이지 않았다.

원창이 현철을 일으켰다. 목에 검고 긴 멍 자국이 선명했다. 원창이 부축한 팔에 힘을 가해 현철을 꽉 당겼다.

"미안하구나. 이리 될 줄 알았는데…… 같이 가게 해달라고 했을 때 모질게 떼어 냈어야 했어."

"죄송해요, 대장. 제가 힘이 못 돼서."

현철이 간신히 실눈을 떴다. 몇 마디 건네려 입을 열지만 건조한 기침과 가래만 나왔다. 현철이 몸을 맡기며 긴장을 이완했다. 대식이 끝나 밝아졌던 수풀이 다시 어두워졌고 산속에 밤이 닥쳤다. 둘이 수풀을 벗어날 때쯤 고약한 동물 타는 냄새와 벌건 불빛이 동선령의 길목을 채웠다.

영조 23년 정묘년 8월 7일 정묘

평민 사내가 고통에 신음을 냈다. 상처는 아물지 않았고 소매를 찢어 감싼 천은 피와 고름으로 흠뻑 젖었다. 쇠뇌 살에서 샌 녹이 살을 침투한 듯 피와 고름 사이에 황색이 비쳤다.

"인가 하나 없다니, 도대체 어디를 온 것이야?"

평민 사내가 낭패스러운 듯 주변을 살폈다. 꼬박 하루를 뒤도 돌아보지 않고 달렸다. 겨우 조식의 군에서 벗어났지만 낯선 지형에 이내 당혹감이 서렸다.

사실 평민 사내는 맹산 출신이 아닌 황해도 토박이였다. 관군이었으나 동료의 제안에 혹해 비밀 살수 조직에 들어가 살생을 일삼았다. 후회도 없고 죄책감도 없었다.

이번에도 그랬다. 동료들의 죽음은 오히려 자신에게 기회였다. 혼자 살아남는다면 현감의 재산을 모두 차지할 수 있었다. 조식의 군은 다른 곳으로 가고 있으니 소문이 퍼질 일도 없었다. 대충 걸인뱅이 하나를 죽이고 머리를 뭉개 잘라서 현감에게 가져갈 생각이었다. 그런데 애송이놈에게 목을 내주다니.

"젖비린내 나는 놈이 어찌 알고 쫓아왔단 말이야."

평민 사내가 아쉬움에 침을 삼키며 걸음을 재촉했다.

"북쪽은 맞는 것인가? 아님 여기가 맹산이던가?"

맹산이 맞는다면 곧 인가가 나올 것이다. 유난히 전나무들이 많았다. 하늘로 치솟듯 높고 마치 길을 없앤 듯 빼곡했다. 문득 사내가 한기에 몸을 웅크렸다. 스삭. 스사삭.

"호랑이?"

낙엽 밟는 소리와 쇠 끌리는 소리가 섞였다. 다가오는 물체를 확인한 사내의 몸이 굳었다. 다리가 덜덜 떨리고 팔도 고통을 못 느끼는 듯 힘이 들어갔다.

짧은 순간 사내는 빠르게 과거를 떠올렸다. 관군이 되어 가족들 축하를 받으며 환호하던 자신을, 관의 지위를 이용해 악한 짓을 하던 모습을 그리고 자신의 검에 잘려간 수많은 남녀노소의 얼굴들을.

사내의 의식이 사라졌다. 퉁. 잘린 사내 머리가 튕기며 솟구쳤다. 피가 흩뿌리며 전나무들을 적셨다.

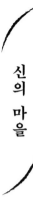

신의 마을

영조 23년 정묘년 8월 8일 무진

"아무도 저 건너론 가지 않습니다."

"배를 구할 수 없단 이야기인가?"

"배는 구할 수 있습죠. 허나 사람들이 강 건너 성룡면 취락으로 간 지 몇 달이 됐습니다. 나리들은 무슨 까닭으로 저곳에 가려 하시는지요?"

성룡강이 내려다보이는 정자에 장님 노파가 강 건너에 시선을 고정한 채 서 있었다. 노파는 옷이 군데군데 해졌고 짚신도 올이 다 풀려 시커먼 발이 드러났다. 대원들이 도착해 배를 묻자 노파가 고개를 대원들 쪽으로 돌렸다.

"하루하루 지나가는 나그네들에게 점괘를 말해주고 입에 풀칠을 하며 살았지요. 허나 몇 달 동안 단 한 사람의 점도 볼 수 없었습니다."

곰보 강성이 노파에게 다가왔다.

"그…… 허험, 그럼 나 좀 봐주시오. 내가 달포 후에 헛험, 얼마나 이문을 남기겠소?"

"손을…… 좀 주십시오."

노파의 갈라진 쭈글쭈글한 손이 강성의 손을 잡았다. 강 건너를 보던 노파의 눈이 정확히 강성의 눈을 바라봤다. 대원들이 신기한 듯 노파의 눈을 살폈다. 인손과 성호는 장님이 아니라며 고개를 저었다. 강성도 혹시나 하며 노파 몰래 고개를 돌렸지만 노파의 시선은 그대로였다.

"그럼 헛험, 그렇지. 이런 걸로 등쳐 먹겠소? 캭."

노파의 점괘를 기다리던 대원들과 달리 강우는 강에 뗏목을 띄운 선주를 발견하고 강변으로 내려갔다.

뗏목을 지켜보던 조식이 대원들의 대화에 귀를 기울였다. 노파가 다른 대원들의 손도 만진 듯했다. 인손이 성을 내자 조식이 돌아봤다. 막 노파가 인손의 손을 뿌리치고 강 너머로 고개를 돌렸다. 당황한 인손이 노파의 팔을 잡았다.

"아니 뭐여 이 노인네. 말을 해줘야지 말여? 설마 이미 객귀다 뭐 그런 건 아니지? 얘기 좀 해보시오. 어찌 되는가 말여?"

"객귀라니요. 그렇지 않습니다. 허나 잘 보이지 않아요. 강 건너 나리의 모습이. 흐릿해요. 앗! 흐릿한 게 아니라 연기예요."

"연기라니?"

"몇 분이신가요? 열이 안 되는 사내들이 연기 속에 들어가서 보이지 않습니다. 저기 산 위에……."

노파가 건너편을 가리켰다. 쭈글쭈글한 손이 떨렸다.

"당신들이…… 저 속에 있어요."

대원들이 건너편 낭림산을 봤다. 산 중턱에 흰 연기가 가득했다. 명선이 읊조렸다.

"연무인가?"

"장님 노파가 뭘 얼마나 안다고. 이제 보니 허풍도 심하네. 저 높이까지 우리가 간다고?"

동성이 노파의 눈을 확인하며 말했다.

"아니요. 이제 보이지 않습니다. 연기가 아닐 수도 있지요. 오늘 점괘값은 조금만 받도록 하겠습니다."

"그저 허헛, 내가 이문을 얼마나 남기는지만 궁금했는데 답도 카칵, 안 주고. 그래서 점괘값을 어찌 받으려고?"

강성의 말에 노파가 낭패스러운 듯 고개를 숙였다.

"나이는 이리 먹고 죽 끓일 피 한 톨도 없습니다. 부디 늙은 노파에게 선처를 부탁드립니다."

대원들이 외면하며 짐짓 딴짓을 했다. 보다 못한 명선이 노파의 손을 잡아 엽전을 올렸다.

"감사합니다, 나리. 그런데?"

놀란 듯 노파의 눈이 떨렸다.

"왜 그러시오?"

"손을 쥐보세요. 방금 나리 말입니다."

명선이 돌아봤다.

"그럴 필요 없네. 한 치 앞을 어찌 안단 말이오?"

노파가 이내 수긍한 듯 고개를 끄덕였다. 조식이 고개를 돌려 정자 아래를 확인했다. 마침 강우가 손짓을 했다.

"조금 기분이 안 좋지 뭐여. 소경이 어찌 저 연무를 본단 말여?"

인손이 갸웃했다.

"장님 맞는 거여, 진짜?"

아무도 대꾸를 하지 않자 인손이 콧방귀를 뀌며 돌아앉았다.

내색은 없어도 모두 지쳤다. 살수와의 싸움은 쉽게 끝났지만 꽤 많은 정기를 소모했다. 여독과 피로가 쌓이자 불안감이 올라왔다. 불안감을 지우려 다들 몸을 추슬렀다. 누구는 뗏목 바닥에 누워 하늘을 봤고 누군가는 코를 골았다.

맨 뒤에 앉은 명선은 연무에 마음을 뺏긴 듯 낭림산 위에 시선이 멈췄다. 착호군으로 산천을 누볐지만 산 중턱을 완전히 덮은 연무는 처음이었다.

흰 연기 속으로 들어간다. 노파는 그렇게 예언했다. 신점이나 팔자 등을 믿지 않던 명선도 노파의 이야기에 신경이 쓰였다.

"형님, 우리가 가는 곳이 저 산 아랫마을이에요?"

현철이 명선을 따라 낭림산을 보며 말했다.

"낭림산 아랫마을이라 했으니 맞을 것이다."

"으스스해요. 괜히 노파한테 신점은 봐가지고. 형님은 안 무서우세요?"

"하여튼 네놈 겁은 변하지 않는구나. 어떻게 여기까지 따라왔느냐? 여기선 표태도 못 구하는데, 그리 겁을 먹으면 어찌하려고."

"누가 그러시오? 겁먹었다고? 형님도 참. 무서운 척 한번 해봤어요."

현철이 활짝 웃자 명선도 미소를 지었다.

"거 보세요. 형님은 웃어야 인물 태가 살아요. 왜 매번 화난 듯 그래요?"

명선이 인상을 쓰자 현철이 헤헤 웃으며 뗏목에 누웠다. 뗏목이 좌우로 흔들렸다. 선주가 노를 움직여 선미를 우측으로 돌렸다.

센 강 물살을 뗏목이 건널 수 없기에 물 흐름을 따라가다, 돌출된 돌들을 역 삼아 방향을 바꿔야 했다. 건너편에 도착한다 해도 떠내려간 거리를 생각하면 한 식경은 달려야 마을에 도착할 터다.

돌에 부딪힌 뗏목이 방향을 틀자 묶여 있던 군마들이 요동쳤다. 옆에 있던 강우와 원창이 재빨리 고삐를 잡았다. 뒤늦게 일어난 현철이 아쉬워했다.

"저한테는 아무것도 안 가르쳐주지 뭐예요? 형님, 이러다 진짜 저 혼자 악수를 만나면 어쩐단 말이에요?"

"네놈도 알지 않느냐. 가르침을 줄 시간이 없어. 하여튼 걱정 말아라. 원창 대장도 있고 나도 있으니. 혹 네 혼자 있을 때 악수를 만난다면……."

현철이 쫑긋했다.

"무조건 도망가거라. 돌아보지 말고 최대한 멀리 달아나."

"에이 형님. 짐꾼이 무슨 수로 도망을 간다고요."

영원군의 동북 끝 촌락은 낭림산 자락 골짜기에 있었다. 평지가 별로 없고 집들은 대부분 돌로 지었다. 지붕도 기와 대신 돌을 올려놓은 곳들이 대부분이었다. 원창과 쌍둥이를 제외하곤 모두 평안도가 처음이었다. 사소한 차이에 놀랐고 험난하고 높은 산과 연무에 입이 쩍 벌어졌다. 곳곳에 다랭이 논과 밭이 많았다. 농경을 위해 경사의 면을 깎은 듯했다. 밭을 지나 마을에 들어서자 땅이 질퍽했다. 대원들이 갸웃했다. 맹산을 지나는 동안 비는 없었다. 가까운 지역인데도 이곳만 폭우가 내리다니. 민가는 얼핏 봐도 100호가 안 됐다.

갑자기 군마들이 걸음을 멈췄다.

"이놈이 왜 이래?"

동성이 고삐를 쥐어 재촉했지만 꿈쩍도 않았다. 그가 형을 살피자 강성은 물론 다른 대원들의 군마도 나아가지 못하고 뒷걸음질했다. 고삐를 당기고 욕지거리를 해도 속수무책이었다. 몇 마리는 흥분한 듯 울며 발길질을 했다.

명선이 갈기를 잡아 부드럽게 쓸어내렸다. 말이 심하게 떨었다.

"크르릉."

멀리서 포효가 들렸다. 동시에 군마들이 모두 껑충 뛰었다. 고삐를 잡던 현철이 말 아래로 떨어졌다. 급히 머리를 잡고 웅크렸다. 말들의 동요가 더 심해졌다. 다른 대원들도 통제가 힘들어지자 하나둘 말에서 내렸다. 그때 말 한 마리가 심하게 뒷걸음쳤다. 아무도 현철을 돌볼 여유가 없었다. 말발굽이 현철의 얼굴을 강타할 찰라 괴성을 지르며 말이 고꾸라졌다.

명선이 군마의 목에서 작두칼을 뺐다. 쓰러진 군마가 눈을 한 번 껌벅대다 숨을 거뒀다.

대원들이 마을 밖으로 한두 보 벗어나자 겨우 말들이 진정을 했다. 조식이 환도와 행랑을 내리고 말을 버리라 명했다.

쌍둥이가 투덜대며 다시 마을 쪽으로 끌어보지만 마찬가지였다. 오히려 더 날뛸 뿐이었다. 대원들이 군마들을 마을 입구에 두고 무기와 짐을 꺼냈다.

일렬로 선 대원들이 마을 한가운데 공터에 들어섰다. 마을 분위기가 죽은 듯 생기가 없었다. 성호가 투덜댔다.

"착호군이 왔으면 애새끼들이라도 내다봐야지. 이런 대접은 또 처음이네. 개새끼도 하나 안 짖고."

"안 나오는 게 아니야. 아무도 없어."

명선이 가까운 돌집들을 살폈다. 집들이 텅 비어 있었다. 그때 멀리 흰 연기가 하늘로 솟았다. 인손이 반색했다.

"봐봐, 연기여. 벌써 우리가 도착한 걸 아는 거 아녀? 아, 잔치라도 여는 거 아닌가 말여."

"멍청한 가꿍이 같으니. 그렇다면 미리 입구에 나와서 반겼어야지."

성호가 혀를 찼지만 인손은 빨리 연기가 나는 곳으로 가자고 부추겼다. 그러나 연기의 진원이 불분명했다. 한가운데 공터는 골목이 여럿이고 개중엔 끝이 막힌 곳도 있었다.

길을 찾던 강우가 방향을 정하지 못하는 사이 명선이 돌집 담벼락에 올라 연기가 나는 방향을 찾았다. 방향은 산의 입구와 가까웠다. 그때 굵은 비가 떨어졌다. 연기가 조금씩 가라앉자 돌기와가 아닌 관청의 기와가 드러났다.

"고을 끝에서 연기가 납니다. 관가 같습니다."

"좋다. 네가 앞장서서 길을 찾아라."

명선이 골목으로 달렸다. 미로 같은 길을 살피던 명선이 좌측 골목으로 사라지자 대원들이 급히 뒤따랐다.

명선이 주춤했다. 따라온 대원들도 걸음을 멈췄다. 핏자국이다. 무언가가 강제로 끌려간 듯 이리저리 피가 번졌다. 명선이 피를 쫓자 옆 돌담집 문 아래로 이어졌다. 명선이 담에 올랐다.

안엔 젊은 부부가 툇마루에 앉아 울먹였다.

"여기에 사시오?"

명선을 발견한 둘이 사색이 됐다. 남편이 위협하듯 넉가래를 들고 마당으로 나왔다. 명선은 차분히 핏자국을 쫓았다. 마당에 피가 고였다. 남편은 피 웅덩이에 다다르자 한 보도 내딛지 못하고 머뭇댔다.

"해하려는 게 아니오. 우리는 조정에서 보낸 군이오. 그 피는 누구 것이오?"

명선의 말이 떨어지기 무섭게 아내가 비명을 지르며 귀를 막았다. 남편이 넉가래를 던지고 아내에게 다가가 감싸 안았다.

"제발 우리는 놔두고 그냥들 가십시오. 우리는 아무것도 모릅니다."

"그럼 관가가 어디 있는지만 가르쳐주면 안 되겠소?"

망설이던 남편이 살짝 위쪽을 쳐다봤다. 시선을 쫓던 명선이 문득 피 웅덩이로 시선을 돌렸다.

"관가, 연기, 제수 동물……?"

"사람이 있어?"

뒤늦게 성호가 담에 반쯤 몸을 걸쳤다. 성호가 안을 둘러보다 시선이 부부에게 쏠렸다. 남편이 애원했다.

"그만 가주십시오. 정말 저희는…… 아무 상관이 없습니다."

"고맙소. 꼭 보답을 하리다."

명선이 담에서 내려가자 부부가 황급히 방으로 들어가 문고리를 채웠다. 아쉬운 듯 성호가 입맛을 다셨다.

핏자국은 일부러 안내하듯 골목 끝까지 이어졌다. 돌담 골목을 지나자 관가의 벽이 보였다. 군데군데 돌이 빠졌고 넝쿨이 덮였다.

조식은 골목을 돌면서부터 들려온 소리에 신경이 곤두섰다.

장구 소리와 장구재비의 추임새, 일정한 간격으로 들어가는 북소리. 심장이 요동쳤다.

"대장, 굿을 할 만한 곳이 있을까요?"

명선이 원창에게 물었다. 대원들은 관가 너머 산이 아닐까 했지만 소리가 더 가까웠다.

"관이다. 관가에서 굿을 하다니, 발칙한 놈들."

조식이 핏자국의 마지막을 확인했다. 관가의 대문 밑을 통과했다. 대문은 빗장이 잠겼다. 덜컹 소리만 낼 뿐 열리지 않았다. 대원들이 합세해 문을 밀었지만 약간의 틈만 벌어질 뿐이었다. 결국 명선이 작두칼을 들었다.

"문을 최대한 안으로 미시오."

대원들이 문을 밀자 틈이 생겼다. 명선이 작두칼을 내리칠 찰라 틈 사이로 나풀거리는 흰옷이 보였다. 짧은 순간 무당과 명선의 눈이 마주쳤다. 동시에 작두칼이 굉음을 내며 문 사이를 쳤다. 빗장이 부서져 떨어졌다.

대원들이 얼어붙었다. 목이 잘린 소 한 마리가 불에 탔고 주위를 고을 사람들이 에워쌌다. 뒤로 흰옷의 무당이 막 작두를 탔다.

"동두칠성님 한검아. 서두칠성님 한검아. 북두칠성님 한검아…… 대월성 칠칠성아 전우 직녀성 남궁기 노인성아…… 동에서 외등실 떠오르는 저 빛의 성 이자오의. 우성도 아니시고, 좌성도 아니시고. 칠성님 일성이라 하옵니다. 칠성님은 열이도 열여덟 잡수시고……"

허공을 향한 무당의 눈은 초점이 없고 작두를 타는 발은 가벼웠다. 무당은 물론 마을 사람들도 대원들에게 관심을 보이지 않았다. 경첩 부서지는 소리가 꽤 컸을 텐데 돌아보는 이 하나 없었다. 모두 무당을 향해 치성을 드리기 바빴다. 몇몇은 쓰러져 울부짖고 있었다.

무당이 뜀을 멈추고 작두에 섰다. 눈의 초점이 모호했다. 고개는 사람들을 향해 움직이지만 눈은 산 위를 봤다. 무당이 낮은 목소리로 소리쳤다.

"신이 오셨다. 모두 받들라. 그러지 않으면 모두 목이 잘려 죽을 것이다. 절을 하라. 빌어라. 무조건 빌어."

사람들이 울부짖으며 빌었다. 그때 장구재비 옆에 섰던 사내가 쇠머리를 무당에게 건넸다. 머리를 받아든 무당이 다시 작두를 탔다.

강우가 굿판에 몇 걸음 다가가다 멈칫했다. 괴이했다. 무당이 쇠머리를 자신의 몸 위로 들어 올리자, 흘러내린 쇠골과 피가 무당의 얼굴과 흰옷을 적셨다.

조식이 환도를 빼내 굿판 앞에 나섰다.

"관에서 이 무슨 해괴한 짓이냐? 어서 그만두지 못할!"

웅성대던 사람들이 다시 무당에 집중했다. 조식이 더 가까이 갔다. 사람들 옆에 수레와 삽, 넉가래, 곡괭이 같은 농기구들이 쌓여 있었다.

"굿을 멈춰라. 수령은 어디 있는가?"

조식의 불호령에 사람들이 절을 하다 멈칫했다. 장구재비도 손놀림이 떨리며 박자가 어긋났다. 하지만 무당은 작두를 타는 발놀림에 변함이 없었다. 조식과 군을 무시하듯 눈길조차 주지 않았다. 장구재비가 채를 다시 들었다. 북과 장구 소리가 다시 이어지자 강우가 빠르게 굿판을 향했다. 순간 북소리가 멈췄다. 쌍검이 북의 편을 찢었다.

대원들이 굿판을 에워쌌다. 무기를 든 다른 대원들과 달리 명선은 맨몸으로 장구재비의 뒤에 섰다. 그제야 장구재비가 눈치를 보며 두드리던 채를 멈췄다.

"스스로 그만두지 않는다면 끌어낼 수밖에. 저년을 끌어내라."

무당은 신이 들어온 듯했다. 몸을 가누지 못하더니 발이 살짝 작두에 베었다. 사람들이 벌벌 떨며 탄식했다. 작두에 선혈이 맺혔다. 무당을 강우와 쌍둥이가 끌어내렸다.

두둥. 피를 본 장구재비가 반사적으로 채를 들었다. 끊겼던 장단이 이어졌다. 박자가 숨 멎을 듯 빠르게 날뛰었다. 명선이 제지해도 장구재비는 듣지 않았다. 혼이 나간 듯 눈의 초점이 없다.

사람들이 다시 두 손을 모았다. 치성이 장구의 박자에 따라 커졌다. 울부짖음이 커지자 무당이 바닥에서 고개를 들었다. 눈이 온통 하얬다.

탁 쿵 쿵. 더 쿵. 쿵.

무당의 고개가 산 너머를 향했다. 입술이 떨리더니 얇고 기괴한 목소리가 터졌다.

"둥실 떠오른다. 저 빛이. 떠오른다. 좌성도 아니고 우성도 아니고. 다시 오셨다. 30이 지나 일성이 되어. 다 죽는다. 네놈들의 목이 잘릴 것이다. 네놈들을 벌하실 것이다."

무당이 신들린 듯 무가를 불렀다. 장구재비의 손놀림도 멈출 줄 몰랐다. 무아지경의 상황을 지켜보던 대원들이 급히 귀를 막았다. 현철은 헛구역질을 했다. 명선이 가슴을 쳤다. 간지럽고 답답했다. 표정이 일그러졌다. 당장 작두칼을 꺼내 이 상황을 멈추고 싶은 심정이었다.

장구재비의 윗옷이 완전히 땀에 젖었다. 뚝뚝 떨어지며 잠방이까지 적실 찰라 투명한 땀이 붉은 피로 변했다.

장구 소리가 멈췄다. 장구재비의 머리가 바닥에 떨어지자 피가 사방으로 튀었다. 채를 잡은 손은 여전히 움직였으나 그것도 잠시, 이내 경직됐다.

조식이 환도의 날을 확인한 후 칼집에 넣었다. 사람들의 치성이 멈췄고 대원들도 조식의 행동에 놀란 듯 말이 없었다.

"우리에게 목이 잘린다고 악담을 하더니 네년의 동료가 목숨을 잃었구나. 다시 묻겠다. 수령은 어디를 갔는가?"

조식이 어조에 힘을 줬다. 무당이 고개를 꼿꼿이 쳐들었다. 흰자가 사라지고 얼굴에 핏기가 돌았다. 접신이 끝난 듯했다.

"나리, 수령이란 자는 고을을 팽개치고 떠났지 뭐예요. 굿을 할 장소가 마땅치 않아 부득이 관가 마당을 쓸 수밖에 없었지요. 나리, 이 지역은 예부터 산신의 정기를 받아 많은 이로움을 얻으며 살던 곳입니다. 허나 신께서 노여워하시면 수많은 피해를 당하기도 했지요. 그 두려움을 고을 전체가 뼈에 사무치게 겪었습니다. 그나마 미천한 이 무당년에게 영기를 내려주시어 하찮은 제라도 올려 그 노여움을 풀어왔지요. 어찌 이 마을을 찾아오신지는 모르겠으나 소인과 이 고을 사람들은 불편함이 없습니다. 제발 이대로 돌아가 주세요. 간청합니다."

무당이 고개를 내리고 조식 앞으로 기어가 엎드렸다.

"피해가 무엇이냐? 악수의 피해가 아니더냐? 네년 얘긴 듣고 싶지 않다. 수령을 데려오라."

"악수가 아니라 산신입니다. 신을 노하게 하지 말아주세요."

"네 연놈들이 수령을 빼돌린 것이 아니더냐? 아무리 비어 있다 해도 어찌 관가에서 제를 지낼 배짱이 있단 말이냐? 수령이 어디 갔는지 이실직고하라."

"소인을 믿어주세요, 나리. 이 관가가 비어 있은 지 벌써 한 해가 넘었습니다."

강우가 급히 방문들을 열었다. 텅 비었다.

"얘기 안 할 시 저 장구재비와 같은 처지가 될 것이다. 아무도 모르느냐?"

사람들이 조식을 회피했다. 그때 엎드렸던 무당의 몸이 들썩였다. 조식이 무당을 일으켜 세웠다. 접신이다. 눈이 온통 흰자위다.

"신령님이 네놈들을 부른다······ 올라오라고······ 다들 죽는다. 아무도······ 살 수 없어······."

"뭐라 했느냐?"

"나무들이 피에 젖을 것이야. 가만 두지…… 않을 것이다."

조식이 무당을 바닥에 팽개치며 사람들에게 명했다.

"착호군이 온 것을 온 동네 사람들에게 알리고 식사를 준비하라. 혹 악수를 본 적이 있거나 피해를 입은 자가 있다면 와서 알리도록 하라."

사람들이 안절부절못하자 성호와 쌍둥이가 해산시켰다. 사내 몇이 무당을 부축했다. 무당은 아직 정신이 돌아오지 않은 듯 보였다.

명선이 장구재비의 머리를 몸 옆에 났다. 무아지경의 표정 그대로 굳었다. 명선이 답답한 듯 숨을 내쉬며 주저앉았다. 지나가던 조식이 일갈했다.

"뭐 하는가? 빨리 밖에 내다 버려라."

명선이 계속 허망한 눈빛을 보이자 조식이 다가왔다. 입을 열 찰라 명선이 장구재비의 머리를 수레에 실었다. 남은 몸뚱어리마저 신자 조식이 방으로 걸음을 옮겼다.

돌담들은 폭이 넓고 튼튼했다. 도적들의 침입이 빈번했음을 보여주는 듯했다. 인손이 담 너머를 보기 위해 폴짝 뛰었다.

숨겨놓은 가축이라도 있을까 싶어 마을을 배회한 지 한 식경이 지났다. 거리는 텅 비었고 가축은 흔적조차 없었다. 포기할 시점에 나지막한 돼지의 울음을 들었다. 고을에서 가장 큰 집. 대문은 빗장이 잠겼고 인기척이 없었다.

"다들 어디로 갔단 말이여, 하하. 이렇게 좋은 기회가 어디 있단 말여."

어쨌든 담벼락을 넘어야 했다. 도적 같은 모양새가 내키지 않던 인손이 망설였다. 돌 표면이 미끄러워 발목이 돌아갈 수도 있었다. 명선이 올랐던 것을 기억해 낸 인손이 걱정보단 쉽게 담을 넘었다. 온기가 전혀 없는 마당은 온통 회색빛이었다. 겨울 한기를 막기 위해서인지 안채와 광채, 사랑채, 문간채가 미음 자 형태로 서로를 마주 보는 구조였다. 돼지 소리는 광채에서 들렸다.

"이 나쁜 놈들. 우리를 무시해도 유분수지 말여. 어디서 거짓부렁을. 흐흐."

광을 열자 새끼 돼지 한 마리가 구석에 있었다.

"금방 끝내 줄게. 아프지 않게 말여."

돼지의 목을 잡고 단도를 꺼내던 인손이 인기척에 잠시 동작을 멈췄다. 급히 광채를 나와 안채 벽에 귀를 댔다. 소리는 중얼거리는 거 같기도 하고 누군가를 부르는 거 같기도 했다. 뒤늦게 인손은 무당의 집에 들어왔음을 깨달았다. 미처 못 봤던 장구와 작두 등도 뒤늦게 눈에 들어왔다.

"제사에 쓰일 놈이었어?"

갑자기 무당이 울부짖었다. 불편하고 신경을 건드리는 목소리에 인손이 마당으로 나왔다. 안채를 들여다보자 향 앞에 은색의 쇠붙이가 눈에 들어왔다. 무당이 온몸을 떨며 쇠붙이에 절을 했다. 인손이 급히 광으로 향했다.

"제에 쓰이는 것보다야 내 배 속에 들어가는 게 낫지 뭐여."

인손이 놀라며 주변을 살폈다. 방금 전까지 있던 돼지가 보이지 않았다.

"이놈은 줄 수 없어. 제에 쓰여야 한다. 아니면 네놈이 꼬챙이에 꿰여 불구덩이에 들어갈 테냐?"

"뭐여?"

인손이 급히 고개를 돌렸다. 무당이 바로 앞에서 웃고 있었다. 또렷이 보이던 그녀가 희미하게 흐려졌다.

"아이 둘. 어른 둘."

명선이 발자국에 자신의 발을 댔다.

"아니…… 셋."

산 입구에 가까운 돌집은 문이 활짝 열렸고 인기척이 전혀 없었다. 명선이 어지러운 발자국들을 살피다 항아리 독 밑에 손을 댔다. 동물 발자국과 비슷하지만 모양이 달랐다. 발가락 뒤로 발바닥이 꽤 길다. 명선이 자국 방향을 쫓았다. 안채다. 두 자 이상의 간격으로 찍힌 자국은 안채로 들어간 후 흔적이 사라졌다.

주축대가 빠진 문짝이 닫히며 날카로운 소리를 냈다. 창호는 이미 흔적도 없이 찢겨나갔고 검게 닳은 나무 틈엔 거미줄이 가득했다. 명선이 자국의 흔적을 찾다 문득 벽을 짚었다. 후드득. 흙이 떨어졌다. 벽은 흙이 몇 겹 덧발라져 있었다. 작두칼로 긁어

내자 검붉은 혈흔 자국이 드러났다.

"발자국이 이 방을 향했더군. 분명 악수의 습격을 받은 게 틀림없어."

원창이 들어와 벽의 혈흔 자국을 훑었다.

"누군가 핏자국을 닦아냈어요. 덧입힌 것도 그렇고."

"끔찍했던 흔적을 남겨두고 싶어 하는 이가 어디 있겠는가. 아마 마을 사람들이 지우지 않았겠나. 그런데 놈의 발자국을 보았는가? 놈의 크기가 가늠되던가?"

"600근? 저렇게 긴 발자국은 처음 봐요. 가늠이 어려워요. 그런데 대장……."

명선이 혈흔을 손으로 문질렀다.

"아이가 셋. 어른이 셋. 어른 한 명은 도착이 늦었어요. 늦게 온이는 살 수 있었을 텐데 밖으로 나간 흔적이 안 보여요."

"다시 와서 그 사람까지 물어 갔단 것인가?"

"살아 있을지 이미 놈의 먹이가 됐을지 알 수 없지요. 발자국 방향을 보면 놈도 돌아가지 않았어요. 그렇다면 이 창문 말곤……."

"허나 이 창문은 너무 작아. 사람은 몰라도 악수까지 나갔다는 건 이해할 수 없네. 자국이 지워진 것이 아닌가?"

악수가 날아서 도망가지 않는 한 발자국의 흔적은 남아야 했다. 누군가 지웠다면 왜 들어온 자국은 남았을까? 명선이 작두칼로 창문까지 벽을 긁었다.

예상 못 한 긴 자국이 드러났다. 마치 발톱이 할퀸 듯 날카롭고 깊게 패인 선이 벽에서 옆 창문까지 이어졌다. 원창이 놀란 듯 자국을 훑었다.

"범의 손톱이 아니네."

"대장, 이놈은 우리가 상대할 수 있는 놈이 아니에요. 600근이 넘을 수도 아니, 우리 모두 만나본 적 없는 크기예요. 경차관에게 병력이 더 필요하다 전해주세요. 조정에 전갈을 보내야 해요."

"인원이 부족한 건 아니네. 허나 그래서 우리를 모은 듯하니 이 어찌해야 하는지. 비밀 리에 왔지 않은가?"

명선이 말없이 작두칼을 허리에 차고 문을 열었다. 멀리 산을 봤다. 이미 어두워져 입구조차 불분명했다.

빈집 광에 갇힌 젊은 부부가 머리를 맞대며 서로를 의지했다. 낮에 착호군을 본 것을 무당에게 고하자 외지인이 돌아갈 때까지 숨어 있으라는 명이 있었다. 무당과 사내들이 둘을 광에 가뒀다.

부인이 훌쩍였다. 다른 집 아이가 사라졌을 때는 다 마을을 위한 것이라 생각했다. 그런데 본인들에게 똑같은 일이 닥치자 이성을 잃었다.

남편이 부인 볼에 흐른 눈물을 닦아주자 부인이 흐느꼈다.

"아직 살아 있겠지요? 어제 꿈에도 나를 찾아와 손의 포박을 풀어달라 애원하지 뭐예요. 무섭다고, 귀신이 와서 자길 괴롭힌다고요. 어떡해요?"

남편이 부인을 안고 어깨를 들썩였다.

"불쌍한 내 새끼. 어찌 우리 같은 박복한 부모를 만났단 말이냐."

덜컥. 빗장이 열렸다. 부부가 놀라며 몸을 돌렸다. 광이 열리고 초저녁 퍼런빛을 받은 사내가 안으로 들어왔다. 얼굴이 길고 찢어진 눈은 매서웠다.

"뭔 잘못을 했기에 무당년이 당신들을 여기 가둔 거요? 내가 나서서 그년 혼구녕을 좀 내줄까? 날 만난 걸 천운이라 생각하시오. 흐흐."

편전의 통아를 손가락으로 튕기며 성호가 웃었다. 시선이 젊은 부인에게만 가 있다.

"왜들 말이 없소? 무당년이 괴롭힌 거냐고 묻잖아. 내가 없애준다니까. 그런데 그전에……."

성호가 다가와 쪼그려 앉았다. 젊은 부인은 가까이서 보니 더 하얗고 말끔했다. 성호가 부인 뺨을 문질렀다. 부인이 비명을 지르자 남편이 성호의 멱살을 잡았다.

"이게 뭐 하는 짓이오. 그만두시오."

성호가 빠르게 남편 목을 움켜잡고 악력을 가했다.

"곱상한 얼굴이 계속 생각나서 아까부터 이년을 찾아다녔는데 무당이랑 나타나는 게 아니겠어? 그래서 구해주러 왔지. 가만히만 있어준다면 내가 구해주겠네. 하하."

성호의 손이 부인의 목을 타고 가슴으로 내려왔다. 남편이 쇳소리를 내며 발버둥 쳤지만 성호의 악력에 속수무책이었다. 숨이 막히자 남편의 눈이 흰자로 덮였다.

"제발. 알았으니 아비를 살려주세요."

부인이 울먹이며 소리치자 성호가 악력을 풀었다. 남편이 거친 숨을 내쉬며 뒹굴었다.

"그럼 어디…… 흐흐."

성호가 부인의 가슴을 움켜잡고 저고리를 뜯었다. 흰 살이 드러나자 성호의 맥박이 빨라졌다.

"자네 살결이 마치 백토라도 바른 듯하네. 어찌 이리 곱단 말이야."

성호의 손놀림이 빨라질 찰라 둔탁한 주먹이 성호의 뒷머리를 쳤다. 성호의 목이 다시 잡혀 옆으로 던져졌다.

빈가를 나온 명선은 원창과 헤어진 후 마을을 돌다 여자의 비명을 들었다. 광을 열자 시커먼 둔부를 드러낸 성호가 젊은 아낙의 치마를 들치고 있었다. 당수를 치고 몸을 잡아 내던진 후에야 성호가 적삼바지를 올리며 명선을 향했다.

"이 개자식. 왜 또 방해야? 오늘은 진짜 못 참겠다."

성호가 빠르게 편전에 살을 끼우고 당겼다. 삽시간에 살이 명선을 지나 남편의 팔에 박혔다. 남편은 살려달라 애원했고 부인은 두 손을 모아 명선과 성호에게 빌었다.

성호가 살을 편전에 끼울 찰라 명선의 주먹이 성호의 목을 강타했다. 컥. 성호가 광 밖으로 밀려나 피를 토했다. 명선이 달려와 성호의 가슴을 쳤다. 가까스로 일어난 성호가 뒷걸음치다 내

달렸다.

명선이 남편 웃옷을 벗겨 상처에 감았다. 광에 있는 연유를 묻자 둘은 대답을 못 하고 머뭇댔다. 명선이 부드러운 미소를 지었다.

"아까 그놈은 내가 알아서 혼을 내겠소. 다시 오지 못할 것이니 걱정 마시오."

남편이 머뭇대다 울먹였다. 부인이 대신 입을 열었다.

"아이가……."

"자네, 무슨 소릴 하는가?"

남편이 부인의 말을 막았다. 아내가 아랑곳 않고 입을 열었다.

"아이를 잃었습니다. 절대 산에 들어가면 안 된다고 했는데. 어제 올라갔다 돌아오지 않았어요."

남편이 부인 눈치를 보며 손을 꽉 잡았으나 부인은 소리를 높였다.

"부탁입니다, 나리. 자식놈의 흔적을 찾아주세요. 범이 물어 갔으면 흔적이라도 남기지 않겠습니까? 하물며 손가락 하나라도 있을 겁니다. 제발 찾아주세요."

"찾아보겠소."

명선이 고개를 끄덕였다. 산에 올라갔다니. 흉악한 악수가 살고 있는 산이다. 아이의 생사는 정해진 바나 다름없었다.

달이 찬 듯 빛이 광 안을 밝히자 부부의 얼굴이 자세히 보였다. 눈가가 퉁퉁 부었고 부인은 성호의 손에 긁혔는지 귀와 목덜미에 빨간 줄이 생겼다. 아이를 잃은 부부의 고통이 전해졌다. 명선이 주먹을 쥐었다.

"빌어먹을 망나니새끼."

명선을 피해 도망을 다니던 성호가 수풀 한가운데에서 걸음을 멈췄다. 달빛이 나무 사이에 비쳐 드문드문 분간이 가능했다. 퉤! 침을 뱉었다. 민가에서 훔쳐 먹은 술이 상한 것일까? 속이 울렁이며 미식미식 토악질이 올라왔다. 곧 한 움큼의 토사물이 쏟아져 적삼바지와 발에 튀었다. 목에 걸린 이물질이 답답해 주먹으로 가슴을 치고 손가락을 입에 넣어 구역질을 했다. 남은 토사물이 쏟아졌다.

거의 다 쏟아냈음에도 답답함이 남았다. 성호가 몸을 비틀었다. 간지러움인지 쓰라림인지 모를 통증이 목 안에 가득했다. 쇠꼬챙이라도 있다면 목구멍에 집어넣고 쑤시고 싶을 정도였다.

"육살할 새끼. 확 눈깔을 뽑을까 보다. 상놈의 개자식! 내가 어쩌다 이렇게 됐는데."

쾅! 성호가 앞의 전나무를 때렸다. 답답함이 조금 가신 듯 큰 숨이 터졌다. 다시 나무를 때리자 주먹이 찢기고 피가 흘렀다. 몸에 핏기가 도는 듯 성호가 정신을 차리고 입꼬리를 올렸다.

"개자식. 내 이 상놈의 창자를 꺼내서 구워 먹어야지. 망나니. 빈천한 버러지 놈. 하하."

몸을 일으켰다. 취기가 남아 발이 자꾸 미끄러졌다. 반사적으로 나무를 껴안는데 줄이 돋아 있었다.

"풍장인가?"

성호가 줄을 잡아 앞쪽으로 다가갔다. 아이일 듯싶었다. 빈한한 이들의 짓이다. 장례 비용이 없는 이들은 시신을 나무에 매달아 자연에 맡겼다.

"아이만큼 풍장에 어울리는 것도 없지."

나무는 족히 성인 둘 이상이 팔을 벌려야 감쌀 수 있을 정도의 둘레였다. 성호가 돌아섰다. 그때 반대쪽에서 신음이 들렸다. 성호가 다시 줄을 잡았다. 익숙한 목소리였다.

"누구 없소? 여긴 어디여?"

"가꿍이? 네놈이 여기서 뭐 하는 것이야?"

성호가 전나무 앞으로 가자 묶인 이가 보였다. 머리에 피딱지가 내려앉은 인손이 각궁을 맨 채 매달려 있었다. 인손이 반갑다가도 실망한 듯 어색한 웃음을 지었다.

"무당년이 이렇게 만들었지 뭐여? 빨리 이 포박이나 풀어줘. 이 맹랑한 년을 아주 죽여놓을 테니까."

성호는 풀어주기는커녕 머리를 긁적였다. 안달이 난 인손이 눈을 동그랗게 떴다.

"이봐, 자네 왜 이러는 거여? 설마 네놈?"

성호가 돌아서려 하자 인손이 급히 말렸다.

"그려 알았어. 면포 한 필."

성호는 면포 다섯 필을 받기로 한 후 포박을 풀어줬다. 인손이 혀를 찼다.

"이번 임무 끝나면 다신 보지 말어. 세상천지에 자네 같은 악한도 없을 것이여."

"구해줬음 고맙다고 해야지, 가긍아. 그나저나 빚진 거까지 해서 총 열 필이야. 안 갚기만 해봐. 네놈 집에 쳐들어갈 테니까. 네놈 마누라는 잘 있지?"

인손이 성호를 노려봤다. 욕지거리가 나올 듯 입술이 움찔댔다. 지켜보던 성호가 선수를 쳤다.

"치려면 지금 쳐야. 이렇게 취했을 때 말이야. 빙신 같은 놈아."

"뭐여?"

곧 달려갈 채비를 하던 인손이 어이없다는 듯 고개를 저었다. 나무에 기댄 성호의 머리가 푹 떨어지더니 이내 코를 골았다.

노파가 무당의 작두질에 맞춰 장구를 쳤고 돼지가 타올랐다. 빈집의 담벼락에 올라 굿판을 지켜보던 인손이 오늬를 당겼다. 무당의 머리가 정확히 과녁에 들어왔다 사라졌다. 인손이 활에서 눈을 뗐다.

"이런 난장 맞을. 왜 뛰고 지랄이여?"

숙소로 돌아가던 인손은 우연히 굿판을 발견했고 가까운 담에 올랐다.

다시 각궁을 겨누자 이번엔 아이들이 과녁에 들어왔다. 인손은 행여 아이들에게 해가 갈까 조준에 신경을 썼다.

번쩍. 유성이 산 중턱을 지나갔고 동시에 무언가 보였다 사라졌다.

홀린 듯 인손이 활을 내렸다. 산 중턱의 절벽. 바위인가? 낮에는 보이지 않던 곳이다. 인손은 금세 잔상을 잊었다. 담 밑에 내려 돌무덤에 주저앉았다. 굿 장단에 기운이 다 빠진 듯했다.

"배가 고파서 그런 거여."

아이들 몇이 부모 몰래 굿판을 빠져나왔다. 치고 박고 싸우고, 뛰다 울다 정신이 없었다.

인손이 나뭇조각을 꺼냈다. 팽이는 어느새 모양을 갖췄다. 한쪽 면으로 돌리자 언문의 암각이 보였다.

개똥이.

원창에게 언문을 써달라 부탁했다. 인손이 이름을 보고 뿌듯한 듯 활짝 웃었다.

숙소에 있는 대원들을 한 명씩 살피던 명선이 대문 앞에 쓰러진 성호를 발견하곤 주먹을 날렸다. 게슴츠레 눈을 뜬 성호가 욕지거리를 하며 대항했지만 위에서 제압한 명선을 이겨내기 어려운 듯 팔만 허우적댔다.

"이 새끼야, 네가 나를 왜 때려. 안 했잖아. 네놈 때문에 그년이랑 안 했건만 왜 그래?"

"악수만도 못한 놈. 그 부부는 아이를 잃었다. 그런 아낙에게 네놈이 뭔 짓을 하려고 했는지 아는가 말이다."

"아이를 잃었는지 내가 어찌 알아. 그리고 안 했다고 하잖아."

명선이 다시 성호의 얼굴을 가격했다. 코가 터져 피가 주르륵 흘렀다.

"네놈은 올라가봐야 도움 안 돼. 여기서 멱을 따주겠다."

명선이 작두칼을 성호의 미간에 겨눴다. 뒤늦게 나온 원창이 급히 명선의 팔을 잡았다. 칼끝이 조금씩 뒤로 밀렸다.

"그만두게. 참아."

"대장, 놔줘요. 이번엔 안 돼요. 이놈이 어떤 짓을 했는지 아시오?"

"그럴 수 없네. 편전은 중요한 무기야. 우린 저놈이 필요해. 이번엔 자네가 넘어가게."

원창이 명선의 팔을 완전히 내린 후 말을 이었다.

"여기까지 온 이상 이제 하나를 위해 가야 해. 악수가 어떤 놈인지 가늠도 안 되지 않는가. 당장 병력 수도 적지 않은가 말이네."

성호가 명선과 눈이 마주치자 급히 고개를 돌렸다. 명선이 숨을 가다듬었다.

"임무를 마치고 내려오면 그 부부에게 사죄해. 그냥 지나친다면 그땐 목숨 부지하기 어려울 것이다."

명선이 분을 삭이며 숙소로 향했다. 명선이 사라진 걸 확인한 성호가 술 냄새를 풍기며 흙을 털었다.

"대장, 고맙소. 하튼 저 망나니새끼 때문에 되는 게 없어."

"다시 한 번 말썽 부리면 내가 먼저 쇠뇌를 발사할 것이네."

"대장까지 왜 그러십니까? 쳇, 내 편은 없지. 도박도 못 해. 오입도 못 해. 뭔 낙으로 살아? 답답해 미치겠단 말입니다. 온몸이 뒤틀릴 지경이에요. 하, 내가 푼돈에 눈이 멀었지, 이런 데를 다 쫓아오고. 그냥 마누라 엉덩이나 만지고 투전이나 하며 지내야 했는데. 젠장할."

영조 23년 정묘년 8월 9일 기사

새벽녘 낭림산에 산안개가 가득했다. 조그만 다랭이 밭을 지나 빽빽한 전나무 사이로 들어선 대원들이 불편한 기운에 자꾸 숲 안을 봤다. 악수 때문일까. 입구를 넘어서자 불안감이 심해졌다. 축축했던 땅은 진흙으로 변해 발이 푹푹 빠졌다. 명선이 설피에 묻은 진흙을 닦다 나무 사이 동물 발자국을 발견했다. 족제비 정도쯤? 크기가 작다.

명선이 몸을 일으켰다. 산길은 한참 동안 인적이 끊겼는지 한 자 정도 폭 외엔 모두 풀로 덮였다. 순간 냉기 실린 바람이 불어와 땀을 식혔다.

"마을은 땅이 다 얼었는데 여기는 질퍽하고, 이젠 한겨울 바람이 다 불어? 뭐여? 그런데 너무 조용한 거 아녀?"

인손의 소리에 다들 깨달은 듯 주변을 봤다. 없다. 응당 들려야 할 새소리와 발소리, 동물 울음 등 소리가 없다. 원창도 숲 주위를 살폈다.

"그러고 보니 산척을 그리 오래했어도 이리 조용했던 적은 없었던 것 같네."

조식은 별일 아니라는 듯 걸음을 재촉했다. 급해진 발걸음을 대원들이 따라붙었다. 오솔길은 끊겼다 이어졌다를 반복했다. 조금 더 올라가자 꺾인 팻말이 보였다.

성룡사.

오래된 사찰인지 팻말 색이 검고 테두리는 떨어졌다. 지나친 대원들이 100보 이상 올라가자 분지가 나왔다. 세네 기의 호식총 너머 잘린 전나무들이 몇 겹으로 쌓여 있었다. 앞서가던 강우가 일갈했다.

"모두 물러나라."

무당이 대원들을 막았다. 열댓의 사내가 그녀를 호위하며 낫과 넉가래 등을 들었다. 모습이 비장하다. 사내들이 농기구를 들이대며 위협했다. 조식은 사내들을 훑었다.

"사리 분별이 안 되는 놈들이구나. 계속 방해를 한다면 다들 성치 못할 것이다."

"나리 일행이 제 부탁을 뿌리치고 산에 오른다 하여 이렇게 보내드리려고 나왔지 뭐예요?"

무당이 입꼬리를 올렸다. 백토를 바른 하얀 얼굴에 뻘건 입술. 마치 굿이라도 벌인 듯싶었다.

"가지 말라 하더니 이제는 올라가는 것을 반기는 것이냐?"

조식이 무당을 뚫어지게 노려봤다. 무당의 눈이 초점을 잃은 듯 보였다.

"신께 알려야지요. 당신들이 올라간다는 것을. 나리 일행은 이제 곧⋯⋯."

"곧?"

"목이 잘리고 얼굴은 피눈물로 범벅이 될 겁니다. 소인의 눈에는 너무 명확하게 보인답니다. 나리는? 팔이 먼저 잘리네요. 호호."

"재수 없는 소리하지 말어, 미친년아! 안 그래도 네년 목구멍을 뚫어버리려고 했는데 잘됐어. 그때 왜 날 공격한 거여?"

인손이 각궁을 당기며 다가오자 조식이 제지했다. 인손이 씩씩대자 무당이 의아한 듯 고개를 내밀었다.

"네놈은 신께 바칠 제물을 훔쳐가려던 도둑놈이구나. 어찌 아직 살아 있지? 호호호."

무당이 경박하게 웃으며 몸을 비틀었다. 조식이 한 걸음 더 가까이 다가갔다.

"우리는 자네들을 악수에게서 구해주러 온 것이다. 이리 방해하는 이유를 모르겠구나. 계속 이리한다면 왕명에 의해 처단할 수밖에."

무당이 웃음을 멈추고 눈을 치켜떴다.

"무엄하구나. 악수가 아니다. 신령님이시다. 고을을 어지럽게 하는 네놈들에게 벌을 내리실 것이다. 얼른 이놈들의 피를 빼서 신령님께 전하라."

무당이 두 팔을 벌려 춤을 추듯 흔들었다. 어느새 눈이 흰자로 덮이고 흰 거품이 입가에 찼다. 기다렸다는 듯 사내들이 대원들에게 달려들었다. 무당이 전에 없던 굵은 남자 목소리로 외쳤다.

"머리가 떨어져나갈 거야. 육살할 놈들. 모두 죽여라, 죽여. 피를 뽑아 신께 바쳐라."

휘익! 조식의 환도가 춤을 췄다. 대원들이 조식의 행동에 움직임을 멈췄다.

통. 통.

무당이 제자리를 뛰었다. 조식이 환도를 다시 무당의 몸에 겨누자 세로로 갈린 정수리에서 피가 솟구쳤다. 반으로 잘린 입은 움직이나 소리는 없었다. 조식이 환도를 다시 휘두르자 몸이 가로로 잘리며 상체가 떨어졌다.

겁에 질린 사내들이 농기구를 던지고 무릎을 꿇었다. 조식이 명했다.

"최대한 빨리 나무들을 치워라."

사내들이 우왕좌왕 나무 더미에 올랐다.

조식이 우연히 명선과 눈이 마주쳤다. 방금 전의 살육을 이해 못 하겠다는 표정이었다.

"네놈도 저들을 도와 같이 하라."

명선을 지칭했으나 다른 대원들까지 합세해 사내들을 도왔다. 맨 위 나무가 굴러떨어지자 뒤쪽 나무에 구멍이 열렸다. 능히 사람이 오갈 수 있는 폭이었다.

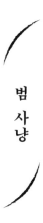

범
사
냥

위술危術

　분명 경기 남부의 산악과 다르다고 조식은 생각했다. 진흙이었던 땅은 다시 얼어붙었고 여리게 흩날리는 가랑비는 살에 닿자 냉기를 뿜었다. 나무에 뚫린 통로를 통해 산으로 들어온 지 한 식경이 넘었다. 고을과 다른 지역 같았다. 기온이 급강하했고 설피를 꺼내 신었음에도 발이 자꾸 미끄러졌다.

　조식은 장님 노파를 떠올렸다. 강을 건너기 위해 정자를 내려가기 전, 노파는 조식을 향해 마지막 말을 건넸다.

　"영석인 산입니다. 항상 비가 내리고 있지요. 그 비가 세속의 모든 허물과 때를 말끔히 씻겨주기도 합니다. 허나 병풍 같은 기암절벽과 산세는 속세인들에겐 무섭니다. 그렇지만 나리, 나리라면 가능하겠지요. 허나 쉰네의 바람이라면 올라가지 않으셨으면 합니다. 아니 강을 건너지 않는 게 어떨는지요?"

말이 끝나기도 전에 조식은 강으로 발걸음을 옮겼다.

조식이 말라비틀어진 나뭇조각들을 치우고 얼음이 서린 돌을 밟았다. 점쟁이의 말이 옳았다. 산의 기운이 다르다. 경사는 높고 다리는 무거웠다.

앞서가던 강우가 등패를 벗어 다시 멨다. 속도가 조금 느려졌다. 대열을 따라오던 대원들이 허리를 펴며 속도를 조절했다. 짐 꾼 현철은 구역질을 하며 거품을 쏟았다. 오로지 명선만 지친 기색이 없었다.

"사찰입니다."

먼저 올라간 강우가 마당 뒤를 가리켰다.

"성룡사? 전조대의 사찰인가?"

조식이 현판을 확인하며 안을 살폈다. 대웅전이 텅 비어 있었다. 뒤로 다가온 곰보 강성이 인상을 썼다.

"불상이 헛험, 없습니다. 도적놈들 짓 아닙니까?"

조식이 대웅전에 들었다. 삐거덕. 바닥이 약간 가라앉았다. 금 세라도 꺼질 듯 움직일 때마다 소리가 커졌다.

불상은 대좌 너머에 갈라지고 부서진 채 방치되어 있었다. 조 식이 천장으로 시선을 돌렸다. 거미줄 뒤에 자국이 있었다. 삐거 덕. 조식이 돌아봤다. 어느새 명선이 바닥 구석과 벽을 확인했다.

"중들이 떠난 지 오래됐습니다."

명선의 말 대로다. 사찰 집기들은 대부분 녹이 슬어 사람 손을 탄 지 몇 해는 지난 듯했다.

"저게 무엇인지 알겠는가?"

조식이 천장 모서리를 가리켰다. 명선은 물론 대웅전 밖 대원들도 흔적을 봤다.

푸른 자국 위로 햇살이 비추자 옻칠을 한 듯 반짝였다. 곧 명선이 벽을 밟고 뛰어 천장의 서까래를 잡았다. 반동을 주며 끝으로 몸을 옮겨 자국을 손가락으로 훑었다. 묻어나지 않는다. 조식이 물었다.

"무슨 자국인지 알겠는가?"

"모르겠습니다. 이런 색의 자국은 처음 봅니다. 이미 마른 지 오래됐고……."

명선의 시선이 자국의 끝을 따라가다 멈췄다.

"지붕입니다."

조식이 빠르게 밖으로 나갔다. 바닥이 부서질 듯 울렸다. 명선도 마당으로 나왔다. 대웅전은 축대만도 두 간 정도로 높았고 건물만 네 간에 다다랐다. 능히 사내 다섯의 키를 합쳐야 할 높이였다.

"올라가라."

조식이 명하자 명선이 원창에게 손짓을 했다. 쌍둥이들이 원창의 지시에 따라 명선의 발을 잡아 반동을 줬다. 던져진 명선이 성호의 어깨를 디딤판 삼아 뛰어올랐다. 뻗은 손이 가까스로 처마 끝에 닿았다.

지붕에 올라선 명선이 기와부터 살폈다. 점점이 떨어진 푸른 자국들이 기와마다 이어졌고, 푸른 점들이 햇빛에 반짝였다. 나무줄기와 땅과 바위에 떨어진 푸른빛이 멀리 수풀 너머까지 이어졌다.

대원들이 자국을 따라 한참을 올라갔다. 조식은 자국을 이정표로 삼았다. 분명 악수와 관련이 있다고 믿었다.

"혹 놈의 혈흔이 아닐까?"

잠시 멈춘 명선이 살짝 푸른 점을 긁자 쉽게 떨어졌다. 끈적하지도 묻어나지도 않는다. 유난히 반들거린다. 문득 명선이 올려다봤다. 무리와 벌어졌다. 급히 대원들을 향해 달렸다.

대원들은 조식과 강우가 이끄는 대로 쉬지 않고 전진했다. 드문드문 동물 자국이 발견되면 조식이 유척으로 길이를 재 강우에게 일렀고, 그걸 토대로 대원들이 동물의 종류와 크기 등을 논했다. 아직까지 범을 비롯한 큰 놈의 흔적은 없었다.

그러는 사이 대원들 앞에 깊게 패인 협곡이 모습을 드러냈다. 푸른 점은 협곡 앞에서 끊겼다. 다리가 협곡 너머와 이어졌으나 거세게 흔들렸고 듬성듬성 틀이 빠졌다. 지탱하는 줄도 색이 바래고 젖었다.

조식과 강우가 망설임 없이 다리에 오르자 대원들도 하나둘 올랐다. 마지막으로 명선이 다리에 올랐다. 줄을 잡았다. 비에 젖어 틀이 미끄럽지만 꽤 튼튼했다. 가까이서 보니 낡은 줄도 올 하나하나 질기게 엮였다. 그때 다리가 거세게 흔들렸다. 홀로 남은 명선이 속도를 냈다.

"조심하게."

건너에서 원창이 불안한 듯 소리쳤다. 명선이 달리다 갑자기 멈춰 섰다. 아래를 봤다. 협곡에 호랑이 무늬가 움직였다.

"범이다!"

명선이 황급히 줄을 잡고 상체를 기댔다. 무늬가 빠르게 수풀에 가렸다. 순간 흔들리며 다리가 뒤집혔다.

"김 갑사!"

"형님!"

원창과 현철이 명선을 불렀다. 뒤집힌 다리가 흔들렸다. 명선이 보이지 않았다. 사고를 확인한 조식이 눈을 심하게 떨었다. 원창이 줄을 잡아 흔들림을 막아보지만 힘에 부쳤다. 뒤늦게 강우가 원창의 반대편 줄을 잡았다. 인손과 쌍둥이도 가세했다. 오직 조식과 성호만 그대로였다. 머뭇하던 성호가 혀를 차며 원창 뒤에서 줄을 잡았다.

흔들림은 약해졌지만 여전히 명선은 안 보였다. 그때 현철이 소리쳤다.

"저기, 손이에요. 명선 형님이에요!"

다리 중간에 틀 양쪽 면을 잡은 손이 보였다. 원창이 다리 아래를 살폈다. 명선이 틀에 매달려 있었다. 그때 명선의 한쪽 손이 틀에서 빠졌다.

"줄을 더 당겨."

대원들이 힘껏 줄을 당기자 처졌던 다리가 팽팽해졌다. 원창이 다시 아래를 확인했다. 명선이 한 팔로 겨우 틀을 잡고 있었다.

"그대로 있어라."

조식이 빠르게 다리에 올라 달렸다. 삽시간에 중간까지 달린 조식이 손을 밑으로 뻗었다. 까마득한 협곡의 나무들이 눈을 어지럽혔다. 명선의 얼굴은 터질 듯 벌겋게 부어 있었다. 조식과 눈이 마주친 명선이 체념한 듯 눈을 감았다.

"네놈을 여기에서 보낼 성싶으냐? 아직 악수의 꽁무니도 못 보았다. 네놈도 할 것이 있지 않은가? 정신을 차려. 잡아라!"

조식의 외침에 명선이 몸을 비틀며 손을 잡으려 애썼다. 몸이 허우적대자 다리가 다시 흔들렸다.

건너에서 성호가 슬쩍 악력을 풀었다. 다리가 휘청이자 고개를 숙이고 웃었다. 원창이 놀란 듯 돌아보자 급히 줄을 잡는 척했다.

조식이 최대한 다리 아래로 상체를 숙인 후에야 명선의 손이 잡혔다. 안간힘을 쓰며 당기자 명선의 상체가 올라왔다. 다 올라오자 명선이 급히 손을 풀었다. 낙인처럼 조식의 손 모양이 찍혔다. 명선이 협곡 아래로 시선을 돌렸다.

"범을 봤습니다. 저 아래에서."

"구해준 것에 대한 예를 표하는 게 먼저 아니냐?"

명선이 조식을 무시하고 빠르게 건너편으로 달렸다. 조식이 혹시나 하며 협곡 아래를 살폈다. 동물 흔적은 없었다.

　대원들이 협곡을 지나 돌바위 밭을 지났다. 등패에 짐까지 맨
등은 땀이 맺히자마자 말랐다. 가랑비가 잦아들자 산의 냉기가
심해졌다. 오솔길과 분지가 번갈아 나왔다.

　원창과 명선은 대열의 후미에서 범의 흔적을 살피며 걸었다.
바로 앞에 걷던 현철이 비명을 질렀다.

　분지 넝쿨에 머리가 있었다. 치켜뜬 눈은 하늘을 향했고 입은
놀란 듯 열린 상태였다. 넝쿨에 몸이 가려 얼굴만 보였다. 대원들
이 가까이 왔다. 낯이 익다. 동성이 놀란 듯 얼굴을 가까이 했다.

　"동선령서 내뺐던 놈인데. 이놈이 어떻게 여기까지 왔지?"

　성호가 입을 삐죽였다.

　"어떤 잡것이 이놈을 살려줬어?"

　"제가 따라갔었는데 그만……."

　현철이 미안한 듯 말을 흐리자 성호가 손사래를 쳤다.

　"네놈이 무슨 수로 잡는다고. 네놈이 따라갔음 놓치는 게 당연
하지. 그런데 이놈도 참, 네놈을 왜 살려뒀지?"

　"왜 살려줬다 생각하세요? 제가 잡았어요. 놓쳤지만. 어쨌든
저도 저놈 정도는 잡을 수 있어요."

　성호가 어이없다는 듯 현철을 보며 웃었다.

　"잠깐 다들 와서 봐. 이놈 몸이……."

　동성이 뒤로 물러나자 명선이 넝쿨을 치웠다. 사내는 머리만

있고 몸은 없었다. 한 자 길이의 척추뼈만 뒹굴 뿐.

"머리를 먹지 않았어. 범이 이런 적이 있었던가?"

명선이 대원들에게 물었다. 모두 고개를 젓자 강우가 시신 머리를 들었다. 잘린 부분이 말끔했다. 명선이 물었다.

"마치 환도로 베인 듯 말끔하오. 동물의 이빨로 이리 자르는 걸 본 적이 있소?"

"쉬운 놈이었다면 우리가 올 필요가 없었겠지."

조식이 사내의 머리를 빼앗아 산 아래로 던졌다.

"깜짝이여, 썅."

분지 끝에서 소변을 보던 인손이 발에 밟힌 끈적한 물체를 보고 물러났다. 썩은 머리였다. 설피에 묻은 살점을 긁어내던 인손이 뒷걸음쳤다.

"저…… 저기…… 경차관 나리. 대장!"

대원들이 분지 끝으로 달려왔다. 가랑비가 고인 조그만 웅덩이에 대여섯 구의 머리가 뒹굴고 있었다. 냉한 산 공기 때문인지 부패가 반쯤 진행되다 말았다. 물컹 내려앉은 반쪽과 달리 나머진 멀쩡했다. 썩어 들어간 부분만 구더기가 끓었다.

원창이 머리들 중 하나에 가까이 갔다. 이마에 검은 점 흔적이 보였다.

"이치들을 알고 있습니다. 천렵 중이던 청년들이었어요."

"몸은 먹어 치운 겁니다. 이번에도 머리는 먹지 않았어요. 이상

합니다."

명선이 조식을 의식하며 말했다. 조식은 시신을 보는 둥 마는
둥 하다 산 위로 시선을 옮겼다.

"놈은 저 위에 있다."

"나리, 이 정도의 놈이라면 600근은 넘을 듯합니다. 인원이 더
필요합니다. 지금이라도 병력을 더 지원받아⋯⋯."

"한심한 놈. 네놈이 그리 행동만 안 했어도 벌써 지원을 받을
수 있었다. 아무도 우리를 반기지 않아. 죽으나 사나 우리가 잡아
야 한다."

인손과 성호가 조식의 말에 동조하며 욕지거리를 했다. 명선
이 고개를 숙였다.

"출발하라."

명령이 떨어지자 명선이 급히 대열 앞으로 나갔다. 강우가 추
월하려 하자 명선이 나지막이 말했다.

"잠시⋯⋯ 조금만 앞에 서게 해주시오. 눈앞에 산 말고 다른
게 보고 싶지 않소."

강우가 물러났다. 명선이 경사의 바윗길에 올랐다.

경사 끝에 다다르자 낮은 산등성이 아래 조그만 계곡이 모습
을 드러냈다. 조식이 휴식을 명했다. 대원들이 능선에 앉아 먹을
만한 뿌리들을 찾는데 원창이 쉿, 주의를 줬다. 소리에 집중하던
원창이 조용히 쇠뇌에 살을 하나 넣었다. 다들 긴장한 듯 소리에
집중했다. 발소리다.

조식이 대원들에게 수신호를 하자 하나둘 지형에 맞게 몸을 숨겼다.

계곡 밑에 호랑이가 모습을 드러냈다. 400근 정도의 평범한 크기. 놈이 어슬렁 계곡 밑 물가를 걸었다. 대원들이 무기를 겨눴다.

호랑이가 하품을 하며 돌 위에 앉을 찰라 탕! 탄이 호랑이 발 옆에 튕겼다. 동시에 호랑이가 고개를 쳐들었다. 크르렁, 포효를 하고는 계곡 위로 향했다.

각궁과 쇠뇌의 살이 계곡에 쏟아졌다. 호랑이가 이리저리 피하며 상류로 달리자 조식이 환도를 높이 들었다.

"따라가!"

대원들이 계곡 아래로 향했다. 촘촘한 수풀 때문에 내려가기가 쉽지 않았다. 현철과 성호는 미끄러져 구르기까지 했다. 점점 호랑이와 거리가 벌어졌다. 계곡 아래에 도착하자 이미 놈은 사라지고 없었다. 급히 조식이 유척을 발자국에 댔다. 한 자가 조금 안되는 길이. 조식이 실망한 듯 일어났다.

"저놈이 아니다."

"저놈 정도면 면포가 오십 필은 될 텐데 말여."

인손이 아쉬워했다. 다른 이들이 동조하며 계곡 위를 봤다. 해가 산 너머로 내려갔다.

대원들이 가지들을 모아 계곡에 불을 피웠다. 냉기가 한겨울과 맞먹을 정도였다. 모두 몸을 웅크려 추위를 참았다.

영조 23년 정묘년 8월 10일 경오

협곡 능선 너머엔 끝없는 경사가 이어졌다. 인손이 농을 쳤다.

"어제 호랑이놈이 꿈에도 나왔지 뭐여. 놈이 면포를 메고 연무 속으로 뛰어들더라니까? 그러더니 휘익 사라지더라고. 오장육부가 뒤틀리고 얼마나 쓰리던지 말여."

"가꿍아, 그게 왜 네놈 면포야. 구해준 값을 해야지."

"네놈에게 한 소리 아녀."

삽시간에 둘의 실랑이가 시작됐다. 뒤의 쌍둥이는 이제 빨리 악수를 잡고 군에서 벗어나고 싶었다. 앞서 걷던 강성이 동생 동성을 보곤 한탄했다.

"동성아, 집이 헛험, 지척인데 캉, 여기에서 뭐 하고 있는 건지…… 헛험, 모르겠다."

"놈이 이쯤에서 나타나면 얼마나 좋아. 빨리 엄니하고 쌍둥이 여동생들도 보고 싶고."

"확 잡고 보수 받고 허헛, 빨리 떠나야지. 내 이놈들하고 헛험, 단 하루도 같이 있기가 어렵다."

"형님만 그런 거 아냐. 수령이 보수 높다고 나랏일에 우리 추천한다고 했을 때 딱 잘라 거절했어야 했어. 내 이런 놈들과 몇 날 며칠을 같이 있다니. 치 떨리고 꼴도 보기 싫소."

"동생들 헛험, 보고 싶네."

대원들이 다시 속도를 냈다. 맨 뒤 쌍둥이들이 급경사에 올랐다. 몸을 땅에 닿을 정도로 붙여야 겨우 오를 수 있는 경사였다.

동성이 잠시 허리를 폈다. 무리들과 조금 거리가 벌어졌다. 설피의 문제일까? 유난히 미끄러웠다. 그때 소리가 들렸다. 동성이 반사적으로 조총을 뒤로 돌렸다.

사람의 발소리 같기도 하고 동물의 소리 같기도 했다. 동성이 대원들을 살폈다. 이미 한참 위였다.

"까짓 내가 잡는다."

경사 아래로 내려간 동성이 총구를 나무 사이에 겨눴다. 스삭. 스사삭. 소리가 가까웠다. 동성이 반사적으로 한 보 더 내딛었다.

강성은 산에 울린 총소리로 동생이 사라진 것을 알았다. 대원들이 경사 입구까지 수색을 했지만 동성의 흔적은 없었다.

조식이 더 이상 지체할 수 없다 하자 강성이 간청했다.

"경사 아래 헛험, 수풀을 아직 안 봤습니다. 분명 헛, 젠장 카칵, 흔적을 남겼을 겁니다. 급히 찾아오겠습니다, 나리."

"제 몸 하나 간수 못 할 정도로 약한 포수였던가? 위험하면 어딘가에 피신하든 우리를 쫓아오든 할 것이 아닌가."

"나리, 저희는 형제가 함께해야 범을 잡기가 수월합니다. 헛험, 잠시만 기다려주시면……."

"이탈할 시 군법에 따라 처리하겠다."

조식이 돌아섰다. 곰보가 접혀 찌그러진 강성의 얼굴이 재밌는지 성호가 키득댔다. 다른 이들은 조식의 눈치를 봤다. 원창이 강성을 위로했다.

"밑이 위협이 더 적지 않은가? 아마 안전한 곳에 피해 있을걸세."

올라가는 도중에도 강성은 연신 뒤를 돌아봤다. 대원들도 소리에 집중해 걸었다. 경사에 오를 때만 해도 동성을 확인했으니 분명 가까이 있을 터다.

"나 혼자선 못 한다. 동생, 어디 있는가? 카칵."

강성이 울먹였다. 점점 동성이 사라졌던 지점에서 멀어졌다. 강성이 원망스러운 듯 조총을 조식에게 겨눴다. 방아쇠에 낀 손가락이 떨렸다. 순간 명선이 방아쇠에서 강성의 손가락을 뗐다.

"헛! 이 손 안 치워? 동생 없인 한 발짝도 갈 수 없다."

강성이 눈을 부라렸다.

"분명 찾을 시간이 있을 거야. 같이 가주겠네."

명선이 총구를 천천히 내렸다. 강성의 몸이 심하게 떨렸다.

"함경도 최고 포수 아니오. 걱정 마시오."

강성이 고개를 돌렸다. 마침 경사 밑 수풀이 흔들렸다.

"분명 저기 있어. 저 안에 있어. 칵."

곧 중턱에 들어갈 듯 연무가 가까웠다. 대원들이 잠시 휴식을 가졌다. 조식은 어디에도 없는 악수의 흔적에 적잖이 실망했다. 푸른색 흔적이 악수의 것이 아니란 말인가.

병조판서에게 들었던 경차관의 과거에선 산 중턱에서 놈을 만났다고 했다.

'더 가야 한다.'

조식은 대원들을 살폈다. 예상 못한 긴 산행에 모두 지쳐 보였다. 농을 하고 실랑이하던 인손과 성호조차도 말이 없었다. 조식은 이내 강성과 명선이 없음을 눈치챘다.

"이 망할 놈들."

"동성아, 어디 있니? 말 좀 해봐라. 카칵, 나 강성이다. 동생, 어디 있는가?"

강성과 명선이 흩어져 동성을 찾았다. 올라갈 땐 미처 보지 못했던 돌언덕들이 한두 보마다 돌출했다. 흙이 있는 곳엔 나무들과 넝쿨이 뒤섞여 틈이 없었다. 강성이 총구를 겨누며 걸었다. 가까운 계곡 물소리가 시끄러워 인기척을 느끼기가 더욱 어려웠다. 다른 곳을 살피러 떠난 명선의 소리도 어느샌가 들리지 않았다.

강성이 멈췄다. 울음. 물소리에 울음이 섞여 들렸다.

"동성이냐? 나다, 강성! 헛험."

소리를 찾아 나무 사이를 달린 강성이 자신의 키만큼 돌출된 언덕 앞에 멈췄다. 넝쿨에 덮인 바위 언덕 위에서 소리가 들렸다. 강성이 급히 넝쿨을 걷었다. 성룡굴. 바위에 암각이 새겨져 있었다. 이끼가 암각에 들어차 오히려 더 선명했다. 강성이 좁은 굴 입구에 머리를 들이밀었다.

"대답 좀 해봐라, 동성아. 그 안에 있는가, 동생? 기다려라. 내 지금 들어간다. 헛험."

몸을 안으로 들이밀자 족히 서넛은 지나다닐 정도로 넓었다.
강성이 몇 걸음 내딛다 멈췄다.

대원들은 바위언덕에서 강성을 발견했다. 뒤에 보이는 동굴은
넝쿨이 다 흩어져 입구가 훤했다. 강성은 망연자실했다. 헛기침
도 늘었다.

"흐…… 흑…… 헛험, 없어. 굴 안에도 헛험, 숲에도 동생이 없
소. 어머니에게…… 카칵, 뭐라 말한단 말이오? 험, 이게 다 장
군…… 장군님 때문에…… 헛험."

강성이 총을 잡을 찰라 조식이 환도를 뽑았다.

"네놈 형제의 일보다 더 중요한 게 있는 줄 몰랐더냐?"

강성의 눈이 번득이더니 조총을 쥔 손이 떨렸다. 방아쇠에 손
가락을 끼울 찰라 환도가 먼저 목에 닿았다. 조금만 몸을 틀어도
베일 듯했다.

"네놈이라도 가야 한다."

강성이 방아쇠에서 손가락을 뺐다. 눈물이 흘러 떨어졌다.

"함경도 최고 포수라는 새끼가 질질 짜긴. 곰보야, 더 잘됐잖
아. 이문을 배로 남길 텐데. 흐흐."

"뭐라? 이 호로새끼! 카칵!"

강성이 일어나 조총을 겨누자 성호가 놀란 듯 손사래를 쳤다.

"농이다, 농."

"다시 한 번 말해 보라. 이문을…… 헛, 어째? 퉤."

강성의 손가락이 미세하게 움직이는 걸 확인한 성호가 인상을 구겼다.

"농이라니까, 이 빙신새끼가."

"다들 어디 있나? 형님? 형님도 있는 거야?"

수풀 안에서 굵은 남성의 목소리가 들렸다. 강성이 급히 돌아섰다.

"동성아!"

강성의 얼굴에 희망이 비쳤다. 삽시간에 바위 언덕을 뛰었다. 강우가 뒤를 쫓았다.

조식이 새 나오던 기침을 막았다. 어느새 한낮이었다. 중턱에 걸린 해가 언제 넘어갈지 몰랐다. 산 밑과 시간이 다른 듯했다.

"으…… 살…… 살려……."

조식이 굴 입구에 쪼그려 앉아 소리에 집중했다. 스삭. 바닥을 기는 소리? 대원들이 다가왔다.

"뭐가 있습니까?"

원창이 묻자 조식이 쉿, 하며 바위에 귀를 댔다.

"무언가…… 이쪽으로 오고 있다."

원창이 쇠뇌 기계틀을 당겼다.

"들어가보겠습니다."

"일단 들어보게. 아이, 아이의 목소리야."

모두 소리에 귀를 기울였다. 거칠게 쉰 사내아이 소리가 들렸다.

"살……려주세요. 구해주세요."

조식이 안으로 얼굴을 들이밀었다. 시커먼 물체가 조금씩 기어왔다. 빛이 비추는 곳에 더러운 아이 팔꿈치가 드러났다. 아이는 포복을 하듯 팔꿈치로 바닥을 밀며 몸을 끌었다. 손발은 칡끈에 묶여 퍼렇게 멍들었고, 바닥에 닿은 팔꿈치는 살이 까져 피가 흥건했다.

조식이 아이를 안았다. 대여섯 살 정도다. 아이는 눈가가 떨리고 입에서 거품이 새 나오더니 금세 고개가 옆으로 처졌다. 따라온 원창이 아이 목을 만져 의식을 살폈다.

"숨은 붙어 있습니다."

"데려가게."

원창이 아이의 눈을 가리고 안았다. 바깥을 향해 돌아서자 빛이 아이의 몸을 비췄다. 팔과 얼굴에 붉은 생채기들이 가득했다. 원창의 팔에 힘이 들어갔다.

조식이 굴 안으로 몇 걸음 더 들어갔다. 아이가 굴 밖으로 나갔는지 대원들의 탄식이 들렸다. 안으로 들어갈수록 굴 폭이 점점 넓어졌다. 미로의 끝에 도착한 조식이 코를 막았다. 제기들이 가득했다.

"미친 무당년이 아이를 제물로 썼구나."

구석을 향하던 조식이 악취에 심호흡을 했다. 아직 살점이 붙은 아이들 시신이 쌓여 있었다. 썩은 살들이 뭉개져 엉켰다.

"해를 당하진 않았다. 놈이 여기까진 안 들어왔어."

뼈가 드러난 시신들 팔목에 굵은 밧줄이 묶여 있었다. 조식이 줄을 잡았다. 결박을 풀자 뼈를 드러낸 팔이 하나둘 바닥에 떨어졌다.

분명 소리는 가까운데 닿지가 않았다. 한참을 강성 목소리를 따라 움직이던 동성이 지친 듯 섰다. 대원들과 떨어져 경사 밑 숲에 들어온 지 얼마나 지났을까. 동성이 조총을 내려놓고 나무에 기댔다. 좀 전에 봤던 호랑이를 떠올렸다. 왜 놓쳤을까? 아쉬웠다.

"그놈만 잡았다면 나라님이 큰 상을 내리셨을 텐데. 엄니하고 동생들이 평생 끼니 걱정도 안 할 테고. 아버지 그리워할 일도 없었겠지……. 그런데 어떻게 그런 큰 놈이 있지?"

웅크린 모습은 호랑이가 분명했다. 등 무늬가 근육 움직임에 따라 물결쳤고 방금 먹이를 먹었는지 주위에선 비릿한 피 냄새가 났다.

동성이 한 보 한 보 소리를 죽이며 다가갔다.

함경도 고원 지대에서 호랑이 사냥으로 이름을 날리던 동성과 강성은 병조가 실력 있는 포수를 구한다는 소리에 강우를 찾아갔다. 둘은 마을에서 유명했다. 부친이 병으로 세상을 뜬 후 모친과 셋이나 되는 여동생들을 사냥으로 먹여 살렸다. 효심은 물론 용맹성도 고을의 자랑거리였다. 호랑이가 세 보 가까이 다가오기 전까진 방아쇠를 당기지 않았다. 위험했지만 그만큼 살상력은 높았다. 사냥 성공이 많아지자 둘의 자부심은 하늘을 찔렀고 이후 보수를 올렸다. 조정의 명이라 높은 보수를 예상했다. 아니었다면 군에 참여하지 않았을 터다.

"지랄 맞게 됐지만…… 여기서 잡으면 면포는 다 내 거지."

놈은 동성의 접근을 모르는지 꼼짝 않고 숨만 헐떡였다. 이상했다. 호랑이 털과 노루 털이 섞였다. 동성이 더 가까이 갈 찰라 놈이 꾸물댔다. 동시에 동성이 은자를 발사했다.

흔적이 없었다. 발사된 은자는 뒤쪽 나무에 박혀 있었다.

그 후 동성은 놈을 찾기 위해 수풀 깊숙이 들어왔다. 땅은 얼음이 녹아 늪지처럼 질퍽했다. 한 보 내딛기도 어려웠다. 동성은 순간, 대원들이 오르던 경사도 없고 인기척도 없음을 깨달았다. 멀리 온 듯했다. 그때 나무들 사이로 강성의 목소리가 들렸다. 한참을 강성을 찾았으나 수풀 속만 맴돌 뿐, 형은 없었다.

동성이 다시 강성을 불렀다.

"강성 형님. 어디에 있소? 형."

"가고 있다. 카칵, 기다려."

소리는 또렷했다. 이젠 강성이 찾아오길 기대하는 수밖에 없다. 동성이 나무에 머리를 기댔다.

스삭. 스사삭.

동성의 눈이 커졌다. 조총을 들 틈도 없이 빠른 속도로 놈이 다가왔다. 동성의 얼굴이 낭패감으로 굳었다.

곰보 자국을 접으며 활짝 웃는 강성의 얼굴이 떠올랐다. 세 보 앞에 쓰러진 호랑이가 떠오르고 면포를 받고 훌쩍이던 어머니와 동생들이 떠올랐다. 모두 형과 함께였다. 동성은 막연한 아쉬움이 들었다. 지금 이놈도 형과 함께라면 잡을 수 있을 텐데.

동성의 목이 잘려 하늘로 솟구쳤다.

명선은 수풀에서 동성을 발견했다, 먼저 도착한 강성이 피 웅덩이 앞에서 오열했다. 명선은 재빠르게 주위를 훑었다. 돼지 서넛은 능히 들어갈 피 웅덩이. 널브러진 조총 총열은 피로 막혔다.

강성 앞에 놓인 동성의 시신은 머리만 있었다. 명선이 피 웅덩이에 시선을 돌렸다. 옆 나무 뒤로 피가 흘렀다.

"끌고 갔소."

"뭣?"

강성이 눈물을 흘리며 고개를 들었다. 명선이 나무 뒤를 가리켰다. 핏길이 보였다. 강성이 급히 조총의 은자를 확인했다.

강성이 핏길을 따라 사라졌다. 명선은 피 웅덩이에 남아 시신 상태를 확인했다. 목 부분이 잘린 듯 말끔했다. 이전에 발견했던 시신들과 같았다. 가까이서 강성의 울먹임과 욕지거리가 섞여 들렸다. 명선이 핏길을 따라갔다.

핏길은 열 보도 안 가 끊겼고 강성은 동성의 살점이 붙은 척추를 들고 오열했다. 명선이 주변 나무부터 살폈다. 범들은 먹이를 잡으면 나무에 올려놓는 습성이 있다. 피로 목을 축일 거라 여겼는데, 없다. 강성이 든 한 자 정도의 뼈가 다였다.

강성이 척추를 던지고 조총을 들었다. 탕! 숲속에 발사했다. 명선이 말려도 소용없었다. 은자를 장착하고 다시 발사했다. 기척이 없다. 강성이 머리를 쥐어 잡았다.

"엄니 얼굴을…… 헛험, 어찌 보겠소. 흑흑."

"놈 발자국이오."

명선이 질픽대는 땅에 발을 댔다. 세 자 이상의 길이. 끝이 산 위를 향했다. 명선이 따라 한두 보 걷자 더 이상 자국이 없다. 아예 밟은 흔적도 없었다.

"어디로 간 거지? 나무?"

그 사이 강성이 다가왔다. 의욕이 사라진 듯 눈빛이 허망했다.

"나는 이제 그만 놔두시오. 헛험, 경차관놈한테 전해주시오. 남아서 헛험, 놈을 잡겠소."

"놈은 여기 없어. 이미 위로 올라갔소. 힘을 합쳐야 해."

강성이 얼굴을 쓸어내렸다. 다시 눈물이 흘렀다.

"미친 무당년. 이 불쌍한 것을 제물로 데려왔단 말여?"

인손이 아이를 안고 울분을 토하며 쓰다듬자 아이가 벌벌 떨었다. 성호는 아이를 외면하고 산 아래만 봤다. 돌아온 명선이 아이에게 사는 곳의 위치와 부모에 대해 물었다. 광에 갇혔던 아낙과 남편이 확실했다.

"재수 없게 하필 그년 자식이란 말이야, 젠장."

성호가 괜히 편전의 통아만 만지작댔다.

동성의 죽음에 대원들은 넋을 잃었다. 아무도 자세히 묻지 않왔다. 현철은 이를 부딪치며 떨었다.

조식이 명선에게 다가왔다.

"발자국 크기가 어떻던가?"

"세 자 이상입니다. 저번에 본 시신들과 마찬가지로 머리는 먹지 않았습니다. 잘린 부위도 말끔했어요. 놈이 틀림없습니다. 더구나 놈의 방향이……."

"이곳을 향했는가?"

조식이 바위언덕에 시선을 옮기자 명선이 끄덕였다.

"헌데 놈의 발자국이 두 보 정도만 있고 보이지 않았습니다. 혹 나무에 올라갔을까 확인했지만 긁힌 곳이 하나도 없었습니다."

조식이 주변을 살폈다. 동굴 앞 바위언덕은 충분히 진을 꾸릴 정도의 여유가 있었다.

"놈을 이곳으로 유인한다."

아이를 쓰다듬던 인손이 물었다.

"그나저나 나리, 곧 날이 저물 텐데 말여요. 이 아이는 누가 데려다준단 말입니까? 혹 쉰네가 데려다줘도 괜찮겠습니까?"

조식이 망설이듯 머뭇댔다. 인손이 활짝 웃으며 아이를 안았다.

"헤헤, 걱정 말어. 데려다줄 테니까 말여."

조식이 아이에게 다가와 급히 밧줄로 손을 묶었다. 명선이 놀라 조식의 팔을 잡았다.

"지금 뭐 하는 겁니까?"

"미끼가 필요하다."

단단히 밧줄을 맨 조식이 아이에게 차갑게 말했다.

"무서우면 눈을 감고 있어라. 잠깐이다. 분명 구해줄 것이니 잠시만 버티고 있으면 돼."

아이가 훌쩍였다.

"미친 것이요?"

명선이 소리치며 아이의 결박을 풀려 하자 조식이 주먹을 날렸다. 명선이 뒤로 밀려 쓰러졌다.

"벼락틀을 세워라. 동굴 앞이다."

명선이 작두칼을 꺼내 달려들자 강우와 인손이 앞을 가로막았다. 인손이 떨며 말했다.

"빨리 끝내잔 말여. 아이는 무조건 내가 지킬 테니."

"악수가 그리 우스운가? 저러다 목숨을 잃는다."

명선이 작두칼을 휘둘렀다. 피하는 둘을 밀치고 조식을 향해 달려갈 찰라 탕, 은자가 어깨를 스쳤다. 명선이 급히 돌아봤다. 강성이 조총을 겨눴다.

"놈이 가까이 헛험, 있소. 나는 당장 놈을 잡아야겠어. 칵."

"이런 작전을 어찌 한단 말인가? 다들 제정신이오? 다시 또 그럴 순 없소. 어떻게 이 어린 것을."

조식이 명선을 무시하고 원창에게 지시했다.

"동굴 입구에 만들어야 하네. 놈이 안에는 들어가지 않았어."

원창이 고개를 숙였다. 돌아선 조식의 눈에 몸을 떠는 현철이 보였다. 어깨에 손을 올리자 현철이 움찔했다.

"네놈이 아이를 지켜라. 만에 하나 악수에게 아이가 당할 시 네놈 목을 베겠다."

"나…… 나리, 제가…… 무슨 수로……."

조식이 언덕에 올라가 대원들을 내려다봤다.

"오늘 놈을 잡고 귀환한다."

대원들이 일사 분란하게 움직였다. 얌전히 따르던 아이가 인손의 손에 끌려가자 발버둥을 쳤다.

"걱정 말어. 아저씨가 계속 지켜보고 있을 테니 말여. 눈 딱 감고 한숨 자면 다 끝나 있을 거여."

말과 달리 인손의 손이 떨렸다. 아이를 동굴 앞에 앉히고 눈가리개를 했다. 흙을 골라 평평하게 만든 후 아이를 옮겨 앉혔다. 아이가 끝내 울음을 터뜨렸다.

대원들이 벼락틀을 세우기 위해 분주히 움직였다. 명선은 구석에서 가슴을 움켜줬다. 한 해 전 동굴에서 마주쳤던 아이들이 떠올랐다. 공포에 질려 소리도 못 내던 아이들은 명선을 보자 안도의 표정을 지었다. 미끼로 쓰일 아이도 해를 당하는 것이 아닐까. 손이 떨리고 가슴이 아렸다. 강우의 재촉에도 일어날 기력이 없었다. 원창과 현철이 나무를 들고 지나가다 명선을 위로했다.

"진정이 될 때까지 조금 더 쉬게나. 우리 둘이 옮겨도 충분하네."

명선이 일어났다.

"이젠 괜찮아요, 대장. 이리 주세요."

명선이 원창이 든 나무를 낚아채 동굴 앞에 세웠다. 다른 대원들이 나무를 옮겨 왔고, 그걸 현철과 강성이 엮었다.

원창이 문득 반짝이는 빛을 발견하고 고개를 들었다. 산 중턱 위, 연무 안에서 미약하게 빛이 반짝였다.

"저것이 무엇인가?"

대원들이 시선을 돌렸으나 빛은 이미 사라졌다. 인손이 농을 했다.

"대장, 뭐가 있다고 그려요? 하긴 헛게 보여도 이상할 나이가 아니지 뭐여. 히히"

"아니네. 분명 반짝이는 게⋯⋯."

"그러지 말고 나 좀 도와주시오, 대장. 힘들어 죽겠시다."

성호가 씩씩대며 나무를 내려놨다.

대원들이 흙 주위에 나무를 세우고 밑으로 구멍을 팠다. 구멍을 덮을 나무를 쪼개고 새끼줄을 엮었다. 외면하기 어려운 듯 인손은 연신 아이를 살폈다. 현철도 마찬가지였다. 아이의 신변에 이상이 생긴다면 자신이 책임을 져야 한다. 나무를 옮기고 엮는 와중에도 온통 아이 생각밖에 없었다. 다행히 명선과 인손이 느슨하게 밧줄을 풀어주고 옆으로 누였다. 아이는 편하게 잠든 듯 보였다. 그제야 현철이 다시 작업에 열중했다.

인손이 자신의 아이를 떠올리다 목이 멨다.

"우리 애도 저 나이쯤 됐지. 군에서 나오지만 않았어도 우리

식구 오순도순 살았을 텐데 말여. 아이고 불쌍한 것."

아무도 맞장구를 안 치자 옆에서 나무틀을 쪼개는 원창에게
말을 건넸다.

"대장, 대장도 슬프지요? 저 어린 것을 말여요."

원창은 살짝 미소를 보일 뿐 틀 쪼개기에 열중했다. 인손이 혀
를 찼다.

"뭐 혼례도 안 치렀으니 말여. 자식이 뭔지, 여편네가 뭔지 어
찌 알겠어. 대장, 그러다 총각으로 죽는 거 아니여요? 엇다 회포
를 푸는지 궁금하단 말여."

"내가 알아서 하네."

현철이 키득댔다. 대원들이 잠시 일손을 놓고 박장대소했다.
그러는 사이 어둠이 깔렸다. 여유는 금방 사라졌다.

멀리 떨어진 숲에서 꽹과리를 든 현철이 벌벌 떨었다. 나무 틈
사이로 바위언덕의 횃불이 보였다. 현철이 신경을 집중했다. 땀
에 젖은 손을 적삼바지에 닦고 꽹과리를 가슴 위로 들었다.

조식과 강우가 벼락틀을 점검했다. 밑에는 깊은 구덩이가 있
고 서로 엮인 나무기둥들이 틀을 받치며 섰다. 이상 없음을 확인
한 둘이 신호를 준 후 동굴 뒤로 피했다.

잠시 후 바위 뒤에서 나온 명선이 아이에게 달려갔다. 아이는
이미 깨 있었다. 명선이 아이를 벼락틀 안에 조심스럽게 눕혔다.

"꼭 부모에게 보내주겠다. 그러니 조금만 참아라."

명선이 엄지와 검지로 아이의 뒷목을 푹 찔렀다. 아이가 헉! 신음을 내곤 혼절했다. 명선이 빠르게 돌아갔다.

몸을 은폐한 대원들이 각자 무기들을 장착했다. 인손은 각궁을 벼락틀에 조준했고 원창도 쇠뇌의 시위를 당겼다. 성호의 편전과 강성의 조총도 오로지 벼락틀에 집중했다.

조식과 강우가 굴 입구에 서서 상황을 주시했다. 조식이 나지막이 소리쳤다.

"횃불을 꺼라."

명선이 횃불을 끄자 시끄러운 꽹과리 소리가 수풀에 울렸다. 현철의 움직임이 바위언덕에 전해졌다. 모두의 시선이 벼락틀에 쏠렸고 달빛이 횃불을 대신해 언덕을 비췄다.

꽹과리 소리가 급격히 가까워졌다. 그 속에 동물의 울음이 있었다. 크르릉. 성호가 소리쳤다.

"왔다."

소리와 함께 명선이 벼락틀 앞으로 뛰쳐나갔다. 그때 툭! 꽹과리 소리가 끊겼다.

"현철아!"

명선이 수풀 안을 살피려 돌아섰다. 크르렁! 시퍼렇게 빛나는 눈동자가 그의 뒤쪽으로 다가왔다. 원창이 다급히 소리쳤다.

"김 갑사! 놈이 뒤에 있네."

명선이 벼락틀로 몸을 돌렸다. 타탁, 호랑이가 모습을 드러냈다. 600근이 넘는 거대한 크기. 놈이 날카로운 이빨을 드러내며 명선을 덮쳤다. 조식이 공격 명령을 내렸다.

"지금이다."

편전이 호랑이의 등을 비껴갔다. 성호가 재빠르게 애기살을 채웠다. 강성은 조준에 들어오기까지 조용히 기다렸고, 원창과 인손은 뒤엉킨 명선 때문에 시위를 놓지 못했다. 원창이 외쳤다.

"김 갑사! 떨어져."

명선이 힘겹게 작두칼을 휘둘렀다. 놈의 앞발에 살짝 생채기가 났다.

"젠장."

명선이 빠르게 한 발 물러났다. 동시에 편전, 쇠뇌 살이 놈의 다리에 박혔다. 크르렁. 놈이 포효를 하고 다시 명선에게 달려들었다. 탕! 은자가 앞발에 박혔고 각궁이 엉덩이에 박혔다. 호랑이가 이빨을 드러내며 요동쳤다.

명선이 바위를 박찼다. 푹! 작두칼이 놈의 목덜미에 박혔다. 호랑이가 뒷걸음쳤다. 동시에 쌍검과 환도가 놈의 몸에 깊게 들어갔다.

비틀거리던 호랑이가 벼락틀 기둥을 박자 무너질 듯 흔들렸다. 어느새 깬 아이가 공포에 떨다 소변을 지렸다. 놀란 대원들이 공격을 멈췄다. 금세라도 놈이 틀 안에 들어갈 듯 보였다.

"안 돼."

명선이 벼락틀로 달렸다. 비틀거리는 호랑이를 지나쳐 빠르게 아이를 안아 밖으로 나왔다. 호랑이가 요동치며 반대쪽의 기둥을 쳤다.

쾅. 쇠뇌 살이 호랑이 눈을 정통으로 관통했다. 밀려나던 호랑이가 황급히 틀 안으로 피했다. 벼락틀이 무너져 놈의 몸을 덮쳤다.

조식이 횃불을 켜 벼락틀로 왔다. 무너진 지붕 틈 안에서 호랑이가 숨을 헐떡였다. 쇠뇌 살에 뚫린 피투성이의 한쪽 눈과 달리 다른 쪽은 시퍼렇게 부릅떴다.

조식이 빠르게 환도를 내리쳤다. 대원들이 환호했다.

명선이 달빛에 보인 검은 땅에 발을 디뎠다. 무작정 바위언덕을 벗어나 한참을 달렸다. 대원들의 시끄러운 환호성도 점점 들리지 않았다. 등에 업힌 아이는 아직 정신을 못 차리는지 자꾸 머리가 젖혔다. 질퍽한 땅에 설피가 미끄러지자 아이가 정신을 차리고 울었다.

"괜찮다. 이젠 괜찮아. 내려가면 부모님께 말해 다른 마을로 가자고 해라. 사람들에게 들키지 않게."

아이가 울면서 고개를 끄덕여 명선의 등을 적셨다. 명선의 발이 더욱 빨라졌다. 수풀 너머로 계곡과 나무다리가 막 드러났다.

"그럴 줄 알았지 뭐여. 이걸 왜 내가 해야 하는 거여? 도한이 해야지, 이게 뭐여?"

"그 개자식이 애새끼 데리고 사라졌으니 누가 하냐고? 가궁이 네놈이 해야지. 혹 네놈도 명선이 그 새끼가 작전 중에 아이를 빼

돌린 걸 두둔하는 건 아니겠지?"

성호가 인손의 심기를 건드렸다.

꽹과리를 치며 몰이를 하던 현철은 바위언덕에 가까워지자 극도의 불안감에 기절하고 말았다. 정신을 차리고 나니 성호가 단도를 눈앞에 대고 흔들었다.

"잘라. 배 가르고 가죽 벗겨내."

"네?"

성호가 호랑이를 가리키며 자르라는 시늉을 하자 현철이 호기롭게 호랑이의 목 아래에 날을 박았지만 결국 손이 베이고 말았다. 어쩔 수 없이 인손이 현철을 밀쳐내고 사체 앞에 앉았다.

"두둔이 아니여. 어찌 됐든 아이가 안 다쳤으니 다행이지 뭐여."

"재미없네, 가꿍이. 쳇."

의외로 인손이 명선을 변호하자 성호가 시큰둥 돌아섰다.

인손이 호랑이 몸에 박힌 살과 탄을 빼내고 머리 쪽을 살폈다. 현철이 박아둔 단도가 목 밑에 그대로 있었다. 잡고 밑으로 내리는데 쉽게 잘리지 않았다. 인손이 이마의 땀을 닦았다.

"비켜라."

인손이 옆으로 튕겨 나갔다. 씩씩대며 돌아보자 명선이 막 호랑이 목에서 단도를 빼고 작두칼을 꽂았다. 성을 내던 인손이 멈칫했다.

"아이는? 괜찮은 거여? 어떻든가?"

"지금쯤 부모를 만나지 않았을까?"

"그…… 진짜여? 정말 다행이네. 다친 덴 없고?"

명선이 말없이 칼을 깊숙이 박았다. 인손이 미소를 보였다.

"하…… 하긴 자네가 어련히 알아서 했을까 말여?"

명선이 작두칼을 밑으로 내렸다. 목의 뼈가 부서져 덜컥댔다. 그때 명선의 얼굴에 차가운 쇠가 닿았다. 돌아보자 강우가 검 하나를 댔고 옆에 조식이 섰다.

"작전 수행 중이었다. 군법을 어길 시 엄벌에 처한다 했을 텐데. 이리 경거망동한 짓을 하는가?"

명선이 호랑이 사체로 고개를 돌리고 배를 갈랐다. 벌어진 사이로 뜨거운 김이 올라왔다.

"불쌍하고 죄 없는 아입니다. 그 아이를 살리는 게 반역이고 군법을 어기는 것이라면 지금 제 목을 치십시오. 하찮은 망나니에 불과한 목숨. 작전도 끝나 이제 이몸이 필요도 없지 않습니까?"

"이제 네놈이 미끼가 될 터다."

"무슨 말씀이십니까? 놈을 이렇게 잡지 않았습니까? 이제 끝났습니다. 이놈 정도면 충분히……."

문득 명선의 시선이 호랑이의 발에 멈췄다. 불과 두 자 정도. 놈의 발자국과는 차이가 있다. 조식이 지시했다.

"내장을 꺼내봐라."

명선이 흘러내린 내장에서 위를 반으로 갈랐다. 고약한 냄새에 대원들이 코를 막았다. 명선이 쏟아진 내용물을 흩뜨렸다. 멧돼지 발톱과 토끼 머리, 씹다만 나뭇조각들이 다였다.

"사람의 흔적이 있는가?"

"아니…… 없습니다. 이놈은…… 설마……."

대원들도 사체 앞으로 와 펼쳐진 내용물들을 확인했다. 성호가 의아한 듯 나섰다.

"그래도 이놈 정도면……. 나리, 이 정도 크기도 본 적이 없습니다. 더한 놈이 있을 리 없지 않습니까?"

"맞습니다요. 이 정도만 되도 조정에서 흡족해하실 겁니다. 이리 큰 놈은 저도 본 적이 없지 뭡니까요."

인손이 성호를 거들었다. 둘과 달리 계속 사체를 살피던 원창은 고개를 저었다.

"이놈이 아니네."

그때 강성이 호랑이 뱃가죽을 쫙 펼쳤다.

"동생이 없지 않습니까? 헛험, 다른 놈입니다, 다른 놈. 칵, 젠장."

조식이 대원들 앞에 나섰다.

"짐을 챙겨라. 산 위로 간다."

다른 이들이 짐을 드는 동안 성호와 인손은 멍한 채 주저앉았다. 거대한 범을 잡았다는 희열과 흥분은 이미 사라진 듯했다.

'난장 맞을 새끼들. 이놈보다 더한 놈이 어찌 저 위에 있단 말이야?'

성호가 조식을 노려보다 돌아서는데 명선이 무언가를 던졌다. 벗겨낸 호랑이 가죽이었다.

"이걸 왜 날 줘, 새끼야."

"현철은 이미 짐이 많아. 싫으면 내가 들까?"

뜸을 들이던 성호가 잠시 생각하다 가죽을 들어 어깨에 멨다. 명선은 호랑이 살을 발라 행랑에 넣고 남은 사체를 굴 안에 던졌다.

대원들이 횃불을 들고 바위언덕 너머로 향했다. 한 번 올랐던 곳이라 진군 속도가 빨랐다. 삽시간에 경사에 도달해 능선에 올랐다.

명선이 맨 앞 조식을 따라잡아 보조를 맞췄다.

"어느 정도의 범인지 알고 있는 겁니까? 아니 범은 맞는 겁니까?"

조식이 쳐다보지도 않고 걸음을 재촉했다. 명선이 곧 따라붙었다.

"달포 내로 돌아가야 한다. 놈의 가죽만 가지고 가면 다 끝이다."

"범이…… 아닌 겁니까?"

"범이다. 다만 본 적 없는 놈일 뿐이야."

조식이 능선 너머로 뛰었다. 명선과 대원들이 뒤를 쫓았다. 얼음 서린 바윗길이 다시 모습을 드러냈다.

후두둑. 차가운 기운에 대원들이 고개를 들었다. 눈이 내린다. 어둠 속에도 유난히 하얗다. 인손이 혀를 내밀어 눈을 받았다.

"오뉴월도 지난 한여름에 눈이 웬 말이냔 말여. 지랄 맞고 변덕스럽네. 빨리 포상금이나 받고 집에 가면 얼마나 좋겠어. 우리 개똥이 옷도 새로 입히고 마누라랑 회포도 풀고 말여. 흐흐."

"가꿍아."

"네놈은 말하지 말어."

둘의 실랑이에 현철이 키득대는데 앞의 강성이 서글픈 소리를 냈다. 〈수심가〉였다.

"두견새야 울지 마라. 울려면 혼자서나 울지. 잠든 나까지 깨우느냐."

노래를 부르자 헛기침이 없었다.

"해가 지고 또 달이 솟아오르니 세월만 흘러가는구나. 인생 일장춘몽이요. 세상 공명 꿈 밖이로구나. 흑흑…… 카칵."

소리에 울먹임이 섞이자 다들 발걸음이 느려졌다.

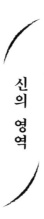

신의 영역

영조 23년 정묘년 8월 11일 신미

바위틈에 나뭇잎을 채워 밤 추위를 견딘 대원들은 날이 밝자 급히 행랑을 꾸려 산행을 시작했다. 구불한 산등성과 좁은 산길 폭 때문에 속도를 내기 어려웠다. 미끄러운 바위들을 넘어서면 언 흙이 괴롭혔다. 설피를 댈 때마다 흩어지고 부서져 다리가 자꾸 뒤로 밀렸다. 대원들 상태도 조금씩 안 좋아졌다. 무릎이 삐거덕거리고 발바닥에 물집이 생겼다. 몇 번을 가다 서다를 반복한 후에야 중턱에 가까운 분지에 도착했다. 출발한 지 한나절도 넘은 오후였다.

전나무들이 가득했던 아래와 달리 산 위는 잣나무들이 밀집해 있었다. 눈은 그쳤지만 바람은 심했고 기온도 낮았다.

휴식을 취하던 인손이 넝쿨 아래에서 물체 하나를 집었다. 표면이 매끄럽고 반짝였다. 반대쪽은 깨진 듯 울퉁불퉁하다. 다른 대원들도 쇠붙이를 발견했다. 큰 잣나무 사이에 한 자 크기의 쇠붙이들이 박혀 반짝였다. 조각 난 것들은 분지 구석에 널려 있었다. 조식이 그중 하나를 집었다.

"모양은 다르지만 다 같은 것입니다."

원창의 말에 조식이 산 중턱을 봤다.

"분명 우리가 잡으려는 놈과 관련이 있네. 판서 영감이 비슷한 걸 보여줬었네."

"이 쇠붙이가 범과 무슨 관련이 있는지…… 도통 모르겠습니다."

조식이 대원들을 살폈다. 성호와 인손은 마치 금붙이라도 되는 듯 쇠붙이를 소매와 행랑에 넣었다. 명선은 짐짓 심각했고 강성은 관심 없는 듯 산 아래만 봤다.

각궁까지 내려놓고 쇠붙이에 혈안이 된 인손이 두 자 가까이 되는 긴 쇠붙이가 분지 경사에 있는 걸 발견했다.

"분명 큰 값을 받을 거여. 딱 있어. 내 거여."

인손이 분지 아래로 몸을 숙였다. 스삭. 스사삭. 급히 시선을 옮겼다. 나뭇잎들이 날리며 시야를 가리다 날아갔다. 범이다. 보이진 않지만 빨랐다.

"뭐여…… 여기, 이봐들."

거대한 호랑이 가죽이 나타났다 사라졌다. 급히 상체를 일으키던 인손이 놀란 듯 굳었다. 앞에 눈이 있고, 검고 길다. 인손이 각궁을 잡을 찰라 휙! 화살 하나가 인손의 얼굴을 지나쳤다.

"피해요!"

"뭐…… 뭣이여?"

인손이 반동을 줘 분지에 올라와 뒹굴었다. 놀란 대원들이 무기를 챙겨 살이 날아온 곳을 찾았다. 분지 옆 나무 위에 가죽옷을 입은 젊은 여자가 멀리 수풀을 겨누고 있었다. 여자가 시위를 당기고 오늬를 났다. 화살 방향을 살피던 여자가 아쉬운 듯 입을 앙 다물며 분지로 뛰어내려 대원들에게 활을 겨눴다. 명선이 여자 앞에 섰다.

"누군데 이 위험한 곳에 있는 것인가?"

여자가 대원들의 차림새와 무기들을 보곤 반색하며 활을 내렸다.

"혹시 조정에서 보낸 것인지요? 악수를 잡으러 오셨습니까?"

"자넨 누구인가?"

조식이 묻자 여자가 황급히 무릎을 꿇었다.

대원들은 젊은 여자의 이야기를 들었다. 이제 열여덟이라 했고 이름은 길세연이다. 세연은 억지로 눈물을 참는 듯 말이 자꾸 끊겼다.

"가족이…… 놈에게 당했습니다. 저만 빼고…… 장례를 치를 수도 없었답니다. 산에 올라와서야 겨우 가족의 머리를 찾았지요. 나머진 아무것도 없었어요. 머리만……."

"그렇다 해도 어찌 아녀자 혼자 올라올 생각을 한 거여?"

인손이 안쓰러운 듯 보자 세연이 얼굴을 들었다. 표정이 단호했다.

"잡아야지요. 어머니, 아버지…… 동생들 복수를 해야지요. 그러지 않고 어찌 마음 편히 살 수 있답니까."

"혹시 산에서 내려와 첫 번째 돌집인가?"

명선의 물음에 세연이 끄덕였다.

"집은 온통 피뿐이었지요. 가족의 피를 남기고 싶지 않았답니다. 흙을 덧바르고 다 치웠지요. 하루도 있을 수 없었어요. 무당과 마을 사람들은 올라가면 안 된다고 했지만…… 그럴 수 없었어요. 몰래 산에 올라왔지요. 그런데…… 이렇게 군이 왔다니…… 얼마나 안심이 되는지 모른답니다. 제가 도움을 드릴게요. 아니 도움이 되고 싶어요."

조식이 세연 앞으로 다가왔다.

"자네 도움은 필요 없어. 이제 우리에게 맡기고 그만 하산하게."

세연이 놀란 듯 머리를 조아렸다.

"나리, 같이 가게 해주세요. 방해하지 않겠어요. 아니 오히려 제가 도움이 될 거예요. 그놈이 있을 만한 곳을 알고 있답니다."

"정말인가? 그게 어디인가?"

세연이 손을 들어 연무 속을 가리켰다. 조식과 대원들 시선이 연무로 옮겨갔다.

"저 연무 뒤, 흔들바위 뒤로 암자가 있습니다. 본래 성룡사의 중들이 수양을 쌓기 위해 지은 곳인데 산 입구가 막힌 후론 아무도 암자에 가질 못했다고 해요. 여기까지 올라오는 게 어려웠으니까요."

모두 하늘에 가까운 중턱을 바라봤다. 명선이 의아한 듯 세연에게 물었다.

"놈이 있다는 곳을 안다면 악수의 모습을 보았단 건가?"

"네. 이 두 눈으로 똑똑히 봤지요."

세연이 당당하게 대답하자 하나둘 질문이 터졌다. 인손이 먼저 했다.

"아까 내가 본 것이 맞는 것이여? 눈동자가 검은 놈 말여?"

"맞아요. 눈동자는 검고 호랑이 털과 노루털이 섞였지요. 그놈은 일어서면 8척이 넘고, 팔이 잣나무를 잡고 자를 정도로 길고 날카롭습니다."

원창이 놀란 듯 세연을 응시했다.

"그런 범은 없어."

"호랑이와 비슷하나…… 모르겠어요. 저는 처음 보는 놈이었답니다."

질문이 끊겼다. 범이 아닐 수 있다는 소리에 대원들이 당황한 듯 조식과 강우를 살폈다. 조식이 차분히 물었다.

"범이 맞다. 보통 놈이 아닐 뿐이야. 은거지가 중턱의 암자라고?"

"분명해요. 놈을 쫓다가 며칠 전에 알게 됐답니다. 그놈은 신출귀몰할 정도로 빨라서 쫓기가 어려웠지요. 중턱 아래에서 보이다가 갑자기 계곡 위에 모습을 나타내기도 했어요. 따라갈 속도가 아니었어요. 그러다 놈이 연무 속에……."

"연무 속에 분명 암자가 있는가?"

"네. 그리고 놈이 안에 들어가는 걸 봤답니다."

"안내하라."

조식이 세연의 합류를 지시했다. 대원들은 어린 처자의 합류에 불안함을 보였다. 작전에 방해될 게 뻔했다. 명선이 나서 조식에게 일렀다.

"너무 어린 처자입니다. 어찌 믿고 따라간단 말입니까?"

"걱정 마시지요. 이 산은 제 집입니다. 길, 절벽 곳곳을 다 알고 있답니다."

세연이 조식 대신 대꾸하곤 의기양양하게 대원들 앞에 나섰다.

"무조건 제 뒤만 쫓아오세요. 길 옆 넝쿨 너머엔 낭떠러지들이 많답니다. 아래를 보지 마세요."

앞장선 세연이 바위 위에 발을 내딛었다. 얇은 바지에 살이 밀착됐다. 따라 걷던 성호가 고개를 살짝 숙여 세연의 뒷모습을 보곤 히죽 웃었다.

호랑이 사체가 들썩이자, 조각조각 잘린 살덩이들이 핏물에 둥둥 떴다. 살덩이는 가죽이 벗겨져 매끈하고, 주변은 위에서 흘러나온 썩은 부유물들이 흩어져 있었다.

스삭. 스사삭. 검은 물체가 살덩이 가까이 왔다. 동굴 바닥에 끌리는 소리는 날카로운 쇳소리와 비슷했다. 호랑이와 노루 무늬가 섞인 등은 움직일 때마다 물결치듯 꿀렁이고, 세 자가 넘는 발엔 뾰족한 발톱이 칼날같이 길게 나왔다.

찢겨진 살덩이들을 보던 놈이 상체를 들었다. 동굴 밖을 보자 놈의 시야에 한밤의 산이 환하게 밝아진다. 그저 동굴 밖을 볼 뿐인데 수풀에 대원들의 모습이 둥둥 뜨며 들어온다. 중턱에 가까운 기슭. 대원들은 쪽잠을 자는 중이다.

놈이 한 발짝 밖으로 내딛자 삽시간에 수풀 나무 위로 몸이 옮겨간다. 둥그렇게 웅크린 모습은 마치 범과 다를 게 없다. 호랑이 무늬가 움직이더니 이내 사라진다. 스삭. 스사삭. 소리만 울린다.

대원들이 뒤척였다. 늦은 시각이지만 숙면을 취하기엔 장소가 협소하고 위험했다. 불시의 상황에 대비해 둘셋씩 한곳에 모였고, 세연은 좀 떨어진 바위틈에 자리를 잡았다.

세연은 쉬 잠들지 못했다. 산속에 오로지 혼자라고 여겼다. 마을에서도 자신을 찾아 산을 오르는 이가 없었다. 무당은 자신이 사라진 것을 알고 있을까. 지척에서 경차관 대원들의 코 고는 소리가 들렸다. 뒤척이던 이들도 이제 잠에 든 것일까.

'분명 저들이 내 복수에 도움을 줄 것이야.'

한시도 제대로 잠든 적이 없던 그녀다. 희망이 솟자 눈이 조금씩 감기고 긴장이 풀렸다. 활과 칼을 몸에서 내려놓고 바닥에 누웠다. 별과 달이 손에 닿을 듯 가까웠다. 삽시간에 별들이 흐려지더니 어둠 속으로 사라졌고 세연의 몸이 이완됐다.

꿈이 아니다. 분명 사내의 손이다. 세연이 눈을 떴다. 갑작스러운 공격에 상대의 얼굴이 잘 보이지 않았다. 비명이 턱까지 올라왔으나 둔탁하고 굵은 손이 급히 세연의 입을 막았다.

읍읍. 빈 공기 소리만 샜다. 움직여보려 해도 상대의 억센 힘엔 속수무책이었다. 사내는 한 손으로 세연의 입을 막고 두 다리로 세연의 허벅지를 짓눌렀다.

달빛에 길게 찢어진 눈가와 히죽 웃는 사내의 누런 이가 보였다. 성호의 손이 세연의 아랫도리를 움켜잡았다.

"조금만 참아. 달빛이 너무 좋지 않니? 한 식경도 안 걸릴 거야."

발버둥 치던 세연이 성호의 손바닥을 물었다. 하지만 성호의 표정엔 변화가 없다. 찢겨져 피가 세연의 볼에 범벅이 되는데도 관심이 없다. 다른 손이 세연의 아랫도리를 밑으로 내리고 몸을 밀착할 찰라 시퍼런 칼날이 성호의 목에 닿았다. 명선인 걸 안 성호가 입술을 질끈 깨물며 고개를 들었다.

"또 네놈이야? 이번만은 안 돼. 그냥 가 이 새끼야. 아니, 나 다음에 해. 이년 살결이 달빛처럼 하얗지 뭐야. 참을 수가 없지 않아?"

세연이 몸부림치며 다시 성호의 손바닥 다른 곳을 물었다. 성호의 눈이 시뻘겋게 변했다.

"이런 곳에서 계집을 만나다니 이것도 하늘의 뜻 아니겠니? 그러하니, 이번에도 방해하면 네놈 불알에 애기살을 박아주겠다."

"더 이상 네놈 악행을 참고 볼 수가 없다. 그만 여기에서 끝내자."

"막아봐. 그전에 끝낼 테니, 흐흐."

성호가 세연의 허벅지를 잡아당겼다. 그때 쌍검의 빛이 스쳤다. 성호가 비명을 지르며 세연한테서 떨어졌다. 세연은 급히 아랫도리를 올리고 활과 칼을 들었다.

성호의 상체에 실핏줄 같은 핏길이 생겼다.

"이 씨부럴. 이러면 네놈들 모두……."

성호의 말을 자르며 강우의 검이 다시 생채기를 냈다. 성호의 팔다리에 가는 핏길이 계속 생겼다. 비명을 지르던 성호가 몸을 감싸며 주저앉았다.

상황이 진정되자 명선이 떨고 있는 세연에게 다가왔다.

"항상 칼과 활을 몸에 지니고 있어라. 저놈이 아니더라도 언제 악수가 나타날지 모르니."

"도와주셔서 감사해요. 같은 편이 생겼다는 마음에 긴장을 놓았어요. 제 불찰이에요."

세연이 주저앉은 성호를 노려보자 의식한 듯 명선이 말을 이었다.

"저놈 걱정은 안 해도 된다. 항상 주시할 테니. 만약 또 한 번 그럴 기미가 보인다면 내가 당장 저놈 목을 벨 것이다."

"아니, 그전에 제가 먼저 비수를 꽂을 테지요."

웅크렸던 성호가 고개를 들어 둘을 쏘아보자 강우가 멱살을 잡아 일으켰다. 수도 없이 생긴 핏길로 성호의 옷이 젖었다. 강우가 쌍검을 대각으로 목에 대자 놀란 듯 성호가 말을 더듬었다.

"지…… 진짜로 베려고 하시오? 이런 법이 어딨소? 아직 악수도 못 잡았는데……. 사…… 살려주시오. 다…… 다시는 그러지 않겠소."

"네놈 하나 사라져도 임무에 하등 영향이 없다. 네놈을 데리고 오는 게 아니었어. 투전이나 하고 행패나 일삼는 오입쟁이 놈일 뿐인데. 그냥 찾을 수 없다고 했어야 했다."

강우의 성난 말투에 성호가 선처를 빌었다. 강우가 성호의 멱살을 잡아 산길 옆으로 끌고 갔다. 명선이 따라가려 하자 강우가 손을 들어 만류했다. 명선이 세연을 대원들 옆으로 데려갔다. 세연은 더 이상 잠에 들지 못했다. 명선이 옆에서 뜬눈으로 지켜주었지만 오히려 더 잠이 오지 않았다.

"걱정 말고 그만 잠에 들도록 해라."

"네, 알겠어요."

세연이 억지로 눈을 감았다. 한참이 지나도 강우와 성호는 돌아오지 않았다. 세연은 눈을 뜬 채로 밤을 다 보냈다.

영조 23년 정묘년 8월 12일 임신

반 보씩 속도를 늦추던 성호가 대원들의 맨 뒤로 처졌다. 밤에 생겼던 생채기들은 아문 곳도 있었으나 고름이 찬 곳들도 있었다. 강우에게 맞은 얼굴은 만신창이가 됐다. 아침이 된 후 원창과 조식, 인손과 강성, 현철까지 모두 성호의 상처를 보고도 모른 척했다. 애써 말을 걸어도 다들 딴짓을 하며 피했다.

'다들 밤에 소리를 들었어. 그런데도 이 자식들은 꿈쩍도 안 했어. 동료가 비명을 지르는데 다들 자는 척을 했다? 대장새끼도 그렇고 경차관 놈도 그렇고.'

조금씩 대열에서 떨어진 성호가 안고 있던 호피를 등에 단단히 맸다. 걸음을 멈추고 대원들의 상황을 지켜봤다. 조식과 강우를 선두로 대원들이 산 중턱 연무에 들어가자 성호가 입꼬리를 올리고 몸을 돌렸다.

"네놈들끼리 잘해봐라. 쳇, 이 가죽만으로도 50필 이상은 받을 수 있어. 다들…… 이승에선 보지 말자고."

성호가 한달음에 뛰어 내려갔다. 다행히 쫓아오는 기색은 없지만 내려가는 길은 올라올 때만큼 가파르고 위험했다. 얼음바위에 다다른 성호가 가까스로 멈춰 섰다. 속도감에 하마터면 미끄러질 뻔했다. 너머는 넝쿨이 있지만 그 뒤는 절벽인지 바위인지 알 수 없었다. 조심스럽게 넝쿨을 치우는데 귀에 거슬리는 날카로운 쇳소리가 울렸다. 더불어 나뭇가지들도 심하게 흔들렸다.

"빨리 여길 떠나는 게 상책이야. 이 산, 재수 없어. 오는 게 아니었어."

넝쿨을 치우자 다행히 바위가 나타났다. 급히 올라선 성호의 눈이 커졌다. 바위 면에 발이 미끄러졌다. 급히 균형을 잡으려 발에 힘을 주는 순간 무언가가 다리를 잡아당겼다. 삽시간에 성호의 몸이 끌려들어 갔다.

"으아악!"

성호가 반사적으로 넝쿨 뿌리를 잡았다. 더 이상 당기는 느낌이 없자 흙에 파묻힌 얼굴을 들었다. 얼음과 흙이 덕지덕지 붙었다. 남은 한 손으로 얼굴을 닦아내고 위로 올라가려 팔에 힘을 줬다. 그때 툭! 등에 맸던 호피가 떨어졌다.

"안 돼!"

손을 뻗으며 내려다본 성호가 아연실색했다. 낭떠러지다. 호피는 나무숲으로 떨어져 사라졌다. 낭패감에 울분을 토하던 성호가 몸을 흔들어 발을 절벽에 댔다.

"뭐야?"

발이 절벽에 닿지 않는다. 성호가 다리를 살폈다. 발목 아래가 없었다. 뚝! 뚝! 발목이 잘린 면에서 피가 밑으로 떨어졌다. 성호의 눈이 벌게지며 눈물이 맺혔다. 간신히 넝쿨의 뿌리를 잡았음에도 점점 힘이 빠졌다. 그때 밑에 무언가가 나타났다. 절벽에 붙어 올라오는 호랑이 무늬의 물체. 놈이 한 걸음씩 뗄 때마다 급격히 거리가 가까워졌다.

"사…… 살려주시오. 이봐, 인손이! 김 갑사! 대장! 제발, 여기 놈이 있어. 제발, 좀 살려줘. 이 개자식들아!"

절망감에 악력이 약해졌다. 손이 풀렸고 성호가 눈을 감았다. 떨어질 찰나 누군가 손을 잡았다. 눈을 떴다. 바위에 발을 지지한 세연이 안간힘을 쓰며 성호를 잡아당기고 있었다.

"네…… 네년이 여길 왜?"

성호와 눈이 마주치자 세연이 고개를 돌리고 손만 계속 당겼다.

"미친년. 여길 왜 따라와? 뭐 해? 더 잡아당겨. 그 정도 힘으로 악수를 잡겠다고 지랄했어? 부모 복수? 웃기고 있네."

성호가 세연을 자극하며 비아냥댔다. 세연은 안간힘을 썼다. 그녀의 눈에서 낭패감이 보이자 성호가 급히 밑을 봤다. 웅크리며 달려온 물체가 어느새 자신의 잘린 발목까지 근처까지 닿았다. 가까이서 본 놈은 호랑이와 노루 무늬가 섞였고 얼굴은 털로 덮여 있었다.

"아…… 여기에서 죽을 순 없어. 젠장!"

성호가 울부짖으며 세연을 바라봤다.

"그만 놔. 이제 끝났어. 놓으라고 이 미친년아. 흑흑."

아랑곳하지 않고 세연은 계속 성호의 팔을 당겼다. 성호의 목소리가 떨렸다.

"미친……년…… 이제 끝났어. 지금 놈이 내 다리를 잡았어. 놓으라고 이제. 네년도 죽는단 말이다."

성호의 목소리에 힘이 빠졌다. 순간 성호는 궁금했다. 죽음이 다가왔음에도 왜 아내와 자식의 얼굴이 떠오르지 않는지. 왜 앞의 어린 처자의 고운 얼굴만 떠오르는지. 태생이 그렇게 살 놈이던가. 그러다 한 장면이 튀어나왔다. 언젠가 투전판에서 실수를 했던 일. 얼굴이 화끈거렸다.

'그 패만 냈더라면.'

성호가 세연을 올려다봤다. 안간힘을 쓰는 세연이 머리를 흔들며 소리쳤다. 이상하게 그녀의 소리가 들리지 않는다. 여전히 투전 생각뿐이다. 그때 마지막 투전이 잘못됐다. 투전판의 패. 무대가 나오지 않았다면…… 그 한 번만 제대로 들어왔다면 이곳에 오지 않았을 텐데. 그게 끝이었다니.

성호가 손에 힘을 풀었다. 세연이 놀라 다시 잡으려 했으나 이미 늦었다.

"안 돼요. 빨리 잡아."

스삭. 스사삭. 날아온 길고 검은 손톱이 땅 위에 올라와 박혔다. 뒷걸음친 세연이 급히 활을 꺼내 시위를 당길 찰라 잘린 성호 머리가 세연의 발 앞에 굴렀다. 성호의 몸이 공중에 떠올라 피를 뿜었다. 어디선가 날아온 긴 손톱이 몸을 낚아챘다.

활을 겨누던 세연이 눈물을 참았다. 낭떠러지 밑을 아무리 살펴도 악수도, 성호의 몸도 보이지 않았다. 멀리 나무에 흩뿌려진 피 말곤.

"찾았는가? 어떻게 된 것이야?"

명선이 가쁜 숨을 내쉬며 나무에 손을 기댔다.

성호가 사라진 걸 발견한 세연은 자신이 찾아오겠다고 떼를 썼고 허락을 받기도 전에 산을 내려갔다. 명선이 뒤를 쫓았지만 지름길로 간 세연을 쫓기엔 속수무책이었다.

고개를 돌린 세연의 얼굴엔 눈물 자국이 가득했다. 명선이 다가가다 성호의 머리를 보고 멈칫했다. 세연이 성호의 머리를 들었다.

"놈이 나타났답니다. 놈이 이렇게……."

명선이 낭떠러지 밑을 확인했다. 역시 나무에 묻은 피 말곤 아무것도 없었다. 세연이 다가와 머리를 내려놓자 명선이 집어 들었다. 성호의 눈은 감겨 있었다.

'부디 다음 생엔 올바른 사람으로 나시게.'

휙 던져진 머리가 낭떠러지 아래로 사라졌다.

연무 안으로 들어온 조식은 다리에 힘이 빠지고 떨리자 당황했다. 편전대원 성호의 죽음은 불안을 가중시켰다. 죽음을 목격하고 돌아온 세연은 놈이 자유자재로 산을 타며 빠른 시간 내에 이동이 가능하다고 했다. 어쩌면 놈이 지척에 있을 수도 있다. 호랑이와 노루 무늬가 가득한 거대한 괴수가 옆 수풀에 있을 수도 있다. 일시에 공격을 가해 대원들이 죽어나갈 수도 있다. 상상에 뒷머리가 쭈뼛 선 조식이 반사적으로 수풀을 확인했다. 답답함이 몰려왔다. 놈의 공격 방법도 그에 맞설 대비 방법도 모른다. 먼저 공격을 할 수도 없다. 그저 세연이 말한 은거지에서 놈을 기다리는 수 말곤 없다.

조식이 삐거덕거리는 무릎을 지탱하며 바위에 올랐다. 문제는 또 있었다. 대원들의 사기가 급격히 떨어졌다. 인손은 성호의 죽음에 적잖이 충격을 받은 듯했다. 그도 그럴 것이 성호가 사고뭉치긴 했어도 작전에 문제를 일으키거나 실수를 한 적은 없었다. 원창은 어느새 말이 없어졌고, 짐꾼은 떨었고, 조총대원 강성은 의욕이 사라진 듯했다. 동생의 복수를 하겠다며 날뛰던 어제와는 다른 사람 같았다. 다들 빨리 이 공간을 벗어나고 싶은 듯했다. 변화가 없는 것은 명선과 강우뿐이었다. 번번이 어깃장을 놓고 대들었으나 명선만이 의지가 충만했다. 조식은 그게 무엇 때문인지 궁금했다.

'악수를 잡기 위함이냐, 나를 해하기 위함이냐.'

육체적 고통이 이어지자 조식의 인내에도 조금씩 균열이 갔다. 위태로운 흔들바위 너머로 분지가 보이자 행군을 멈추라 지시했다. 대원들이 행랑을 풀고 주저앉았다.

명선은 대원들을 등지고 산 아래를 보고 섰다. 멀리 돌담의 마을이 작은 점처럼 보였다. 햇살이 마을에 드리워 온통 따뜻하고 평온한 황토색이다. 강우가 옆으로 다가와 같이 마을을 봤다. 명선이 입을 열었다.

"너무 멀리 왔소."

강우가 엷은 미소를 지었다.

강우가 조식 옆으로 돌아간 후에도 명선은 한참을 더 마을을 바라봤다. 햇살이 마을을 벗어날 때까지.

"저기…… 대장! 호랑이예요!"

현철이 소리를 지르며 밑을 가리켰다. 대원들이 흔들바위 옆으로 다가왔다. 경사진 수풀에 호랑이 한 마리가 유유히 걷고 있었다.

"저놈은 이전에 잡은 놈보다 작아."

명선의 말에 현철이 입을 쩍 벌리며 손의 방향을 조금 틀었다.

"저놈이 아니라, 옆을 보세요. 저기 저 둥그렇게 말고 있는 놈 말이에요."

한 마리가 더 있다. 호랑이 바로 뒤에 웅크린. 놈이 몸을 일으켰다. 지켜보던 세연이 소리쳤다.

"저놈이에요. 우리 가족을 죽이고 편전을 죽인 놈."

대원들이 빠르게 살을 채우고 탄을 넣고 칼을 들었다.

살을 날리려 시위를 당길 찰라 대원들이 멈칫했다. 놈 앞에 있던 호랑이의 목이 잘렸다. 긴 손톱이 호랑이의 몸을 계속 잘랐고 살점이 튀었다. 놈이 잘린 목에 얼굴을 묻고 척추를 입으로 뜯어냈다.

"빨리 활을 쏘아라."

조식의 명령이 떨어지자 쇠뇌와 각궁의 활이 놈을 향해 발사됐다. 살이 몸에 꽂히자 호랑이 목에 머리를 박던 놈이 고개를 돌렸다. 현철이 비명을 지르며 뒷걸음쳤고 대원들도 한두 걸음 물러났다.

삽시간에 놈이 경사면의 중간에 섰다. 올려다보는 얼굴은 호랑이가 아니었다. 털이 성기게 붙은 가죽이 얼굴을 덮고 있을 뿐이었다.

매끈한 검은 피부, 초승달 모양의 돌출된 검은 눈, 호랑이의 살점과 피를 머금은 입, 톱 같은 하얀 이빨이 반짝거렸다.

조식이 환도를 꺼내 밑을 겨누며 소리쳤다.

"물러나지 마. 빨리 화살을 쏴. 공격해."

인손은 각궁의 시위를 당겼고 강우와 명선은 놈이 가까이 오기를 기다리며 작두칼과 쌍검을 겨눴다. 원창도 쇠뇌의 기계틀에 다시 살을 채웠다. 세연은 연신 화살을 발사했다.

모두 놈에게 공격을 가할 때 강성이 조총을 들이밀며 밑으로 걸음을 내딛었다. 조식이 소리쳤다.

"올라와. 위험하다."

"동생 원수를 갚아야지. 내가 저놈 죽이겠소. 카칵, 퉤. 와라, 이 놈."

강성의 가늠자에 놈의 머리가 들어왔다. 경사에 붙어 한참을 있던 놈이 몸을 웅크리며 머리를 숨겼다.

탕! 발사된 은자가 놈의 머리에 박혔다. 놈이 꿈틀댔다. 강성의 눈이 번뜩였다.

"됐어!"

강성이 급히 은자를 장착하고 고개를 들자, 놈이 바로 눈앞에 섰다. 삽시간에 강성의 몸이 끌려갔다. 대원들은 다급해졌다. 조식은 계속 공격을 명했지만 눈앞에서 강성의 몸이 바위와 나무에 부딪히고 터지며 끌려갔다.

"살을 더 발사하라. 놓치면 안 돼."

조식의 눈에 핏줄이 섰다. 명선이 박차고 뛰어 강성을 쫓았다.

뒤이어 강우가 쌍검을 들고 따라 달렸고, 현철이 급히 말렸으나 세연도 경사를 내려갔다.

명선이 앞을 살폈다. 끌려가던 강성의 몸이 사라졌다. 온통 나무숲이다. 심한 경사에 몸이 자꾸 쏠려 속도가 나지 않았다. 명선이 갸우뚱 중심을 잃었다. 속도를 줄이고 나무를 잡기 위해 손을 뻗었지만 쿵! 다른 나무에 부딪혀 고꾸라졌다. 경사를 구르던 명선이 바위에 덜컥 걸렸다.

명선이 정신을 차렸다. 경사가 끝난 지점은 수풀 안 조그만 분지였다. 상체를 일으키던 명선의 입이 저절로 벌어졌다.

능히 8척은 되는 크기. 놈이 두 발로 똑바로 서 있었다. 가죽 사이로 보이는 살은 검게 윤이 났고, 검은 눈은 초승달을 세워놓은 듯 기괴했다. 두 자가 넘는 손톱은 검에 가까웠다. 놈이 정신을 잃은 강성을 잡아 손톱으로 머리를 만지작댔다.

명선이 작두칼을 겨누며 뒤로 조심스럽게 다가갔다. 키가 놈의 허리에도 못 미쳤다. 작두칼을 놈의 하체에 꽂을 찰나, 뚝! 뚝! 명선의 얼굴에 피가 떨어졌다.

반사적으로 살을 쏘던 원창과 인손은 의아한 듯 발사를 멈췄다. 조식이 계속 공격하라고 재촉하자 원창이 나섰다.

"내려간 대원들이 보이지 않습니다. 잘못하면 저들이 다칠 수도 있습니다."

"그걸 신경 쓸 여력이 없다. 남은 살을 다 발사해."

픽! 소리가 울림과 동시에 강성의 머리가 숲 위로 솟구쳤다.

뿜어 나온 피가 머리를 받치며 퍼졌다. 인손은 각궁을 내렸다.

"강성이……."

힘이 빠진 원창도 쇠뇌를 놓쳤다. 다급한 조식이 인손의 각궁을 빼앗아 연신 화살을 발사했다.

반으로 찢긴 강성의 몸을 든 악수가 한두 걸음 뒤로 걷다 갑자기 사라졌다. 명선이 주저앉았다. 강성의 피가 온몸을 적셨다. 이내 구토를 했다.

"괜찮으세요?"

분지에 도착한 세연이 명선을 부축했다. 명선이 고개를 들었다. 눈은 멍하고 입에서 거품이 샜다.

"놓아라."

명선이 세연의 손을 뿌리치고 몸을 일으켰다. 뒤늦게 도착한 강우가 강성을 찾았다.

"놈은 어디 갔소? 조총은…… 이…… 피가?"

강우의 몸이 굳었다. 피로 가득한 웅덩이와 떨어져 있는 강성의 머리. 명선이 달려와 강우의 멱살을 잡았다.

"네놈들이 잡기 위해 온 것이 무엇이냐? 사실대로 말해. 저놈은 범이 아니야. 알고도 우리를 이리 데려온 것이냐?"

세연이 명선의 손을 잡아 멱살을 풀었다.

"일단 피해요. 놈이 가까운 곳에 있을 수 있답니다."

"봐라!"

명선이 바닥에 뒹구는 작두칼을 들고 급히 경사에 올랐다.

현철이 머리를 숙이고 들썩였다. 원창과 인손은 넋이 나간 듯 아래를 봤다. 조식만이 각궁을 겨누며 주시했다. 원창이 물었다.

"저놈은 도대체 무엇입니까?"

"나리, 알고 계셨습니까? 대체 이게 무슨 일입니까요? 저놈은…… 범이 아닙니다요. 나리?"

둘의 물음에도 조식은 계속 각궁만 겨눈 채다. 땀이 가득 맺혔다. 거친 발소리에 조식이 반응하며 각궁을 옮겼다. 명선과 강우가 경사를 타고 올라왔다. 뒤로 세연도 보인다. 조식이 안도하며 각궁을 치웠다.

달리듯 올라온 명선이 조식의 멱살을 잡아 던졌다. 달려가 올라타자 강우가 나서 말렸다. 명선이 아랑곳 않고 작두칼을 조식의 목에 댔다.

"사실대로 말해. 저놈은 뭐야? 악수 정도가 아니다. 군을 만든다고? 네놈은 그게 가능한 듯싶은 거냐!"

조식이 명선을 밀쳐냈다.

"무지한 놈. 악수가 범만 있더냐? 30년 전에도 있었던 일이다. 비슷한 놈이 나타나 피해를 입히고 나라에 안 좋은 소문이 돌았다."

조식이 병조판서에게 받았던 그림을 떠올리며 대원들에게 설명했다. 경차관 김창근이 그렸던 그림엔 놈의 얼굴이 명확하지 않았다. 호랑이 가죽과 노루 가죽이 섞여 있었고, 손톱은 곰의 것과 비슷할 정도로 길고 날카로웠다.

"상황이 그때와 똑같았지. 소문이 돌았고 평안도의 수령은 연락이 되질 않았어. 나라는 혼란에 빠졌고 이상 천문에 백성들은 두려워했다. 놈의 출현과 상통하는 것이 있을 터. 우린 그놈을 잡으러 온 것이야."

"나리, 그걸 왜 이제 말해 주신단 말여요?"

인손의 물음에 조식이 차가운 어조로 답했다.

"네놈들을 어찌 믿는단 말이냐? 여길 오기도 전에 벌써 줄행랑을 쳤을 것이다."

명선이 다가왔다.

"30년 전에는? 그때는 어떻게 됐소?"

"경차관 홀로 놈을 잡았다. 그리고 그림을 남겼어."

"그 경차관은?"

조식이 대답을 하려다 머뭇댔다.

"살아…… 돌아왔다."

조식이 대원들을 향해 섰다.

"어찌들 하겠는가? 왕명을 어기고 내려가 도망자가 되겠는가? 명예와 포상을 받겠는가?"

"보지 않았소? 놈과는 상대가 되질 못해. 이길 수가 없는 놈이란 말입니다! 모두 죽임을 당하고 말 것이오."

조식이 명선을 무시하며 인손을 봤다.

"어찌하겠는가, 인손이."

인손이 각궁을 챙겨 메고 난감한 듯 자리에 앉았다. 원창은 이미 조식을 따르기로 했는지 쇠뇌의 기계틀을 닦았다. 현철은 아무 말도 못하고 연신 떨었다. 인손이 물었다.

"나리, 지금 내려가면? 그럼 어찌 되는 겁니까요?"

"평생 도망 다니는 게 자신 있다면 가도 되겠지."

"나 원 참. 나리, 난 범을 잡으러 온 것이오. 저런 괴수인 줄 알았다면…… 나는 안 돼. 못 간단 말이요. 나 죽으면 아이하고 마누라는 어쩌라고? 대장, 그러고 있지 말고 뭔 말이라도 해봐요. 뭐여? 다들 뭐 하자는 거여?"

갑자기 인손이 각궁을 들고 돌아섰다. 강우가 막아서자 빠르게 살을 넣고 발사했다. 강우의 귓바퀴에 살짝 생채기가 났다. 인손이 으르렁대듯 소리쳤다.

"네놈한테 굽실대니 우습게 보인 거여? 담엔 목구멍에 박을 테여. 그러니 건들지 마."

인손이 내려가는 걸 지켜본 현철이 몸을 떨며 이를 부딪쳤다. 망설이듯 몸을 들썩이던 현철이 황급히 인손의 뒤를 쫓아 도망쳤다. 강우가 쌍검을 뽑자 원창이 막아섰다.

"내가 데려오겠소."

길이 미끄러워지자 현철이 속도를 줄였다. 인손은 멀리 사라졌고 대원들이 있는 위와도 어느 정도 거리가 생겼다. 안도를 할 찰라 부스럭 인기척이 났다. 현철이 급히 바위 뒤에 숨었다. 나무 사이에 비치던 햇살이 조금씩 움직여 어두워졌다. 현철은 빨리 도망을 가야 할지 망설였다. 갈 길을 알지도, 설사 내려간다 해도 어디로 가야 할지 몰랐다. 무작정 도망친 것이 잘한 짓일까. 허나 악수를 본 이상 더 남아 있을 용기가 없었다.

'무조건 여기서 벗어나야 해.'

용기를 내 다시 길에 나선 현철이 목에 닿은 서늘한 감촉에 굳었다. 현철이 천천히 고개를 돌렸다.

"대……장?"

쇠뇌를 겨눈 원창이 굳은 얼굴로 노려봤다. 현철의 이가 다시 떨렸다.

조식과 강우는 혹 원창도 안 돌아올까 걱정이었다. 둘의 걱정을 눈치챈 명선이 코웃음을 쳤다.

"어찌하나? 다들 죽고, 남은 이들은 도망갔소. 우리만 남는다면 저 악수를 잡는 게 가능하오, 경차관 나리?"

"예를 갖추어라."

강우가 다가오자 명선이 노려봤다.

"이 갑사, 당신은 알았소? 우리는 악수의 정체도 모르고 이곳에 왔어. 어느 정도의 군사가 필요한지, 우리의 힘으로 가능한지 아무것도 정하지 않고 온 거요. 저 잘난 경차관 때문에."

비아냥대는 명선을 향해 조식이 소리쳤다.

"닥쳐라. 우리끼리라도 암자에 가서 놈을 잡아야 한다. 단 한 명이 남더라도 끝까지 임무를 완수해야 해."

"정신이 나간 것입니까? 설사 물리친다 해도 이제 군에 복귀할 인원도 없소. 다 죽이고 공을 가로챌 생각이요?"

"복귀가 중요한 게 아니다. 새로이 군을 창설하고 인재들을 모을 것이다. 네놈도 다시 군에서 역할을 하게 해줄 터이니."

"아무래도 나리는 제정신이 아닌 듯합니다. 흐흐."

비아냥이 심해지자 조식이 명선에게 가까이 왔다.

"약조한 것은 꼭 지킨다. 악수를 해치운 후 네놈 원하는 대로 하라. 사실 네놈 목적은 하나뿐이지 않던가?"

명선의 얼굴이 화끈 달아올랐다. 박차고 일어나 돌을 걷어찼다. 그때 천문을 확인하던 세연이 끼어들었다.

"곧 어두워져요. 지금 올라가지 않으면 길을 찾을 수 없답니다."

"이제 우리만 올라가네. 여기까지 안내한 것에 합당한 보상이 있을 것이네. 자네는 안전한 곳에 숨어 있어."

조식의 제안에 세연이 활을 꽉 잡았다.

"같이 가야지요. 나리들과 함께 꼭 복수를 해야지요."

명선이 피식 헛웃음을 지었다.

"목숨 귀한 줄 모르는군. 올라가면 헛된 죽음이 될 뿐이야."

"그깟 거 안 무섭답니다. 그리고 제가 없음 길도 모르실걸요."

세연이 먼저 위로 달려가자 강우가 뒤를 쫓았다. 따라잡아 세연의 목을 잡고 혈을 눌렀다. 쓰러지는 세연을 부축해 수풀에 눕혔다.

조식이 명선에게 마저 말했다.

"네놈 말대로다. 헛되이 아까운 목숨을 잃을 순 없어. 허나 성공한다면 다르겠지. 성공만 한다면 후에 어찌 된다 해도."

명선이 충혈된 눈으로 조식을 응시하다 세연에게 갔다. 넝쿨을 가져와 주변을 은폐했다.

가파른 경사에 매달린 현철이 뒤를 돌아봤다. 가까이 나무다리가 보였다. 산 입구에 왔다는 안도감에 긴장을 풀었고, 그 순간 미끄러졌다. 지금은 원창에게 의지해 겨우 매달려 있다. 원창이 현철의 손을 힘껏 당겼다. 현철이 남은 손으로 나무를 잡아보지만 사목이다. 삽시간에 뿌리가 뽑히고 부서졌다. 원창이 놀라며 소리쳤다.

"내 손을 꽉 잡아라. 살아야 한다. 네놈은 살아야 해. 다리를 이용해. 발을 대고."

안간힘을 쓰던 현철이 경사에 발을 튕기며 위로 뛰었다. 동시에 원창이 잡아당기자 그대로 올라왔다. 현철이 어깨를 들썩이며 가쁜 숨을 뱉었다.

"대장 덕분에 목숨을 구했어요. 꼼짝없이 떨어져 죽는 줄 알았어요."

현철이 숨을 고르던 원창을 보며 말을 이었다.

"아까는 정말 저를 잡으러 오신 줄 알았지 뭐예요. 어찌나 놀랐던지. 오금이 저려 혼났어요."

"처음엔 그러려고 했지. 그런데 내 손으로 데려왔으니……."

원창이 사래들린 듯 쿨럭대자 현철이 안쓰러운 듯 물었다.

"저…… 저기 대장, 혹 같이 갈 수……."

"안 될 일이지."

"후…… 그렇지요? 대장을 만나고 항상 생각했어요. 저를 버린 제 부모도 대장 같은 심성을 지녔다면 얼마나 좋았을까 하고요."

원창이 짐짓 고개를 돌리며 헛기침을 했다.

"나도 가족이 있던 시절이 있었다. 아이가 다섯 살이었지. 아마 지금쯤이면 네 또래쯤 됐을 거다."

"그 아이는 어쩌다가?"

원창이 말을 잇지 못하고 약간 뜸을 들였다.

"조심히 내려가거라. 경기도 평택으로 가서 착호군 조원창 이름을 대고 보냈다고 하여라. 분명 본가에 안내해 줄 것이다."

"정말이세요, 대장? 제가 어찌 그곳을?"

"그래야 내가 산척 일을 가르쳐줄 수 있지 않느냐?"

현철의 얼굴에 화색이 돌았다. 원창이 쇠뇌를 챙겼다.

"내려가거라."

"대장."

빤히 바라보던 현철이 고개를 숙여 예를 표했다. 원창은 이미 산에 올랐다. 현철이 산 아래 나무다리를 보고 주먹을 쥐었다.

"할 수 있다. 건널 수 있어."

현철이 능선 아래로 발을 내딛었다.

악
수

영조 23년 정묘년 8월 12일 임신

악수가 8척의 몸을 일으켰다. 호랑이와 노루 가죽이 움직였고 다리를 덮은 멧돼지 가죽은 털이 빳빳하게 섰다. 놈이 팔을 다리에 올리자 손가락들이 털 밖으로 뻗어 나왔다. 여섯 개의 손가락은 검은 옻칠을 한 듯 반짝였다. 붉은색의 손톱은 두 자 이상 뾰족하게 튀어나와 칼날처럼 날이 섰다.

놈이 손톱을 살짝 돌리자 툭! 나무다리의 줄이 끊어져 계곡 사이로 떨어졌다. 손톱을 다리가 놓였던 바위에 대자 날카로운 긁힘이 산 전체에 울렸다. 협곡 사이를 보던 놈이 몸을 웅크려 호랑이마냥 네 발로 서더니 계곡 아래로 달렸다.

"이게 뭐여?"

하산 중 길을 잃은 인손은 뒤늦게 협곡에 도착해 잘린 줄을 들었다. 주위엔 부서진 나무다리가 뒹굴었다. 계곡 아래 물살은 빨라 보이고 주변엔 뾰족한 바위들이 울퉁불퉁 솟았다. 줄은 마치 칼로 자른 듯 자국이 날카로웠다.

"악수? 분명 위에 있었는데 말여? 어찌 이리 재수가 없단 말여? 밑으로 가면 한나절은 걸릴 것인데."

인손이 망설이다 협곡 경사에 발을 내딛었다. 순간 계곡 아래에서 움직임이 느껴졌다. 진땀을 빼던 인손이 흠칫 놀라며 몸을 숙였다. 가죽을 뒤집어쓴 놈이 상체를 꿀렁였다. 놈의 주변엔 살점들과 피가 널렸다.

인손이 돌아서다 다시 놈을 살폈다. 웅크린 뒷모습은 왠지 둔해 보이고 무언가를 하는지 상체만 움직였다. 인손이 각궁에 살을 끼웠다.

"이리 된 거, 네놈이 나를 좀 먹여 살려야겠어. 네놈만 잡으면 면포는 다 내 것이여."

인손이 오늬를 잡아 시위를 당겼다. 여전히 악수는 웅크린 채인데 발밑으로 피가 흘러나왔다.

"죽어."

바람 소리를 내며 각궁이 악수를 향해 날아갔다. 정확히 머리를 향하는 살을 보곤 인손이 주먹을 불끈 쥐었다. 화살이 놈의 머리에 박혔다. 인손이 다음 살을 끼우고 겨누자 놈의 머리 가죽이 벗겨지며 박혔던 화살이 떨어졌다. 놈이 인손을 향해 돌아섰다. 검은 얼굴에 붉은 피가 번졌고 초승달 눈은 빠르게 반경을 옮겨가며 움직였다.

인손이 살을 내리고 짧은 다리를 빠르게 움직여 위로 향했다. 미끄러지기를 몇 번. 겨우 경사 끝에 올라갈 찰라 머리에 작은 돌들이 하나둘 떨어졌다. 인손이 고개를 들고 인상을 썼다.

"지랄 맞을 산 같으니. 이럴 때 무슨 우박이여?"

스삭. 스사삭. 소리가 가까워졌다. 인손은 있는 힘을 다했다. 겨우 다리가 있던 바위에 도착했다. 어느새 우박이 폭우처럼 거세졌다. 불안한 듯 뒤를 살폈다. 악수는 보이지 않았다. 그제야 인손이 우박을 피해 가까운 나무에 기댔다.

급격히 추워진 날씨에 인손이 몸을 움츠리고 산 위로 시선을 돌렸다. 연무가 여전하다.

"어떡한단 말여. 뭔 낯짝으로 돌아간단 말이여?"

허겁지겁 산길을 오르던 인손이 신기한 듯 하늘을 올려다봤다. 세로의 적란운이 흩어지더니 거셌던 우박이 잦아들었다. 앞엔 바위가 솟았다. 뛰어올라야 하는 높이다. 인손이 발을 뗐다. 그때 날카로운 환도가 목에 들어왔다. 인손이 실눈을 떴다. 강우다. 뒤로 명선과 조식 그리고 원창이 모습을 드러냈다. 강우가 더 가까이 날을 들이대자 인손이 너털웃음을 지었다.

"하하. 이 검 좀 내려놓으면 안 되는 거여. 같이 가려고 왔단 말이여. 하, 수십 번도 더 고민했지만 어찌 나 혼자만 돌아간단 말여. 평생 숨어 살아야 한다면 그게 죽은 목숨이지."

인손의 몸이 심하게 떨렸다. 어색하게 각궁만 만지자 원창이 다가왔다.

"혹, 무슨 일이 있었던 건가?"

인손이 머뭇대자 명선이 지나가듯 말했다.

"놈을 만날까 무서워진 것이지. 아니면 길이라도 잃었던가. 어리석은 놈. 다시 올라오면 안 되는 거였어. 무슨 수를 쓰던 도망을 갔어야지."

"닥쳐라!"

조식이 성을 냈다.

"다시 온 연유를 말하라. 진짜 길을 잃은 것인가?"

"길이 아니라 놈을…… 놈을 만났지 뭡니까."

인손이 머리에 박힌 우박을 뜯어내며 어색하게 웃었다. 손을 심하게 떨었다.

"다리가 이미 부서졌지 뭡니까요. 거기에다 그 괴수놈이 계곡 아래에서 뭘 처먹었는지 주변이 다 피범벅이고 말여요. 그래도 소인이 각궁을 쏴서 놈 대가리를 맞췄지 않겠습니까요."

"맞췄단 말인가?"

원창이 물었다.

"그렇다니까요, 대장. 헌데 놈이 그때 뭘 먹고 있었는데 말여요. 그게 도통…… 분명 시신 같은데……."

원창의 눈이 놀란 듯 커졌다. 동시에 강우가 인손의 목에서 검을 거뒀다. 인손이 의아한 듯 조식에게 물었다.

"그런데 나리. 진짜 그놈 은거지가 저 위가 맞는 겁니까요? 아무리 빠르다 해도 한참이나 먼 계곡까지 어떻게 그리 빨리 내려왔다는 건지?"

조식이 망설임 없이 몸을 돌렸다.

"놈의 이동이 신출귀몰하다 했다. 올라가 암자 앞에 벼락틀을 만들어 포획할 것이다."

조식이 옆 바위로 뛰었다. 강우와 인손 그리고 명선이 뒤따랐다. 원창은 잠시 멈칫했다. 우박이 다시 쏟아졌다. 앞서가던 대원들이 빠르게 우박을 피해 속도를 냈다.

여우굴 안에 우박이 튀었다. 우박이 멈춘 사이에 나가려 했으나 가까이 들려온 스삭. 스사삭. 소리에 급히 몸을 다시 굴 안으로 밀어 넣었다.

"내려오는 게 아니었어."

현철이 고개를 숙였다. 다시 눈물이 차고 두려움이 몰려왔다. 원창에게 받았던 용기의 기운도 다 사라졌다. 한 시진은 되었을까. 계곡에서 놈을 피하다 경사에 있던 여우굴로 들어온 지 꽤 지났다. 우박은 내렸다 말다를 반복했다. 현철이 고개를 들어 눈물을 닦았다.

스삭. 스사삭. 현철의 가슴이 덜컹 내려앉았다.

검은 눈, 윤이 나는 검은 피부, 붉은 피가 묻어 겨우 분간이 가능한 입술, 삐죽 나온 톱니 같은 이빨. 놈이 현철을 응시했다. 갑자기 검은 동공이 축소되더니 급히 조여들었다. 어리둥절하던 현철이 반사적으로 몸을 일으켰다. 움켜진 흙을 놈에게 던지고 굴밖으로 몸을 내밀었다.

현철이 우박을 맞으며 힘껏 경사 위를 달렸다. 스삭. 스사삭. 소리가 가깝게 들리는 듯했다.

"대장, 제발 도와주세요."

새 나온 목소리가 떨렸다. 그마저 우박의 둔탁한 파열음에 묻혔다.

툭. 설피의 칡끈이 끊어졌다. 현철이 끌리는 발을 살폈다. 발가락 사이가 찢어져 피가 맺혔다.

"젠장. 난 왜 이리 재수가 없는 것이야? 왜?"

우박이 경사면에 부딪혀 현철의 몸을 때렸고 갑자기 정체를 알 수 없는 동물의 울음이 사방에 가득했다. 현철이 머리를 감싸고 뛰었다. 한참을 올라온 후 고개를 들었다. 시야가 흐려 앞이 분간이 안 됐다.

"으아아!"

현철이 참았던 울분을 터뜨렸다. 부스럭. 바위 뒤다. 현철이 몸을 숙였다.

강성의 시신은 남아 있는 게 없었다. 잔 뼛조각들과 붉게 색이 변한 잠방이뿐. 어디에도 현철의 흔적은 없다. 원창의 가슴이 내려앉았다.

"부디 계곡을 넘었어라. 여기 있어선 안 돼."

원창이 강성의 뼛조각과 옷을 묻었다. 어느새 우박이 그쳤다. 쇠뇌를 견착하고 경사를 오르던 원창이 잠시 멈췄다. 올라온 방향 옆으로 길게 긁힌 자국들이 보였다.

'발자국인가.'

원창이 다시 밑을 향했다. 흙이 부서져 미끄러웠다. 거의 밑에 다다를 즈음 넝쿨에 가려진 굴이 보였다. 앞은 흙이 패였고 손자국과 끌린 흔적이 명확했다.

"현철아, 거기 있는가? 나다. 조원창이다. 들리느냐? 대답하라."

원창이 굴 안에 얼굴을 들이밀었다. 분명 움직인 흔적은 있지만 현철은 보이지 않았다.

"어디 있는 것이야. 제발."

순간 원창의 표정이 굳었다. 빠르게 쇠뇌 방아쇠에 손가락을 끼웠다. 돌아설 찰라 칼날 같은 손톱이 얼굴을 향해 날아왔다. 겨우 몸을 피한 원창이 쇠뇌를 발사했다. 살이 놈의 손톱을 맞고 튕겼다.

"젠장."

원창은 경사 위로 도망쳤다. 우박이 또 내리다 멈추기를 반복했다. 돌아보지 않고 쇠뇌만 돌려 공격하던 원창이 빠르게 협곡 위로 올랐다.

스삭. 스사삭. 소리가 들렸다 멀어졌다 다시 가까워졌다.

한참을 달려 수풀과 바위언덕을 지날 즈음 원창은 자신의 걸음에 이상이 있다는 것을 느꼈다. 발바닥에 냉기가 돌고 웅덩이를 밟는 듯 질척거렸다. 길이 험해 탈이 난 것일까. 잠시 속도를 줄이고 뒤를 돌아본 원창이 아연실색했다. 달려온 경로에 줄을 그은 듯 길게 핏물이 이어졌다. 누가 흘린 것인가. 의아해하던 원창이 고개를 돌릴 찰라 앞으로 고꾸라졌다. 그제야 다리에 눈이 갔다. 오른쪽 발목 아래가 잘리고 없었다. 급격히 고통이 밀려오고 참았던 비명이 터졌다.

스삭. 스사삭.

바로 옆 나무 너머에서 소리가 들렸다. 원창이 안간힘을 써 쇠뇌를 나무에 겨눴다. 손이 떨리고 조준이 흔들렸다. 놈이 보였다. 원창은 나무 옆에 웅크렸다. 쾅! 발사된 쇠뇌가 흔들리며 놈에게 향했다.

쇠뇌 살들이 날아가 땅에 박혔다. 손에 힘이 빠져 자꾸 조준간이 내려갔다. 원창의 시야가 뿌옇게 변했다. 원창이 쇠뇌를 내리고 놈을 노려봤다. 어느새 형체가 불분명해지더니 단지 끄는 소리만 들렸다. 정신이 아득해졌다.

"손에 힘을 줘요, 대장!"

명선의 부축을 받은 원창이 정신을 차렸다. 제발 꿈이었길 바라듯 원창이 자신의 다리를 살폈다. 잘린 발목 위로 천이 감겼다.

수풀에 길게 이어진 핏길까지 다 그대로였다.

"참을 수 있겠어요? 여기 있으면 꼼짝없이 놈의 먹이가 될 뿐이에요. 같이 올라가요. 곧 암자에 도착할 겁니다."

명선이 몸을 일으키려 하자 원창이 만류했다.

"이 몸으론 어쩔 수 없지 않은가. 작전에 방해만 될 뿐이네. 난 남아 있겠네. 다리도 곧 썩어들어 갈 것이야."

명선이 아랑곳하지 않고 원창의 몸을 안아 들었다. 으드득! 수풀에서 소리가 들렸다.

"놈이야. 쇠뇌를 줘!"

원창이 명선이 든 쇠뇌를 빼앗아 살을 끼우며 앉았다. 명선도 작두칼을 꺼냈다. 수풀 너머에 놈이 있다. 웅크린 채 뒤돌아서서 무언가를 씹고 있다. 호랑이 가죽 위로 붉은 혈이 흐르자 동시에 반으로 찢겨진 원창의 발이 바닥에 떨어졌다.

명선이 한 걸음 나서 놈에게 다가갈 찰라 삽시간에 놈이 자취를 감췄다. 달려가 발자국을 확인한 명선이 주위를 살폈다. 놈의 발자국이 없다. 오로지 있던 위치에만 핏자국과 살점이 보일 뿐이다.

명선이 돌아와 원창을 부축했다. 원창이 계속 남겠다 했지만 막무가내였다. 원창의 팔을 어깨에 걸쳐 힘껏 잡아당겼다.

늦어지는 명선의 복귀에 조식은 속이 타들어 갔다. 혹 원창까지 해를 입었다면 암자에 간들 작전에 차질이 있을 것이 분명하다. 각궁과 쌍검, 환도 그리고 작두칼만으론 놈을 상대하기 어려웠다. 더구나 지형조차 험하다. 암자가 있는 흔들바위에 도착했지만 이전 세연이 전했던 경로는 경사가 심해 올라가기 쉽지 않았다. 할 수 없이 능선으로 우회했으나 인손과 강우가 미끄러져 굴렀다. 강우는 부목을 댄 후에야 발을 뗄 수 있을 정도로 부상이 심했다. 암자에 가기까지 다치는 이가 있어선 안 될 일이었는데, 작전에 차질이 생겼다.

흔들바위 밑 능선에 자리를 잡은 대원들이 명선을 기다린 지한 식경이나 흘렀다. 명선마저 없다면…… 조식이 불안감을 떨치려 일어났다. 능선 끝. 떨어질 듯한 아찔함이 닥친다. 어느새 놈에게 의지하고 있단 말인가. 얼굴이 찌푸려졌다. 조식이 급히 인손을 불렀다.

"소리가 들리는가?"

인손이 능선 아래로 고개를 뺐다. 마침 수풀이 흔들리고 발소리가 들렸다. 인손이 반색하며 둘의 귀환을 보고하려다 말문이 막힌 듯 입을 닫았다. 둘이 위로 올라왔다. 원창을 본 모두가 침묵했다.

원창이 나무지팡이를 지탱해 조식에게 갔다.

"죄송합니다, 나리."

"놈의 짓인가?"

"놈이 뒤에 있는 줄 몰랐습니다. 나리, 저는 괜찮습니다. 허나이 몸으론 올라가 봐야 방해만 될 뿐입니다. 제가 여기에서 놈을 기다리겠습니다. 나타나면 신호를 주겠습니다."

명선이 나서 만류했다.

"부대원과 함께해야지요. 대장 홀로 있게 하지 않을 거요."

조식이 대원들을 살폈다. 인손은 지쳤고 강우는 부목을 댔다. 원창까지 외발이 되어 나타나다니……. 조식이 원창 앞에 섰다.

"암자에 가면 대장의 쇠뇌가 필요하다. 발과는 상관없지 않은가?"

원창이 굳은 얼굴로 끄덕이자 명선이 놀라며 다가왔다.

"그러려고 데려가잔 게 아닙니다. 이 부상을 보고도 작전에 투입시키겠단 말입니까?"

조식이 대꾸도 않고 돌아섰다.

"부상까지 입었으니 시간이 더 걸릴 터. 서둘러라."

인손이 강우를 부축해 뒤를 따랐다. 원창이 지팡이를 지탱해 발을 내딛자 명선이 다가와 부축했다. 앞서가는 조식을 노려보며 명선이 턱관절의 근육을 씰룩였다.

흔들바위를 넘어 대원들이 암자로 올라왔다. 암자는 넓은 마당에 비해 작은 법당 한 채와 요사채가 전부였다. 연무가 두 채의 건물을 가려 뿌옇고 흐렸다. 매캐한 타는 냄새도 암자 주변에 진동했다. 조식은 혹시 불씨가 있을까 주변을 살폈고 명선과 인손은 부상당한 원창과 강우를 부축해 법당 안으로 들어갔다.

조식이 요사채 안에 들어섰다. 바닥이 삐거덕 소리를 내며 꺼질 듯 주저앉았다. 급히 다리를 뺀 조식이 문 너머로 세간들을 살폈다. 낡은 승복, 흙과 먼지가 가득한 그릇들. 세연이 전한대로 사람이 묵은 지 오래된 듯했다.

타는 냄새는 여전했지만 불씨는 어디에도 없었다. 마당으로 나온 조식이 끝으로 다가가 산 밑을 봤다. 구름과 연무뿐, 나무도 마을도 보이지 않았다. 조식이 법당으로 향했다.

명선이 원창의 다리에 감긴 천을 벗겨내고 피를 짜냈다. 발목을 압박한 후 천을 묶었다. 강우도 부목을 빼 잠시 피를 통하게 했고 인손은 멍하니 벽에 기대 눈을 감았다.

"다들…… 법당 앞의……."

조식이 망설이다 마당에 땅을 파라 명하자 명선이 다가왔다. 강우가 말리려 일어나보지만 다리의 통증으로 몸이 말을 안 들었다. 명선이 조식 앞에 예를 갖췄다.

"이야기를 나누고 싶습니다."

던져진 조식이 요사채 벽에 부딪혔다. 명선이 달려와 먹살을 잡았다.

"이렇게 피해가 클 줄 몰랐소? 그때도 그랬어. 난 네놈 명령에만 따랐을 뿐이야. 그런데 왜 내가 그런 수모를 당해야 했단 말인가?"

조식이 담담히 명선을 보며 대답했다.

"안에 아이들이 있음을 알고도 네놈은 독자적으로 움직였다. 그 아이들이 누구의 아이였는지는 아는가?"

"두 아이뿐이 아니었잖아? 네놈은 왜 책임이 없는 것이야?"

"빨리 돌아와서 원군을 요청했어야 했어. 네놈 멋대로 나설 것이 아니라. 먼저 죽은 두 아이는 판서 영감의 아이들이었다. 몰랐느냐?"

"그게 무슨 소리야? 평민 아이들이라고 들었어. 그때 분명 내게 꼭 잡아야 하는 놈이라고…… 그 범을 잡아 우리에 대한 세간의 안 좋은 소문들을 없애자 했잖아? 네놈이 같이 책임을 지자고!"

"맞다. 수많은 백성이 착호군의 행패로 고초를 겪고 있었지. 병조에서도 우리가 골칫덩이였다. 그때가 기회였어. 보란 듯이 잡아서 우리가 필요하다 보여주고 싶었어. 백성들이 다시 우리를 우러러보길 바랐다. 그 범은 궁궐 안에 들어와 행패를 부렸던 놈이 틀림없었다. 허나 마지막에 그렇게 되리라곤…… 몰랐다. 네가 돌아와 대원들에게 도움을 청할 줄 알았어."

명선이 작두칼을 조식에게 갖다 댔다. 날카로운 날이 조식의 얼굴에 생채기를 만들자 조금씩 핏물이 배어 나왔다. 낮고 음울하게 명선이 말했다.

"분명 우린 같은 작전을 수행했고 네놈은 상관이었다. 그리고 명령을 내렸고. 그런데 왜 말하지 않았어? 명령 때문에 들어갔다고 왜 말 안 했냐고. 어떻게 내 독단이라고 했느냐 말이다. 우린 같이 책임을 져야 하는 게 아닌가!"

쾅! 명선의 작두칼이 조식 옆 벽에 박혔다. 조식이 명선을 뚫어지게 봤다.

"다른 대원들은? 내가 고개를 숙이면 그들 또한 형벌에 모두 군에서 쫓겨날 터. 내겐 나머지 대원들을 챙겨야 할 사명이 있었다. 그때 이후로 너를 구제할…… 우리 대원들을 구제할 때를 노리고 있었다. 그러다 기회가 온 거야. 이번 왕명만 완수하면 다시 착호군을 창설하기로 약조가 되어 있단 말이다."

명선이 작두칼을 벽에서 뽑아 허리에 찼다. 조식이 일어나 말을 이었다.

"놈을 잡으면 돼. 그러면 너도 우리도 다 회생할 수 있어. 너와 같이 가기 위해 판서 영감을 겁박했어."

"난 조 대장이 간청해서 들어온 걸로 안다. 그럴 리 없어."

"자식을 죽음으로 몬 자를 부하로 삼고 싶어 할 장수가 어디 있겠는가? 만약을 위해 판서 영감을 감시했어. 그러다 별시에서 부정한 방법을 쓰는 걸 알아냈지. 실력이 떨어지는 이를 청탁을 받고 선발했어. 오로지 나만이 알고 있었다. 상소를 올리지 않는 대신 자네의 선발을 부탁했어."

명선이 조식을 등지고 서서 하늘을 봤다. 구름이 몰려오는 모양이 들판을 달리던 착호 대원들의 모습과 겹쳤다. 수많은 대원 앞에 선 각궁을 맨 인손과 쇠뇌의 원창, 편전의 성호 그리고 지휘관 조식과 그 뒤를 따르던 부사관 자신의 모습을.

1년 전 경인년 그날. 대원들은 궁궐에 나타나 궁녀 하나를 해치고 달아난 호랑이를 쫓아 사대문 안을 샅샅이 뒤지고 있었다.

저잣거리 상인들의 증언으로 호랑이가 북악산 근처에 있다는 것을 알게 된 대원들이 산 입구의 동굴에 거푸집 비슷한 벼락틀을 세웠다. 바로 앞에 민가가 있었고 대신들 본가가 밀집했기에 작전은 신중했다. 산 입구를 통제했고 마을 사람들에게 미리 작전을 알렸다. 민가의 피해를 완전 봉쇄한 작전이었다.

놈은 한 치의 의심도 없이 미끼로 풀어놓은 개 한 마리를 물고 안으로 들어갔다. 벼락틀을 부숴 동굴의 입구를 막은 대원들이 쾌재를 불렀다. 이제 안으로 들어가 무기를 발사해 놈의 숨통을 끊어놓기만 하면 될 일이었다.

대원들이 동굴에 들어가려 하자 조식이 작전을 멈추고 명선을 따로 불렀다.

"입구가 좁아. 누군가 먼저 길을 안내해야 해. 이번 포획에 차질이 생기면 우리 모두 목을 내놓아야 하네. 자네와 내가 책임을 졌으면 하네."

조식의 진지한 간청에 명선이 미소를 지으며 고개를 끄덕였다.

"홀로 굴 안에 갇힌 놈이지 않습니까? 먼저 들어가 숨통을 끊어놓겠습니다."

"자네만 믿네. 만에 하나 차질이 생긴다면 중단하고 부대와 합류하게."

명선이 급히 새끼줄을 가져와 몸에 묶고 동굴 안으로 달려갔다. 조식이 줄을 잡고 명선의 위치를 가늠했다. 남은 줄이 반 이상 줄어들자 조식이 명했다.

"다들 따라오라."

명령을 내리자 대원들이 하나둘 조식을 따라 굴 안으로 향했다.

명선은 잠시 속도를 줄였다. 굴은 겨우 성인 한 명 정도 들어
갈 폭밖에 안 됐다. 밖에서 들어온 빛이 길게 안쪽을 비췄다. 한
참을 들어와도 호랑이의 모습이 보이지 않자 명선이 잠시 뒤를
돌아봤다. 멀리 조식의 목소리가 울렸다.

"놈을 잡아야 면이 서네. 절대 놓치면 안 돼. 김 갑사, 들리는가?"

명선이 미소를 짓고 속도를 높여 달렸다. 순간 발에 무언가 채였
다. 신이다. 부서진 나무신은 마을 아이들이 흔히 신던 신이었다.

"아이가……."

명선이 긴장한 듯 주위를 살폈다. 그제야 발소리들이 귀에 들
어왔다. 아이와 호랑이의 발소리가 어지럽게 섞였다. 명선이 급
히 줄을 당겨 조식과의 거리를 재고 주춤했다. 앞은 온통 어둠이
고 대원들의 발소리는 아직 멀었다. 혹시라도 생존 중인 이가 안
에 있다면 쉽사리 호랑이를 공격하기 어려웠다. 대원들의 도움이
필요했다. 명선이 줄을 잡고 돌아섰다. 빛의 길을 따라 돌아갈 찰
라 흐느끼는 어린아이의 울음이 들렸다.

명선이 작두칼을 겨누고 돌아섰다.

"아이야, 어디 있니? 말을 해보거라."

크르릉. 소리가 굵다. 큰 놈이었다. 지체할 틈이 없다고 판단한
명선이 어둠 속으로 달려갔다. 아이는 넷이었다. 동굴 벽에 붙은
아이들이 벌벌 떨며 울고 있었다.

"울지 말고 가만있어라. 구해줄 테니. 잠시만. 그대로……."

명선이 조심스럽게 다가가다 아이들 시선이 향하는 곳을 보곤 몸을 돌렸다. 빛나는 퍼런 눈동자. 크르릉! 삽시간에 호랑이가 포효를 하며 명선을 덮쳤다.

갑자기 당겨진 새끼줄에 조식의 몸이 앞으로 쏠렸다. 악수의 울음소리가 낮게 깔리며 울렸다. 조식이 앞으로 나서다 뒹구는 신을 밟았다.

"잠시 멈춰라."

원창이 조식 곁에 왔다. 조식은 나무신을 든 채 불안한 듯 발자국을 살폈다.

"그 정도 신이라면 아이들일 겁니다. 김 갑사는 기별이 없는 겁니까? 어찌된 일일까요? 아이들이 있다면 돌아왔을 겁니다. 각궁 없인 위험합니다."

놀란 듯 원창이 묻자 조식이 쉿! 소리에 집중했다. 조식의 눈이 흔들렸다. 뒹구는 소리와 아이의 비명이 섞여 들렸다.

"아이가 있어. 미친놈."

조식이 줄을 따라 급히 안으로 달렸다. 원창도 쇠뇌의 살을 장착하고 뒤를 쫓았다. 둘의 움직임을 대원들이 뒤따랐다. 좁은 폭 때문에 이동이 쉽지 않았고 조식의 속도는 빨라져 점점 거리가 멀어졌다.

발톱이 명선의 등을 할퀴어 깊은 생채기를 냈다. 명선이 피가 튀고 살점이 떨어지면서도 작두칼을 휘둘러 아이들에게 도망가라고 소리쳤다. 공포에 질린 아이들은 계속 울기만 했다. 바닥을 굴러 호랑이를 벗어난 명선이 아이들을 한 명씩 안아 들었다. 동시에 호랑이가 공격했다. 반사적으로 칼을 휘두르던 순간 한쪽 팔에 안겼던 아이가 땅에 떨어졌다. 명선이 뒤늦게 작두칼을 위로 향했지만 이미 늦었다. 아이의 목에 깊은 자상이 생겼다.

"일어나라. 어서!"

아이를 챙길 틈도 없이 옆의 아이도 바닥에 떨어졌다. 동시에 호랑이가 다시 달려들었다. 명선이 뒤로 넘어져 굴렀고 호랑이의 발톱이 몸을 찢을 찰라 환도가 호랑이의 등을 베며 날아갔다. 요동치던 놈이 벽 쪽으로 몸을 피했다. 달려온 조식이 명선을 일으켜 세웠다.

"무슨 일이야. 왜 기별을 안 했어?"

"이보게, 식이…… 아이가…… 빨리 아이들부터…… 구하게."

명선이 조식을 발견하곤 망연자실 떨리는 목소리로 울먹였다. 그제야 조식의 눈에 아이 둘의 고통스런 몸부림이 보였다. 옆 벽에는 벌벌 떠는 두 아이가 더 있었다. 그 뒤 어둠 속. 시퍼런 눈동자가 번득였다.

명선이 달려가 쓰러진 아이들 상태를 확인했다. 미세하게 숨을 쉬지만 금방 멎을 듯했다.

"이보게, 식이. 이 아이들을 먼저 빼내야 하네. 이러다 죽고 말 것이네."

명선의 말에 조식이 결정을 못 내리고 우왕좌왕하다 등에 맨 각궁을 꺼내 어둠 속에 겨눴다.

"그 아이들은 너무 늦었어. 지금 못 잡으면 저 아이들도 죽어. 우선은 저놈을 잡아야 해."

조식이 각궁을 쏘자 크르렁! 포효를 하며 호랑이가 어둠 속에서 모습을 드러냈다. 화살이 놈의 목에 꽂혔다.

"김 갑사, 빨리! 칼을 들어. 이봐, 명선이!"

망연자실한 명선을 향해 조식이 소리쳤다. 동시에 원창이 달려와 쇠뇌를 발사하자 호랑이 배에 박혔다.

"뭐 하는가? 일어나! 지금 잡아야 해."

명선이 우왕좌왕했다. 자신의 칼에 맞아 쓰러진 아이 둘은 숨이 멎은 듯 눈을 뜬 채 미동이 없었다. 남아 있는 아이들은 계속 울기만 할 뿐 벽에 붙어 꼼짝도 안 했다. 원창과 조식의 화살들이 호랑이를 향해 쉬지 않고 날아갔고 놈의 여기저기를 관통했다. 명선이 작두칼을 들고 일어나 상황을 살폈다. 울던 아이들이 나오려 하다가 조식에 가려 주춤했다.

"식이 비키게. 아이들이 못 나오고 있어."

어느새 조식은 이성을 잃은 듯 화살을 쏘고 있었다. 바로 앞의 아이들은 안중에 없는 듯했다. 나갈 곳을 못 찾은 아이들이 다시 벽에 붙을 찰라 명선이 호랑이의 목 아래를 찔러 칼을 밑으로 잡아 당겼다. 그제야 조식이 아이들을 발견하고 활을 내렸다. 비릿한 피 냄새가 진동했고 붉은 선혈이 동굴 안에 퍼졌다. 몸부림치며 마지막 숨을 겨우 잡고 있던 놈이 의식이 사라지는 듯 무너지며 벽에 부딪혔다. 쓰러질 찰라 명선과 조식이 소리를 지르며 아이들에게 달려갔다.

"안 돼. 빨리 비켜라. 어서 이쪽으로 와."

놈이 아이들을 덮치려 했다. 원창도 달려갔으나 삽시간에 놈이 아이들 위로 쓰러졌다. 동시에 놈의 발톱에 조식의 얼굴이 긁혔다. 비명과 함께 조식의 얼굴에서 피가 떨어졌다. 한 치만 더 얼굴을 들이밀었더라면 조식도 목숨을 잃었을 터다. 조식과 명선이 놈의 몸에 환도를 박고 숨통을 끊었다. 놈의 눈에 총기가 사라졌다.

뒤늦게 도착한 대원들은 아이를 안은 채 울부짖는 명선을 보고 아연실색했다. 두 명은 칼에 베였고 나머지 하나는 몸이 퍼렇게 변했다. 한 아이는 배가 터져 있었다. 배가 갈린 호랑이 위에선 씹다만 아이의 얼굴이 나왔고 동굴 깊숙이 아이의 손가락도 발견됐다. 다섯 아이가 피해를 입은 것이다.

궁을 떨게 했던 악수는 처치했으나 민간에 피해를 입힌 대가는 고스란히 돌아왔다. 네 아이 중 명선의 칼에 맞아 숨진 두 아이는 병조판서의 자제였다. 조식은 분노한 판서를 달래 명선의 능지처참을 막기 위해 온갖 힘을 다 쏟았고 겨우 친우의 목숨만은 구할 수 있었다.

구름이 다시 흩어졌다. 명선이 바닥에 주저앉아 산 아래를 웅시했다. 다가온 조식이 같이 아래를 바라봤다. 여전한 연무뿐, 흐릿했다. 명선이 낮은 목소리로 물었다.

"이제 어쩔 거요? 다 죽게 생겼소. 군을 만든들 돌아갈 수나 있겠소?"

"우선은…… 놈을 죽여야지."

다리의 진물이 천을 적시고 밖으로 흘러나오자 원창이 발목 위를 강하게 압박하며 크게 숨을 들이켰다. 예상대로 상처는 곪아 들어갔고 잘린 단면은 짓물렀다. 원창이 옆의 인손을 봤다. 인손은 눈을 감은 채 연신 팽이를 만지작댔다.

"팽이는 다 만들었는가?"

"만들기만 하면 뭐 한다고요? 언제 갖다줄지 모르는데 말여요."

"당연히 갖다줘야지. 꼭 그렇게 될 걸세. 인손이, 부탁이 있네. 만약…… 현철이…… 혹시라도 그놈이 발견되면 꼭 챙겨주게. 꼭 밑에 데려가줘. 보살펴서 경기도에 데려다주게. 부탁이네."

인손이 눈을 떴다. 그렁해진 눈물이 흐르자 급히 눈가를 훔쳤다.

"에이…… 뭐여, 대장. 그런 소리 말아요. 내 꼭 살아서 같이 내려가줄 테니. 그러니 대장, 아니 형님이 그놈 챙기시오. 나야 말로 식솔들 보러 가려면 한시가 급하단 말여요. 내가 무슨……."

인손의 목소리가 울먹이듯 떨렸다. 강우는 고개를 돌리고 눈을 감았다. 바람 소리가 차갑게 법당 안을 울렸다. 아무도 말을 잇지 않았다. 인손은 여전히 손안에서 팽이를 돌렸고, 강우는 소리에 집중했다. 원창이 몸을 뒤로 빼 다리를 안으로 접고 쇠뇌를 법당 밖으로 겨눴다.

쿠쿵. 순간 불상이 앞으로 넘어지고 바닥이 흔들렸다. 인손과 강우가 각궁과 쌍검을 꺼내 힘겹게 자리에서 일어났다.

밖을 살피던 원창은 밑에서 느껴지는 차가운 기운에 힘이 빠지는 것을 느꼈다. 아직 현철이 살아 있다면 꼭 자신의 고향에 가서 집안을 도우고 편히 살았으면 했다. 현철이라면 분명 잘 적응하고 종친들의 보살핌도 받을 것이다. 꼬리를 문 생각이 잃었던 아내와 아이에게 미쳤다. 곧 둘을 만날 수 있겠다는 희망도 가졌다. 현세에선 아무리 복수를 한다 해도 갈증이 가득했다. 뿌리치지 못하고 데려온 현철이 살아 있기를, 남은 대원들이 악수를 잡기를……. 차가운 기운이 섬뜩한 날카로움으로 변했다.

원창이 일어날 찰라 푹! 바닥을 부수고 나온 검은 손톱이 원창의 다리 사이를 관통해 입을 뚫었다. 미처 인손과 강우가 대응할 틈도 없이 삽시간에 원창의 몸이 뚫렸다. 버둥대던 원창의 눈이 멈췄다. 손톱이 원창의 입에서 빠졌다. 뒤늦게 들어온 명선과 조식이 둘을 도와 원창을 부축하려 했지만 거센 압력과 함께 원창의 몸이 법당의 꺼진 바닥으로 끌려들어 갔다.

통. 튕기듯 머리가 위로 올라왔고 동시에 피가 솟구쳤다. 흔들리던 법당에 흙먼지가 일어 피를 검게 물들였다.

"다들 밖으로!"

조식이 소리쳤다. 인손이 강우를 부축했고 명선도 힘껏 법당 밖으로 달렸다. 마당으로 도망친 대원들이 뿔뿔이 흩어졌다. 명선은 요사채로 향하던 조식의 뒤를 쫓았고 다리를 절며 뛰던 강우는 인손의 부축을 받아 마당 아래로 향했다.

부축하던 인손이 갑자기 낭패스러운 듯 뒤를 돌아봤다. 강우가 의아한 듯 물었다.

"왜 그러시오?"

"없어. 젠장, 뭐여! 우리 개똥이⋯⋯."

인손이 자신의 소매를 뒤지다 달려왔던 곳을 두리번댔다. 멀리 법당 앞에 나무팽이가 뒹굴었다.

"잠시 여기 있어. 내 저것 좀 주워 올 테니까 말여."

"아직 놈이 그 안에 있소. 뭣 하시오. 빨리 피해야 하오."

강우의 만류를 뿌리치고 인손이 다시 법당으로 향했다. 번쩍. 번개와 함께 하늘에서 굉음이 쏟아졌다. 겁에 질린 인손이 귀를 막고 달려 법당 입구에 다다랐다. 팽이가 문턱에서 흔들리고 있었다. 개똥이라 적힌 언문이 눈에 들어왔다.

"개똥아, 내 어찌 널 버리고 가겠냔 말여. 흐흐."

팽이를 집어 든 인손이 다시 마당으로 달리려는 찰나 쾅! 소리와 함께 한 자 정도의 조그만 유성 조각들이 마당에 떨어졌다. 놀란 인손이 피할 찰라 몸이 누군가에게 들렸다. 돌아본 인손의 눈이 절망감으로 덮였다. 검고 돌출된 눈이 바로 앞에 있었다.

쌍검을 든 강우가 악수를 향해 절뚝이며 나아갔다. 눈앞에서 인손의 몸이 갈기갈기 찢겨나갔다. 팽이와 살점이 피에 덮여 떨어졌다. 악수가 인손의 팔을 뜯어 입에 넣고 으드득 씹었다. 강우의 검이 망설임 없이 놈의 가슴을 향했다. 검 끝이 놈의 가슴에 닿을 찰라 강우의 몸이 반사적으로 굳었다. 머리가 몸에서 분리돼 미끄러져 떨어졌다.

악수가 강우의 목에 머리를 묻었다. 뿜어 나오던 피가 놈의 입으로 빨려 들어갔다.

뒤늦게 명선이 동료들을 찾기 위해 조식과 함께 돌아왔다. 암자의 마당엔 악수는 없고 강우와 인손의 시신만 뒹굴었다. 다 목이 잘렸고 온몸이 갈기갈기 찢긴 채였다.

"이 갑사! 강우야!"

둘이 울먹이며 시신에 달려갈 찰라 굉음과 함께 큰 유성이 마당에 떨어지며 급격히 땅이 갈라졌다. 미처 피하지 못한 조식과 명선의 다리가 틈에 빠졌다. 땅이 계속 흔들리며 틈이 조금씩 벌어졌고, 둘은 겨우 땅 위를 잡은 채 매달렸다.

둘의 시선에 악수의 모습이 보였다. 가죽을 끌며 시신들에 다가간 놈이 웅크리더니 시신의 몸을 조각냈다.

조식의 숨이 가빠졌다. 힘이 빠진 듯 손이 떨렸다. 눈치챈 명선이 다리를 뻗어 벽에 기대 틈에 끼웠다.

"내 다리를 밟고 오르게."

조식이 망설임 없이 명선의 다리에 자신의 발을 올리고 반동을 줬다. 조금씩 몸이 위로 올라갔다. 마당의 악수는 여전히 시신을 자르는 데 여념이 없었다. 땅에 오른 조식이 명선의 손을 잡아 위로 당겼다. 명선이 소리쳤다.

"손을 놔. 놈이야."

조식의 뒤에 놈의 긴 몸이 드러났다. 꼿꼿이 선 놈이 조식을 내려다봤다. 손톱에서 떨어지는 피가 바람을 타고 명선의 몸까지 날아왔다.

"피해, 식이."

명선이 강제로 손을 놓으며 눈을 질끈 감고 다리에 힘을 줬다. 동시에 누군가 명선의 손을 잡았다. 현철이다. 명선을 잡은 손에 힘이 들었다. 힘껏 위로 당겼다.

돌아선 조식의 몸 위로 검은 그림자가 덮칠 찰라 편전의 애기 살이 날아와 놈의 한쪽 눈에 박혔다.

"이쪽이에요."

모두 세연의 소리에 반응했다. 악수는 편전의 애기살들이 귀 찮은 듯 몸을 웅크리고 자리에 앉았다. 몸을 덮은 가죽이 꿀렁였 다. 그러는 사이 다들 요사채가 있는 암자 옆으로 달렸다.

세연이 훌쩍 뛰어내렸다. 길이 없는 경사의 바위 지대지만 익 숙한 듯 걸음이 빨랐다. 뒤따르던 명선이 문득 앞의 현철을 살폈 다. 세연을 따라가는 현철의 발이 안정적이었다. 그러다 현철이 둘러멘 무기에 눈길이 갔다. 원창의 쇠뇌다.

내리막길이 아닌 옆으로 달리는 세연의 속도가 빨라졌다. 뒤 처지는 이 없이 모두 세연의 뒤에 붙었다. 명선이 세연의 방향을 쫓아 고개를 들다가 조식의 설피에 시선이 멈췄다. 붉게 물든 설피 틈으로 피가 조금씩 새 나왔다.

살이 박혔던 한쪽 눈에서 푸른빛의 액체가 조금씩 새 나오자 악수가 긴 손톱에 액을 묻혀 바닥에 문질렀다. 주위가 반짝이며 파란빛이 돌았다.

어둡고 폭이 좁은 공간에 악수가 몸을 웅크렸다. 놈이 울컥 토하자 씹다 만 발과 손, 뼈 등이 쏟아졌다. 이빨에 낀 살점을 뱉어내자 팽이가 떨어져 굴렀다. 검고 긴 팔이 토해냈던 살점들을 다시 집어 입에 넣었다.

으드득. 오도독. 이빨에 살점과 뼈가 부서지며 씹혔다.

"마을에 전설이 있답니다. 4일 연속 유성이 떨어지면 신이 내려온다. 허나 놈은 신이 아니에요. 괴수일 뿐이지요."

세연이 무기를 내려놓고 구석에 앉았다, 한참을 달려온 넷이 수풀 속 으슥한 세연의 움막으로 돌아온 지 반 식경이 지났다. 세연의 은거지엔 여러 동물 가죽과 다듬던 화살촉들이 널려 있었다. 구석 바위엔 정화수가 담긴 그릇을 올렸고 바닥을 파 만든 화로엔 불씨가 타올랐다. 둘러보던 조식이 물었다.

"꽤 오래 지낸 듯 보이는데, 여기엔 악수가 접근하지 않는가?"

"이 근처에선 놈을 본 적이 없습니다."

안심하며 자리에 앉던 조식이 발에 전해진 통증에 인상을 썼다. 명선이 감아줬던 천이 다시 피로 젖은 듯했다. 도착하자마자 확인한 발엔 나무가시가 깊이 박혀 있었다. 명선이 작두칼 날을 불에 달궈 살을 벌리고 가시를 빼낸 후 천을 묶어줬다.

고통스러워하는 모습에 명선이 도와주려 하자 거절하고 스스로 천을 풀고 다시 꽉 조였다. 명선이 물러나 벽에 몸을 기댔다. 함께 있는 이들을 보며 죽임을 당한 동료들의 잔상을 없애기 위해 애썼다. 맞은편 현철은 쇠뇌의 기계틀을 닦았고, 세연은 먹을 거리를 찾는지 굴 안쪽으로 들어갔다. 문득 현철과 눈이 마주쳤다. 현철이 그간의 사정을 말했다. 괴수에게 쫓기던 중에 세연을 만나 목숨을 구했고 움막에 숨어 있었다고 한다. 반나절 동안 벌어졌던 일들을 상세히 얘기하던 현철이 원창을 떠올린 듯 눈물을 닦았다. 명선이 다가가 현철의 머리를 쓰다듬고 위로했다.

구운 뱀과 칡뿌리로 식사를 한 대원들이 여유를 가지며 이런저런 이야기를 나눴다. 현철은 괴수가 뭔가를 먹을 때 둔감해 보였다고 했고 세연도 거들었다.

"뒤에 가까이 갔는데도 눈치를 못 챘답니다. 돌아보지도 않았어요."

명선이 놈의 모습을 떠올렸다.

"분명 놈이 웅크리고 가만히 있긴 했어. 허나 단정할 순 없어. 그런데 언제까지 산에 있을 작정이야? 이제 우리에게 맡기고 둘은 이곳에 피해 있다가 내려가라."

명선이 더 이상의 피해를 막고 싶은 듯 말했다. 조식 또한 동의하며 둘의 하산을 권유했다. 세연과 현철은 극렬히 반대했다. 세연은 길을 안내하지 않겠다며 버텼다.

"놈에 대한 분노는 이해하나 이젠 목숨이 위태로울지 몰라. 위험하다."

명선의 말에 세연이 거세게 받아쳤다.

"위험한 건 두 분도 마찬가지지요!"

"우린 군사다. 왕명을 따르는 게 당연하고 설사 목숨을 잃는다 해도 그게 임무야. 그런데 너희는 그럴 필요가 없다."

조식마저 단호하게 나오자 세연이 일어나 둘을 보고 섰다.

"전 그런 거 모른답니다. 부모님과 동생들 복수가 다예요. 같이 안 하겠다면 스스로 해야지요. 놈을 죽이기 위해 이곳에서 지낸 시간이 얼마인지 몰라요. 지금은 놈을 죽이는 게 제 임무고 가족을 위한 최소한의 도리랍니다."

단호한 세연의 반응에 둘이 난감한 듯 눈치를 살피자 세연이 목소리를 높였다.

"지금이라도 혼자 가서 놈을 기다리겠어요."

"혼자선 안 돼."

조식이 놀라며 말하자 세연이 활짝 이를 드러내며 미소를 지었다.

"그럼 같이 가는 것이지요, 나리? 어서들 주무세요. 암자에 가려면 여기에서 한 시진은 넘게 걸린답니다."

조식이 고개를 저으며 명선의 반응을 기다렸다. 명선도 머리를 긁적이며 난감해했다. 세연이 그런 둘을 보고 활짝 웃으며 칡뿌리를 씹었다. 즙이 입을 타고 흘렀다. 지켜보던 현철이 묘한 기분에 고개를 돌렸다.

세연과 현철이 잠든 걸 확인한 명선과 조식은 혹시 있을지 모를 위험에 대비해 경계를 섰다. 움막 입구에서 바라본 밖은 달빛이 비쳐 환했다. 어색한 침묵이 이어지자 조식이 입을 열었다.

"진심이네. 분명 우리 실수였고, 자네 말대로 책임을 져야 하는 나는 뒤로 빠졌어. 나 때문에 자네와 자네 가족이 고초를 겪었어. 난 내가 자리를 지켜야 자네와 어머니 그리고 누이를 쉽게 구제할 수 있을 거라 생각했네. 허나 쉽지 않았어."

조식이 착잡한 듯 달빛에 환한 잣나무들을 쳐다봤다.

"어리석고 미련하고 융통성이 없었네."

조식이 고개를 저었다. 명선이 물었다.

"궁금한 점이 있네. 그때 집무실 앞에서…… 왜 돌아보지 않았나? 며칠을 그렇게 엎드려 있었네. 자네는 애써 외면했어."

조식이 쉽사리 입을 열지 못했다. 명선이 재차 물었다.

"왜 문을 열어놓았나? 어찌 그리 태연히 술을 마시고 있을 수 있었던가? 그날은…… 누이가 끌려갔던 날이었어. 그 비통한 심정을 어찌 외면했는가?"

망설이던 조식이 어렵게 입을 뗐다.

"울고 있었네."

"뭐?"

"울고 있었어. 자네 목소리를 듣기 위해 문을 열어놨어. 이리 될 줄 알았다면 그때 돌아봤을 것을…… 명선이, 자네에게 몹쓸 짓을 했네."

명선의 눈동자가 흔들렸다. 조식이 말을 이었다.

"명을 받자마자 자네부터 합류시키려고 했어. 이 기회를 살려 다시 돌리고 싶었는데 또다시 위험에 빠뜨리다니……. 어찌 이리 된단 말인가."

둘은 한참을 말이 없었다. 명선이 각궁 살의 오늬를 만지작대다 어렵게 입을 뗐다.

"내가…… 무지했네. 내 잘못인 줄 몰랐네. 군을 없애고 동료들을 내몬 게 나 때문인 줄 몰랐어. 자네를 원망하고 하루하루 칼만 갈았지."

조식이 조심스럽게 입을 열었다.

"아직 기회가 있네. 우리 둘, 예전으로 돌아갈 수 있어."

조식의 말에 명선이 엷은 미소를 지었다.

"예전이라…… 이놈을 죽이면…… 죽일 수 있다면…… 그래서 자네 도움으로 가족을 되찾는다면 더 이상 살생을 하지 않을 생각이야. 소작농이라도 좋으니 땅을 일구며 살고 싶네."

"군으로 돌아갈 생각이 없는 것이야? 이 고생을 하고?"

"한 해는 짧지도 길지도 않은 시간이지만 나에겐 너무나 지루

했어. 동물을 죽이고 사형수의 목을 치는 게 일상이었지. 그러다 익숙해졌네. 생면부지의 생명을 뺏는 것이 하나 이상하지 않았어. 그것이 괴로웠네. 이번이 마지막이네. 동료의 피를 보는 것도 누군가의 생명을 뺏는 것도 더 이상 하고 싶지 않아."

조식이 멀리 수풀을 보고 고개를 끄덕였다. 명선이 덧붙였다.

"식이, 혹 내가 돌아가지 못한다면 누이와 어머니를 보살펴주겠나? 부탁하네."

"둘 중 하나만 살아남을 리가 있겠는가. 우리 둘. 항상 같이 했었네. 같이 끝을 보기로 약조하지 않았나?"

조식의 물음에 명선이 말했다.

"그래. 약조했었지……. 오늘, 끝내세. 마지막으로…… 놈의 숨통을 끊겠네."

"물론."

부스럭. 일순 긴장한 둘이 움막 밑으로 무기를 겨누자 노인의 소리가 들렸다.

"거기 누구 있는가? 좀 도와주시오. 누구 없으시오?"

둘이 급히 나무 사이를 살피자 노인 한 명이 썩은 고목에 의지해 경사의 길에 서 있었다. 눈이 안 보이는지 시선은 먼 곳을 봤고 자세는 위태로웠다. 망설이던 노인이 한 발 올라서자 주르륵 미끄러졌다. 떨어지던 노인이 바위의 돌출된 곳을 잡고 겨우 몸을 땅에 붙였다.

"기다리시오."

조식과 명선이 경사 아래로 달렸다. 군데군데 납작한 바위들에 설피가 미끄러졌다. 먼저 달리던 명선이 미끄러질 찰라 조식이 손을 뻗어 잡았다. 노인이 떨어진 곳은 경사가 심해 서 있기도 어려워 보였다. 명선이 노인에게 손을 뻗었다.

"잡으시오. 어서."

명선의 손을 찾던 노인이 살짝 손가락 끝이 닿자 덥석 잡았다. 노인의 악력에 명선의 손이 꺾였다. 명선이 급히 조식에게 도움을 청했다.

"식이. 잡아당겨."

조식이 나무에 발을 디뎌 손을 위로 당겼다. 명선과 노인이 조금씩 위로 올라왔다.

"한땐 눈이 멀었다네. 그러나 이제 잘 보이네. 자네들 모두 또렷이 보여. 자네는 경차관이군. 나도 이곳에 경차관으로 왔었네. 그리고 자네는 갑사였군. 아, 불쌍한 어린것들. 걱정 말아라, 아이들아. 이 두 군사가 너희를 보살펴줄 거야."

현철과 세연이 눈물을 보이자 노인이 거친 손으로 둘의 얼굴을 쓰다듬었다.

노인의 눈은 회색이었으나 넷을 보는 시선은 진짜 보이는 듯 어색한 점이 없었다. 그는 자신이 수십 년 전 이곳을 찾았던 김창근이라고 했다.

김창근의 회색 눈이 빛났다. 넷은 꿈을 꾸는 듯 몽롱해지고 힘이 빠졌다. 그가 입을 열었다.

"30년 동안 전국을 떠돌며 살았네. 그러다 소문을 들었어. 이곳에 놈이 다시 나타났다는 얘기를 말이야."

넷은 김창근의 이야기를 경청했다. 아니 입을 열어 그간의 사정을 묻고 악수의 정보를 얻어내고 싶었지만 이상하게도 입이 열리지 않았다.

"그때 놈을 잡았네. 지금 놈과 같은 종류였어. 호랑이와 노루 가죽을 뒤집어썼고 멧돼지의 발을 지녔지. 처음엔 호랑이인 줄 알았네. 허나 아니었어."

움막은 고요했다. 김창근의 낭랑한 목소리만 명징하게 울렸다.

"그놈이 당시의 수령을 잡아먹었다네. 이 동네 무당년은 그걸 이용했지. 사람들의 두려움을 이용해 마을을 지배했네. 그리고 사람들을 설득했네. 자신들 위에 있는 자들을 제물로 바치자고. 수령이 악수에게 바쳐졌네. 수령의 발령이 늦어지자 이번엔 마을 아이들을 제물로 쓰려고 사람들을 현혹시켰어."

김창근의 눈이 조식과 명선에게 향했다.

"자네들이 산에 올라가 제물의 흔적이라도 발견한다면 곤란해졌을 테지. 그러니 올라가서 모두 죽임을 당하라 신에게 빌고 빌었을 터. 그년은 신이 다시 나타나기까지 30년을 기다렸다고 했네. 허나 그런들 무엇 하나. 내가 마지막으로 그 무당년을 봤을 땐 피투성이가 되어 잘린 입으로 자네들에게 저주를 퍼붓고 있었네."

놀란 듯 세연의 입이 벌어졌다. 마을에서 무당의 평판은 대단

했다. 부임한 수령들마다 무당의 영향력을 없애기 위해 애썼지만 번번이 실패했다. 더구나 이후엔 수령들이 사라졌다. 그런 그들이 제물로 쓰였다니…….

"이곳은 연무 때문에 산 중턱이 잘 보이지 않는다네. 그게 놈이 나타나는 원인일 수도 있어. 그 이상한 그릇 모양의 쇠붙이가 거기 있는 게 저 절벽 때문이네. 연무에 가려져 있지 않나?"

노인의 회색 눈이 안타까운 듯 움막 밖을 살폈다.

"놈을 꼭 없애주게. 자네들이라면 할 수 있을 거야. 내가 환도로 찔렀을 때 놈이 꼼짝도 못했다네. 그러다 놈이 정신을 차리더니 성룡사까지 달아났네. 난 놈을 쫓아가 분명 숨통을 끊어놓았지. 놈이 천장과 벽에 혈을 뿌리며 숨을 거뒀네. 그러나 왜 그전에 놈이 죽은 듯 꼼짝도 안 하고 그대로 있었는지 연유를 모르겠네. 이유를 계속 찾았지만 알 수 없었어."

김창근이 심호흡을 했다.

"그때 그놈은 앞을 못 보는 것 같았어. 역시 왜 그런 건지 모르네. 나도 확인할 겨를이 없었지. 눈발은 거셌고 갑자기 우박에 폭우도 쏟아져서 한 치 앞도 분간이 안 될 지경이었네. 그 후 나도 그 악수와 똑같은 처지가 되었다네. 내려오다 산 위를 돌아본 게 화근이었지. 맹인이 되고 말았다네. 허나 괜찮네. 지금은 아주 잘 보이니까 말이야. 어려운 부탁이 될 수도 있어 미안한 마음이네. 놈을 꼭 해치우고 무조건 살아서 산을 내려가주게. 죽지 않고 살아서. 하늘이 자네들을 항상 보살펴줄 것이니."

김창근이 일어나려고 움직였다. 따라 일어난 대원들이 만류하듯 그의 팔을 잡았지만 고목처럼 끄떡도 안 했다. 그가 한 발씩 움막 밖으로 내딛었다.

조식과 명선, 현철과 세연은 온몸에 힘이 빠진 듯 털썩 무릎을 꿇었다. 급격히 잠이 몰려왔다. 조식이 눈을 감고 쓰러지자 다른 이들도 하나둘 몸을 누였다.

넷은 깊은 잠에 빠졌다. 긴장으로 경직된 몸이 풀린 듯 혈색이 다시 돌고 숨소리는 경쾌했다.

다음 날, 움막에서 멀지 않은 늪지대에서 김창근의 시신이 발견됐다. 잘린 목은 이미 백골이 됐고, 살점이 뜯겨나간 몸은 한 자 정도의 척추뼈만 남았다.

"움막을 나가자마자 당하신 거지요?"

세연이 울먹이며 시신에게 다가가자 명선이 시신의 뼈를 들어 살폈다.

"오늘이 아니야. 이미 사나흘이 지났어."

"형님, 그럼 우리가 어제 본 건 누구란 말이에요?"

현철이 의아한 듯 묻자 조식이 시신 앞에 무릎을 꿇었다.

"하늘의 도움. 우리에게 알려주려고 온 거다. 그간의 사정을. 꼭 잡아달라고. 죽어서도 찾아오신 거다."

시신을 매장한 넷이 합장을 올리고 돌아섰다. 이제 산 주위는 그저 흰 연기일 뿐이다. 연무가 그들을 덮었다.

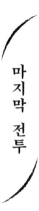

영조 23년 정묘년 8월 13일 계유

악수를 피해 도망쳤을 때와는 느껴지는 높이가 달랐다. 현철이 잠시 설피를 넝쿨 줄기로 단단히 묶고 위를 보자 일행들은 이미 50보쯤 더 올라가 있었다. 무슨 일인지 명선과 조식은 더 이상 전진하지 않고 위만 쳐다봤다. 그들의 시선을 쫓던 현철이 이내 이유를 알았다.

기이한 바위들이 솟았다. 경사는 깎아지른 듯 날카롭고 밑으론 샘물이 흘렀다. 현철이 급히 일행들 뒤에 붙었다. 가까이 본 기암절벽은 절경이었다.

조식이 감탄했다.

"용의 형상이 아니던가?"

기암절벽 면엔 구불구불 패인 자국들이 위로 뻗었다. 자연적으로 생긴 듯 거칠지만 생동감이 있었다.

"분명 지나갔던 곳인데 어찌 보지 못했을까?"

명선의 경탄에 세연이 자랑 섞인 말투로 말했다.

"예전에 할머니에게 이 절벽에 대해 들은 기억이 있어요. 먼 옛날에 용이 성룡사의 중과 재주를 겨루었답니다. 용의 기세가 너무 강하자 중이 도술을 부렸다고 해요."

"도술이요?"

현철이 묻자 세연이 말을 놓으며 답했다.

"그래. 중이 도술로 물을 끓여 위협하자 용이 도망쳤다고 해."

명선이 다시 절벽을 살폈다.

"저 패인 형상이 용이 도망친 흔적?"

"네. 용하고 비슷하지요?"

다들 긴장을 풀고 용의 형상에 시선을 뺏기자 세연이 바위에 올라 절벽 옆을 가리켰다.

"이 절벽 옆을 지나 샘을 따라 오르면 바로 암자가 나온답니다."

세연이 절벽 아래 샘물을 가리켰다. 세연이 일순 심각하게 인상을 썼다. 피다. 샘의 옆, 바위에 길게 핏자국이 이어졌다. 명선이 다가와 살폈다.

"먹이를 끌고 갔어."

다들 핏길의 방향을 살폈다. 멀리 샘 위에까지 이어졌다.

"놈이 암자 근처에 있다."

암자 뒤로 연무가 움직여 뿌옇다. 암자에 도착한 넷이 우선 마당을 살폈다. 한가운데 땅이 갈라진 채고 부서진 유성 잔해들에 암자의 입구가 막혔다. 넷이 멈칫했다. 잔해 사이로 눈동자 하나가 보였다. 동료의 시신일 것이다.

명선이 잔해를 하나둘씩 치워보지만 이미 암자보다 더 높이 쌓인 탓에 틈이 없었다. 현철이 도와 잔해를 치우자 명선이 유성 조각을 밟고 올랐다. 깨진 조각들을 걷어내자 겨우 안이 보일 정도의 틈이 생겼다. 명선이 눈을 댔다. 암자 안엔 대원들 시신이 뒹굴었다. 인손의 머리와 찢겨진 다리와 팔들. 강우는 가죽이 벗겨진 상체만 먼 구석에 있었다. 원창의 시신을 찾던 명선이 급히 틈을 유성 조각으로 덮었다. 현철이 막 올라왔을 때다.

"형님, 뭐가 보여요? 안에 있는 게 대장님이 맞아요?"

"아니다. 내려가자. 놈이 곧 올 수도 있어."

의아해하는 현철의 등을 토닥이며 명선이 내려왔다. 명선은 현철에게 원창의 시신을 보이고 싶지 않았다. 머리라도 있던 시신과 달리 원창은 찢긴 오른쪽 눈 부분이 전부였다.

"이걸 보세요. 놈도 상처를 입었답니다."

세연이 마당에서 푸른 혈을 찾아 보였다. 조식이 쪼그려 앉아 액을 손가락으로 만졌다. 푸른빛이 반짝인다. 유성 더미에서 내려온 명선과 현철이 둘에게 왔다.

"성룡사에서 봤던 자국과 같아."

조식이 생각난 듯 명선을 봤다.

"경차관 말대로라면 성룡사의 자국은 30년 전의 것이야. 그때 놈을 물리쳤다고 했으니 이번에 온 놈은 같지만 다른 놈이야."

그때 현철이 암자와 요사채 사이를 보며 소리쳤다.

"저기! 또 떨어져 있어요."

넷이 무기를 겨누며 푸른 혈을 따라 걸었다. 혈은 암자의 옆을 지나 뒤뜰까지 흘렀다. 뜰의 끝까지 달려간 넷이 놀라며 멈춰 섰다. 혈이 끊겼고 그 너머론 아찔한 낭떠러지였다. 연무에 가려 보이지 않던 곳이었다. 강제로 뜯어놓은 듯 뒤뜰과 너머의 절벽 사이가 벌어졌다. 낭떠러지 아래는 깊이를 가늠하기 어려울 정도로 어두웠다. 조식이 절벽 끝을 차자 두둑, 흙이 아래로 떨어졌다.

"이런 모양이 된 것이 얼마 되지 않은 것인가?"

조식이 의아해하자 세연이 다가와 아래를 봤다.

"이런 절벽은 들어본 적이 없어요."

"그런데 나리, 무슨 냄새 나지 않아요? 형님, 이 냄새, 형님 집에서 나던 냄새와 비슷해요."

현철의 말이 끝나기 무섭게 다들 코를 막았다. 명선은 익숙한 냄새였다. 살이 썩어 들어가는. 명선이 암자 뒷면에 다가갔다. 냄새는 툇마루 아래에서 나왔다. 막아놓은 땔감들을 몇 개 치우자 마루 밑이 훤히 보였다. 세연과 현철이 구역질을 하며 돌아섰고 조식도 인상을 찌푸렸다.

바닥엔 응고된 피가 출렁였고 퍼진 붉은색은 바닥의 끝까지 이어졌다. 기둥엔 튄 살점들이 썩어 구더기가 끼었고 내장으로 보이는 부산물들이 기둥 끝에 감겼다.

"동물의 것하고 섞였어."

노루 다리와 멧돼지 사체들도 조각나 있었다. 조식이 헛구역질을 참았다.

"놈의 은거지야. 돌아올 거다. 분명."

"자네 말대로 벼락틀 말곤 없어. 놈을 잡을 방법이."

둘은 암자 앞에 벼락틀을 설치해 놈을 구덩이로 몰이할 계획을 짰다. 허나 유인을 위해선 몰이꾼과 미끼가 필요했다. 현철은 여전히 구토 중이었고 세연은 남은 토사물을 뱉고 막 몸을 일으켰다.

"어! 저기!"

세연이 문득 보인 봉우리를 가리켰다. 잠깐 연무가 걷힌 사이 낭떠러지 너머의 산봉우리가 모습을 드러냈다. 가파른 봉우리의 한가운데 은색의 번쩍이는 쇠붙이가 반쯤 박혀 있었다. 흰 연무가 쇠붙이 아래에서 새 나왔다.

"저게 무엇인가?"

조식이 놀란 듯 접시 모양의 쇠붙이를 바라볼 찰라 다시 연무가 봉우리를 가렸다.

"밑에서 보았던 쇠붙이들이 혹 저것에서 떨어진 것들인가?"

명선의 혼잣말에 조식이 덧붙였다.

"분명 악수놈과 관련이 있다."

"내가 몰고 오겠네. 기다릴 틈이 없어."

명선이 풀잎을 뜯어 살짝 불어보고 황급히 암자 아래로 달렸다. 명선이 멀리 사라지자 조식이 세연과 현철을 향해 돌아섰다.

"요사채 안에 괭이와 삽이 있다. 놈이 빠질 정도로 깊게 파야 해."

조식의 명에 따라 현철이 농기구들을 가져왔다. 셋은 암자 입구를 막은 유성에서 두세 보 떨어진 곳을 벼락틀 장소로 잡고 땅을 팠다. 요사채에 있던 나무를 가져와 뾰족하게 자른 뒤 바닥에 꽂고 나머진 넝쿨과 엮어 거푸집 지붕을 만들었다. 완성된 벼락틀을 보던 조식이 다음 작업을 위해 틀 주위를 점검했다.

"내가 틀 안에 있겠다. 너희 둘은 암자 주변에 숨어 있어. 내가 신호를 주면 쉬지 않고 쏴야 한다. 알겠느냐?"

"나리, 제가 미끼가 돼야지요. 저는 아직 많이 서툴러요. 나리가 공격을 해야 놈을 잡을 수 있어요."

"아니, 내가 들어가야 놈을 잡기가 더 수월하다. 그리고 난 네 쇠뇌 실력을 믿는다. 대장을 따라다니지 않았는가? 분명 제대로 쏠 것이야."

조식이 현철의 어깨를 토닥여주고 둘의 위치를 지정했다. 망설이던 현철을 세연이 끌고 갔다. 둘은 암자 앞 유성 더미 뒤에 숨었다. 둘이 완전히 은폐한 것을 확인한 후 조식이 벼락틀 앞에 앉았다. 그때 삐, 풀피리 소리가 들렸다.

"시작됐다. 명심해. 신호를 주면 무조건 화살을 쏴야 한다!"

조식의 외침에 둘이 긴장을 하며 집중했다. 편전의 오늬와 쇠 뇌의 기계틀을 점검하고 급히 살을 틀에 장착했다. 둘의 조준에 조식의 얼굴이 들어왔다.

풀피리 소리가 점점 가까워졌다. 바위 뒤에서 세연과 현철이 숨을 죽였다.

스삭. 스사삭. 산을 올라온 후 흔히 들었던 소리. 조식은 지그 시 눈을 감았다. 발소리가 가까워지고 있지만 아직 스무 보 밖이 다. 그러던 게 삽시간에 열 보 이내로 좁혀졌다. 조식이 눈을 떴 다. 크르르. 소리는 지척이지만 보이진 않는다.

조식의 눈이 주변을 살피며 움직였다. 그러다 흠칫, 조식의 가 슴이 내려앉았다. 계속 지나쳤던 요사채의 벽면. 튀어나온 검은 물체가 그저 세워놓은 삽이라 생각했는데, 놈의 얼굴이었다. 호 랑이털이 이마 위까지 덮었고 아래로 보이는 검은 얼굴은 유난 히 반짝였다. 크르르. 놈이 이빨을 드러내며 쩝쩝 소리를 내자, 톱니 모양의 이빨이 맞부딪혀 흰 가루가 튀었다.

조식이 둘을 향해 손을 흔들었다. 세연과 현철이 오늬와 방아 쇠에 손가락을 올렸다.

풀피리 소리가 커지자 놈이 모습을 완전히 드러내며 마당으로 조금씩 움직였다. 끼이익! 놈의 긴 손톱이 땅에 질질 끌렸다. 구 부정한 허리는 상체가 땅에 닿을 듯했고, 걷는 모습은 마치 네발

짐승의 걸음과 비슷했다. 놈이 멈춰 서서 머리를 갸우뚱 움직였다. 암자 앞의 틀을 보는 듯했다. 쪼그려 앉은 조식을 인식했는지 놈이 삽시간에 날아올라 틀 앞에 당도했다. 조식이 외쳤다.

"지금이다. 쏴!"

쾅! 쇠뇌 살이 바람을 갈랐고 편전 애기살도 놈을 향했다. 놈이 몸을 돌려 유성 잔해가 쌓인 암자에 손을 뻗었다. 조식이 놓치지 않고 환도로 놈의 등에 찔렀다. 뒷걸음치던 놈이 조식을 향해 쓰러졌다. 황급히 조식이 틀 밖으로 굴렀고 동시에 놈이 구덩이에 떨어졌다.

세연과 현철이 달려와 화살을 발사했다. 가죽에 살들이 꽂히자 놈이 몸을 웅크리며 가죽을 꿀렁였다. 크르르. 음울한 짐승 소리가 구덩이를 채웠다. 둘이 구덩이 앞에 다가가 놈을 내려다봤다.

"우리가 놈을 잡았어요."

현철이 쇠뇌를 겨누며 말하자 세연이 한 발 더 밑으로 내딛었다. 조금만 더 나간다면 떨어질 듯 아슬아슬하다.

"그대로 있어. 아직 놈이 살아 있다."

조식이 세연을 뒤로 물러나게 하고 환도를 구덩이에 겨눴다.

"너희 둘은 이제 뒤로 피해라."

"저는 남겠어요."

현철이 쇠뇌 방아쇠를 당기자 세연도 다시 나서 편전을 댔다. 내려갈 듯 발을 밑으로 내린 조식이 둘에게 호통을 쳤다.

"얼른 피하래도."

순간 놈이 휙 돌아섰다. 검은 얼굴이 셋을 바라보는가 싶더니 삽시간에 현철의 발을 잡았다. 현철이 놈에게 끌려갈 찰라 조식의 환도가 놈의 팔을 내리쳤다. 동시에 던져진 현철이 마당 너머 수풀로 날아갔고, 대신 조식이 벼락틀 안으로 끌려들어 갔다.

세연이 기합을 하며 벼락틀로 달려갔다. 순간 부서진 틀 지붕이 솟구쳤고 조식의 몸이 유성 잔해 너머로 던져져 암자의 문을 부수고 안에 처박혔다.

유성 잔해들과 먼지가 날렸다. 세연이 눈을 비볐다. 연무가 더해지자 급격히 시야가 흐려졌다. 뿌옇게 놈의 뒷모습이 보였다. 스삭. 스사삭. 급히 편전을 발사했지만 이내 놈이 사라졌다. 먼지가 걷히자 바닥에 푸른 혈이 드러나며 요사채와 암자 사이로 길게 이어졌다.

잣나무들이 흔들리며 정체 모를 가루들이 날렸다. 먼지에서 나무 냄새가 났다. 들었던 파열음은 벼락틀 부서지는 소리가 확실했다. 놈이 잡혔나? 기대감에 찬 명선이 빠르게 바위에 올라 암자에 도착했다. 예상대로 벼락틀은 무너져 부서졌다. 그런데 부서진 모양이 놈의 크기와 맞지 않았고 주위엔 붉은 혈만 보였다. 명선이 동료들을 불렀다. 멀리서 세연만 대답했다. 마당 끝. 세연이 막 수풀 밑으로 뛰어내렸다.

그때 유성 잔해 위에서 누군가 꿈틀댔다. 조식이다. 더미 위에 올라온 조식이 균형을 잡다 밑으로 굴러떨어졌다. 명선의 박동이 빨라졌다. 일어선 조식의 한쪽 팔이 너덜거렸다. 조식이 다른 쪽 팔을 힘겹게 올렸다.

"암자 뒤. 그 툇마루 아래에 놈이 있네."

"자넨? 자넨 괜찮은 것인가? 팔이……."

조식이 뒹굴던 환도를 들었다.

"놈을 잡는 덴 지장 없네."

조식이 뒤뜰로 향하자 명선이 작두칼을 꺼내 뒤를 따랐다.

세연이 마당 밑 수풀에서 현철을 발견했다. 현철의 한쪽 다리가 심하게 떨렸다. 깊게 패인 생채기에선 피가 넘쳤고 힘이 안 들어가는지 계속 다친 다리를 문질렀다. 세연이 급히 자신의 바지를 찢어 생채기에 묶고 지혈했다.

"조금만 참아. 피는 금방 멎을 테니."

"전 괜찮아요. 누님, 놈은요? 나리가 잡았나요?"

"아직. 놈이 사라졌어."

현철이 쇠뇌를 들고 일어나려 애썼지만 신음과 함께 발이 주저앉았다. 현철이 울분을 토하며 자신의 다리를 내려쳤다. 세연이 난감한 듯 말했다.

"이 몸으론 무리야."

"누님, 난 괜찮아요. 같이 가요. 이대로 있을 순 없어요. 대장의 복수를 해야지요."

현철이 쇠뇌를 들었다. 살을 들자 힘이 빠져 살이 떨어졌다. 세연이 현철의 손을 잡아 내렸다.

"잠시…… 잠시만 이대로 있어. 금방 끝날 거야."

세연이 일어나 편전을 멨다. 몸을 일으키던 현철이 다시 주저 앉았다. 세연은 어느새 수풀 위로 사라졌다. 현철은 갑자기 추위 를 느꼈다. 손이 떨렸고 오한이 돋았다. 떨리는 손가락을 쇠뇌에 끼고 다리에 힘을 줬다.

갑작스런 바람과 추위에 세연이 고개를 숙였다. 마당엔 유성 잔해들이 날렸다. 조식과 명선은 보이지 않았다. 해가 구름에 가 려져 어두웠다.

"나리, 어디 계신지요?"

둘러보던 세연의 시선이 암자 위 봉우리에 멈췄다. 연무가 조 금 걷히며 봉우리가 드러났다. 암자 뒤 절벽에 박힌 쇠붙이는 기 이했다. 마치 사발을 거꾸로 엎어놓은 듯 둥그렇고, 화로의 다리 같은 것이 바닥에 붙었다. 은색의 외형은 부드럽고 윤이 났다. 반 쯤 박힌 앞부분은 은색과 달리 투명한 얼음 같았다. 세연이 가까 이 보기 위해 요사채 옆에 섰다. 순간 구름이 걷히고 햇빛이 쇠붙 이에 반사돼 암자를 비췄다. 강렬한 빛이 세연의 동공에 내리쬈 다. 번쩍임에 세연이 균형을 잃었다. 비틀대던 중에도 쇠붙이에 서 시선을 떼지 못했다. 구름이 빠르게 해를 가리고 권적운이 몰 려왔다. 세연을 비췄던 빛도 사라졌다.

세연은 온몸에 기가 빠진 듯 다리가 후들거렸다. 힘이 빠지자 놈이 오는 소리가 들리는 듯했다. 세연은 아주 잠시만이라고 생각했다. 곧 눈이 다시 보일 거라 여겼다. 놈이 가까이 오기 전에.

"누님 뭐 해요? 바로 뒤예요. 빨리 화살을 쏴요. 바로 뒤에 놈이 있어요!"

현철의 소리다. 세연이 편전을 들고 일어났지만 온통 시야가 회색이었다. 더구나 놈의 발소리도 갑자기 들리지 않았다.

"말해 줘. 놈이 어디 있어?"

발소리가 가깝다. 세연이 황급히 편전을 돌릴 찰라 몸이 누군가에게 끌려갔다. 뒹굴던 세연이 편전을 찾는데 가까이에서 다급한 숨소리가 들렸다. 세연의 손이 편전의 오늬를 당기자 따뜻한 손이 세연의 손에 닿았다.

"누님, 왜 그래요? 제가 안 보여요?"

"지금 어딜 보고 있어? 내가 어디를 보고 있냐고?"

"누님, 암자 정면이에요."

"절대 암자 뒤 봉우리를 보지 마. 그 쇠붙이를 봐선 안 돼."

"봉우리요? 연무 때문에…… 아무것도 없어요."

세연은 현철이 몸을 돌리는 듯한 소리를 들었다. 봉우리를 본 듯했다. 세연이 급히 현철의 머리를 잡아 돌렸다.

"안 돼. 보지 마."

세연은 앞에서 바람을 느꼈다. 현철의 손이 눈앞에서 움직이는 듯했다. 회색의 시야만 가득해지니 소리에 민감해졌다. 현철의 작은 흐느낌이 전해졌다. 옷이 떨리는 미세한…….

스삭. 스사삭. 세연이 놀란 듯 주위를 살필 찰라 바람이 일며 현철의 소리가 멀어졌다.

"누……님…… 아악……."

"왜 그래? 현철아!"

삽시간에 정적이 일었다. 세연이 중심을 잡고 일어났다. 바람을 느끼며 소리에 집중했다. 그제야 들렸다. 후드득 끌려가는 소리. 세연이 삽시간에 시위를 당겨 오늬를 놨다.

세연이 애기살을 편전에 끼우고 소리에 집중했다. 놈이 마당을 빙빙 도는 듯했다. 철컥. 그 와중에도 현철이 방아쇠를 당기는 듯 쇠뇌 소리가 났다.

"현철아. 놈을 봐!"

명선의 소리다. 세연이 오늬를 놨다. 픽! 크르르. 동시에 먼지가 일었다. 통아가 바닥에 떨어졌다. 주저앉아 통아를 찾는데 현철의 소리가 들렸다.

"누님, 뒤에 있어요."

세연이 뒤에 떨어진 통아를 찾아 들었다.

조식과 명선이 마당으로 돌아오자 현철이 놈에게 끌려가고 있었다. 아니 오히려 현철이 놈의 가죽을 잡아 억지로 끌려가는 듯 보였다. 현철은 계속 쇠뇌 방아쇠를 당겼다. 조식과 명선도 합세해 놈을 공격했다. 작두칼에 다리 가죽이 찢어졌다. 놈이 고개를 돌리자 뚫린 한쪽 눈 너머로 뒤가 보였다. 그 사이 현철이 놈을 박차고 뛰었다. 착지하던 발이 꺾이고 생채기에 묶었던 천이 풀렸다. 조식이 급히 현철을 잡아 뒤로 밀었다.

"뒤로 가. 빨리."

조식과 명선이 놈에게 향했다. 현철이 쇠뇌를 겨누며 일어났다. 놈이 각기 다른 방향에서 달려오는 셋을 보다가 고개를 갸웃 꺾었다. 마당의 끝. 세연이 편전에 살을 끼웠다. 현철이 발견하고 소리쳤다.

"누님! 피해요. 나리, 누님을 구해주세요. 누님은 눈이 보이지 않아요."

"그게 무슨 소리냐?"

조식이 세연을 확인하기 위해 돌아선 순간 놈의 손톱이 조식을 향했다. 세연이 쏜 애기살이 다시 놈의 뚫린 눈을 관통했다. 동시에 명선이 뛰어올라 살을 잡아 놈의 목에 찌르고 찔렀다. 푸른 혈이 살짝 비칠 뿐, 놈은 요동도 없었다. 놈이 몸을 흔들어 명선을 떨어뜨렸다. 명선이 구르다 현철과 부딪혔다. 쇠뇌가 현철의 손에서 멀리 떨어졌고 삽시간에 괴수의 손톱이 둘을 향했다.

조식이 환도를 휘두르며 대항했지만 놈의 손톱이 더 빠르게 둘에게 닿았다. 현철이 급히 명선의 몸을 덮었다. 바람이 갈렸다.

현철의 상체가 잘린 채 하체에서 미끄러져 분리됐다.

"현철아! 이놈!"

조식이 울분을 토했다. 명선이 잘린 현철의 몸을 치우고 일어났다. 조식과 명선이 모두 물러나자 놈의 손톱이 땅에 박혔다. 이내 현철의 하체를 집어 들었다.

"나리, 현철이는요? 어떻게 됐는지요? 소리가 안 들려요. 현철이 목소리가 없답니다."

세연이 한 발씩 내딛으며 마당 중앙에 나오자 놀란 명선이 소리쳤다.

"오지 마라. 뒤돌아 달려. 빨리."

세연이 놀라 멈췄다. 조식이 옆을 보자 괴수가 세연을 노린 듯 몸을 돌렸다. 조식이 명선의 등을 밀었다.

"자네가 구해. 내가 놈을 막아보겠네."

"조심하게."

명선이 세연에게 달렸다.

"빨리 뛰어. 빨리."

세연이 뒷걸음치다 뒤돌아 달렸다. 그 사이 조식이 놈의 배에 환도를 휘두르며 주위를 분산시켰다. 세연의 발이 마당 끝에 닿을 듯 위태로웠다. 삽시간에 명선이 낚아채 마당 아래로 굴렀다.

"나리? 누구신지요? 현철은요? 살아 있지요? 나리?"

세연이 불안한 듯 몸을 떨었다. 명선이 세연의 눈가에 손을 펴 흔들었다. 눈동자가 인식을 못 하고 다른 곳을 봤다. 명선이 안쓰러움에 고개를 숙였다. 동시에 세연이 멱살을 잡아당겼다.

"절대 봉우리를 보지 마세요. 쇠붙이를 보면 안 돼요. 눈이 먼답니다."

명선이 고개를 들었다. 눈물이 그렁하다.

"나리, 들리시지요?"

명선이 세연의 뒷목에 손을 올려 혈을 집고 눌렀다. 세연이 쓰러졌다. 조심스레 머리를 받쳐 수풀 으슥한 곳에 눕혔다.

"놈이 잠시 멈춰 있네."

명선이 돌아봤다. 조식이 피로 가득했다. 얼굴에도 피가 튀어 상처들과 구분이 가지 않았다. 명선이 조식을 수풀 아래로 끌어내렸다. 한쪽 팔이 없다.

고통을 참으며 조식이 숨을 가다듬었다. 명선은 마당을 확인했다. 놈이 현철의 시신을 뜯었다. 가슴을 잡아 빠개고 현철의 목을 잘랐다. 드득. 척추도 분리했다. 흘러나온 내장이 놈의 가죽에 들러붙었다.

명선이 다시 수풀 아래로 몸을 숨겼다. 옆에서 가쁜 숨을 쉬던 조식과 눈이 마주쳤다. 조식은 오히려 고통이 사라진 듯 엷은 미소까지 지었다. 조식의 왼쪽 팔 잘린 면에서 계속 피가 흘렀다. 참혹한 모습에 고개를 숙이던 명선이 차가운 기운에 고개를 들었다. 눈이다. 얼굴에 닿자 이내 녹는다. 명선이 작두칼을 꽉 쥐었다.

"식이, 기억하나? 하늘의 도움. 어제 경차관이 그리 말했네. 기억하는가?"

"물론이네."

"우리의 운이 남아 있다면 하늘이 도움을 줄 것이네."

조식이 동의하듯 고개를 끄덕였다.

"명선이, 이번엔 자네가 위야."

둘이 하늘을 봤다. 눈 위로 적란운이 펼쳐졌고 뭉실한 구름이 세로로 내려와 포진했다.

"쌘비구름이야. 곧 우박이 내릴지도 몰라. 그러면 더 어려울 거네."

명선이 조식의 오른쪽 어깨를 툭 쳤다. 조식이 활짝 미소를 지으며 고개를 끄덕였다. 굳었던 얼굴 상처가 웃음에 다시 터져 피가 맺혔다. 조식이 오른손에 환도를 쥐고 일어났다.

"끝까지 함께해서 기쁘네."

놈은 마당 중앙에 있었다. 조식이 달렸다. 한 보 뒤에서 명선이 따라 달렸다. 놈이 시신을 먹다 말고 고개를 들었다. 화살에 뚫린 쪽 눈에서 푸른 혈이 흘렀다. 놈이 고개를 약간 돌려 조식에게 시선을 맞췄다.

조식이 속도를 높였다. 그때 명선이 땅을 박차 조식의 어깨를 밟고 날아올랐다. 그제야 놈의 얼굴과 높이가 맞았다. 작두칼이 놈의 입에 꽂혔다. 조식의 환도도 놈의 배를 베러 들어갔다. 검이 배 중앙에 박히는 듯하더니 이내 튕겨 나갔다.

놈이 들고 있던 현철의 시신을 던지고 둘에게 손톱을 휘둘렀다. 칼날 같은 날카로운 끝이 명선의 목에 닿을 찰라 놈의 몸이 갑자기 굳었다.

명선과 조식이 급히 뒤로 물러났다. 툭 툭. 우박이 놈의 머리로 떨어졌다.

닿은 부분에 치직, 거품이 생겼다. 검은 눈이 급격히 축소돼 얼굴에서 사라졌고 몸은 굳었다.

"우박이었네. 놈이 움직이질 않아."

"지금이야."

조식이 있는 힘껏 환도를 던졌다. 환도가 푸른 혈이 흐르던 한쪽 동공을 찌르고 떨어졌다. 여전히 놈은 움직임이 없었다. 둘이 놓치지 않고 놈에게 달려갔다. 그 사이 적란운이 다른 구름에 가려져 우박이 멈췄다.

놈이 고통에 몸을 비틀었다. 축소된 눈이 다시 돌아왔고 시선은 달려오는 조식에게 향했다. 삽시간에 조식의 오른팔과 다리 한쪽이 잘렸다. 명선이 울며 소리쳤다.

"안 돼, 식이! 도망쳐. 정신을 차리게."

조식이 몸을 비틀며 마당을 기었다. 놈이 조식을 천천히 따라가다 팔을 뻗었다. 푹. 순간 환도가 놈의 가슴을 찔렀다. 명선이 환도를 쑤셔 돌렸다. 놈의 가죽이 스르르 몸에서 분리돼 흘러내렸다.

가죽의 안쪽 면은 여러 동물 가죽이 덧대졌고, 불그스름한 인피 흔적도 있었다.

맨몸의 괴수는 머리칼이 없고 매끈한 검은색의 피부에, 머리는 상체의 반쯤 될 정도로 컸고 하체는 유난히 길었다. 손톱은 하나하나가 날카로운 검이고 머리와 배의 조그만 상처들에선 푸른 빛의 혈이 흘러내렸다.

명선이 가죽에서 환도를 빼내 놈에게 휘두를 찰라 콰쾅! 번개가 치며 다시 우박이 떨어졌다. 놈이 놀란 듯 몸을 웅크리며 도망가려 손을 땅에 짚었다. 동시에 명선이 땅을 박찼다. 온몸의 힘을 모아 놈의 발에 환도를 꽂았다. 발이 땅에 박혀 움직이지 못하자 놈이 몸을 비틀고 끄르르! 비명을 질렀다. 투툭. 큰 우박들이 놈의 몸 위로 떨어졌다. 부글거리는 수포가 여기저기에서 올라왔다. 입에 꽂힌 작두칼 사이로 푸른 혈이 울컥 쏟아졌다.

"이……보게…… 명……선이……."

숨이 넘어갈 듯 급박한 조식의 목소리에 명선이 달려갔다. 친구의 모습은 끔찍했다. 두 팔과 다리 한쪽이 없는 상황에서도 남은 발을 이용해 몸을 움직였다. 힘겹게 몸을 뒤집은 조식이 울컥 피를 토했다.

"식이, 정신 차려."

크게 뜬 조식의 눈은 어디를 보는지 모호했고 살짝 떨리는 입은 크게 열렸다. 명선이 귀를 조식의 입에 갖다 댔다. 거친 숨소리만 들렸고 올라오는 피가 자꾸 명선의 귀에 묻었다.

조식은 명선을 보기 위해 눈을 돌리려 애썼으나 계속 하늘만 보이자 체념했다. 이대로 끝인 듯싶었다. 말을 하기 위해 입을 열고 움직였으나 목구멍 가득 올라오는 피로 소리가 나오지 않았다. 그래도 힘껏 입을 움직였다. 소리가 밖으로 나오는지 알 수 없었다.

'내가…… 자네에게 무엇을 주고 싶었는지 기억이 나질 않아. 왜 여기에 데려왔지? 다시 예전으로 돌아가고 싶었던 것뿐일까? 자네와 군을 다시 할 수 있다면 얼마나 좋았을까? 허나 이 죽음 앞에서 아무것도 생각이 안 나네. 다 필요 없네. 자네는 살아주게. 살아남아 줘. 내 말이 들리는가?'

얼굴에 떨어지는 게 명선의 눈물이라고 생각했다. 하늘도 흐려졌고 이내 아득해졌다.

명선은 흔들리는 조식의 동공을 보고 급히 상체를 안아 들었다. 친구의 몸은 급격히 굳었다. 조금씩 움직이던 입도 열린 채 멈췄다. 마지막이다. 동공이 멈췄고 총기가 사라졌다. 명선이 오열했다. 그 와중에도 낭림산의 천문은 변화무쌍했다. 우박이 멈추고 돌풍이 일었다.

으드득!

명선의 눈이 번뜩였다. 뼈가 씹히는 소리다. 조식의 몸을 내려놓고 일어나 돌아섰다.

수포가 가득 솟은 놈이 온몸에 푸른 피를 흘리며 입에 작두칼을 꽂은 채 조식의 다리를 씹고 있었다. 씹을수록 잇몸에 칼이 박히며 푸른 혈이 흘렀다. 동공은 이미 수포로 덮였고 발은 환도에 갈라졌다. 놈은 명선을 보고도 계속 먹이에 열중이었다.

명선이 악수 앞에 다가갔다. 한 보 앞까지 가도 놈은 여전히 씹기에만 바빴다.

"네놈은…… 이미 죽었구나."

살짝 뛰어오른 명선이 악수의 입에서 작두칼을 뽑았다. 매끈했던 검은 피부가 한 점도 보이지 않을 정도로 파랗게 변했다.

쿵. 악수가 쓰러졌다. 조식의 다리 살점이 입에서 튀어나왔다. 명선이 작두칼을 놈의 배에 꽂아 밑으로 갈랐다. 위나 간 같은 내장은 없고 긴 창자만 가득 꼬여 있었다.

한참 동안 놈의 몸을 찌르고 자르던 명선이 작두칼을 던지고 돌아섰다. 암자와 요사채 그리고 마당이 한눈에 들어왔다. 처참했다. 온통 푸른색과 붉은색의 선혈로 가득했다. 암자 앞을 막았던 잔해들도 붉게 변했다.

명선이 벗겨진 악수의 가죽을 둘러메고 조식의 시신에 다가갔다. 조식은 눈을 똑바로 뜬 채였다. 생기가 보였다. 명선이 쪼그려 앉았다.

"부디……."

명선이 말을 잇지 못했다. 조식의 얼굴이 밝고 부드러웠다.

"어찌 그리 편해 보이는가?"

명선이 차마 쳐다보지 못하고 눈을 감았다. 조심스럽게 조식의 얼굴에 손을 올렸다. 그제야 허공을 보던 조식의 눈이 감겼다.

명선이 땀과 피로 젖은 얼굴을 쓸어내렸다. 마당 끝으로 갈 찰라 갑자기 하늘이 열리고 구름이 흩어지더니 한 줄기 빛이 하늘에서 내려왔다. 빛 속엔 죽은 악수와 똑같은 검은 얼굴의 괴수가 몸을 흰 천으로 가린 채 공중에 떠 있었다. 빛 밖으로 나온 괴수가 마당에 발을 디뎠다. 죽은 동족을 내려다보던 놈이 잘린 몸과 머리를 집어 들었다.

명선이 굳은 듯 놈을 응시했다. 작두칼은 놈 앞에 있었다. 눈가에 땀이 떨어졌다. 괴수의 검은 눈도 명선을 한참 응시했다. 순간 빛이 다시 괴수를 감쌌다. 놈이 명선을 보며 고개를 꺾더니 입을 벌렸다. 삽시간에 빛이 사라지고 놈도 사라졌다.

명선이 두 다리를 잡아 지탱했다. 온몸의 힘이 다 빠진 듯 계속 떨렸다.

"나리, 어디 계신지요? 나리?"

깨어난 세연이 풀들을 잡고 일어났다. 여전히 시야가 온통 회색이었다. 겨우 땅을 짚고 마당으로 올라올 찰라 번쩍, 섬광의 잔상이 일었다.

"어디 계신지요? 나리! 빛을 보지 마세요. 나리!"

세연의 소리에 명선이 고개를 들었다. 순간 마당에 빛이 떨어지더니 유성이 꺼져 부서졌다. 명선이 세연을 향해 달렸다.

"그곳에 있어라. 내가 가겠다. 그대로 있어."

막 마당에 올라온 세연이 방향을 못 찾고 주저앉아 땅에 엎드렸다. 다시 섬광이 일자 세연이 벌떡 일어나 소리쳤다

"나리, 괜찮으셔요? 제발 기별을 해주세요."

강한 파열음이 잇달아 들리고 절벽이 무너져 내렸다. 폭발의 반동에 명선이 마당을 굴렀다.

세연이 울부짖으며 명선을 찾았다. 부서진 잔해 주변을 향하던 세연이 암자까지 갈 찰라 달려온 명선이 안아 수풀 아래로 달렸다.

쾅! 절벽에 박혀 있던 접시 모양의 큰 쇠붙이가 폭발했다. 엄청난 파열음이 산 중턱에 퍼졌다. 수풀에 숨어 진동을 참던 명선이 조심스럽게 고개를 들었다. 멀리 접시 모양의 쇠붙이가 하늘 높이 날더니 이내 떨어졌다.

암자 뒤 절벽은 이미 반 이상 부서져 없어졌고 갈라졌던 마당의 틈은 더 벌어졌다. 쇠붙이의 잔해는 하나도 보이지 않았다.

명선이 급히 세연의 몸을 보호하며 덮었다. 엄청난 먼지가 일더니 암자가 무너졌다.

명선이 세연을 업고 산길을 내려오다 잠시 뒤를 봤다. 연무가 걷힌 봉우리 중앙이 움푹 패였고, 암자가 있던 주변은 잔해와 먼지로 가득했다. 날리던 잔해들이 이내 사방으로 퍼져 눈처럼 산 아래로 떨어졌다.

명선이 세연을 업은 손에 힘을 줬다. 지친 세연의 몸이 자꾸 뒤로 쏠렸고 눈물이 명선의 옷을 적셨다.

영조 23년 정묘년 9월 20일 신해

물건을 흥정하는 사람들과 거나하게 취한 사람들. 자치기를 하며 노는 아이들과 실랑이하는 청년들. 장이 선 저잣거리는 활기가 가득했고 길은 사람들로 가득했다.

멀리 봇짐장수들이 물건을 풀어놓고 사람들의 관심을 끌었다. 그러던 중 봇짐장수 하나가 급히 물건을 한쪽으로 치웠다. 막 시장 안으로 들어온 허름한 행색의 사내가 혹시 물건을 밟을까 걱정이 된 듯했다. 사내는 소경 여자와 함께였다. 봇짐장수가 못 본 척 고개를 돌렸다.

세연의 손을 잡고 장에 들어선 명선은 올이 나간 설피가 자꾸 바닥에 끌리자 잠시 걸음을 멈췄다. 세연을 옆에 앉히고 주변을 살피다 묻지도 않고 봇짐장수의 짚을 가져다 신을 묶었다. 봇짐장수가 화를 내며 다가오자 명선이 고개를 들었다. 눈이 마주치자 흠칫 놀란 봇짐장수가 황급히 물러나 물건들을 챙겼다.

찢겨진 옷은 검붉었고 얼굴엔 피딱지가 가득했다. 목엔 미처 닦지 않은 핏자국들까지. 산발이 된 머리와 피를 쏟을 듯 붉게 충혈된 눈은 금수의 눈과 비슷했다.

명선이 허리에 묶은 가죽을 다시 조여 맸다. 문득 세연의 발을 살폈다. 찢겨진 신발 바닥으로 굳은살과 피멍이 보였다. 세연의 손을 잡아 일으켰다.

"업혀라."

세연이 명선의 등에 업혔다. 명선이 다리에 힘을 줘 일어났다. 사람들이 자리를 피했고 길이 생겼다. 명선이 안으로 들어섰다. 다들 비웃고 수군거렸다. 명선에겐 사람들의 소리가 들리지 않았다. 오로지 가족들과 가죽의 처리에만 생각이 쏠렸다. 무엇과 싸웠는지 기억도 가물거렸다.

'가죽을 갖다 바치면 다시 예전으로 돌아갈 수 있을 거야. 누이와 어머니 그리고 이 아이도 보살필 수 있을 거야. 군도 다시 만들겠지. 착호를 위한 특수군을.'

생각에 발걸음이 가벼워진 명선이 장이 선 거리를 지나 사대문으로 들어섰다.

등에 업힌 세연이 먼 곳을 응시하며 명선의 어깨를 잡았다. 혹시 놓칠까 힘이 잔뜩 들어갔다. 이내 머리를 명선의 등에 묻었다.

영조 23년 정묘년 9월 21일 임자

병조판서가 만면에 미소를 띠고 입궐해 임금에게 가죽을 내밀며 머리를 조아렸다. 병사가 가져온 가죽은 경차관 김창근이 그렸던 그림과 생김새가 비슷했다. 허나 임금은 가죽만으론 같은 괴수인지 확신하지 못하겠다며 안타까워했다. 신하들 또한 가죽의 모양을 보고 고심했다. 누구도 그 가죽의 동물 이름을 제대로 말하지 못했다. 신하들 사이에 실랑이가 붙었고 임금은 또 초조해했다. 여전히 방들은 나붙었고 나라엔 흉년이 들어 기근이 더 심해졌다. 병조판서가 괴수를 물리친 병사의 이야기를 전했으나 듣는 둥 마는 둥 했다. 결국 가죽은 궐 밖으로 치워졌고 임금의 행차에 관한 국사가 이어졌다.

사관이 급히 붓을 들어 상황을 적었다.

평안도에 괴수가 있었는데 앞발은 호랑이 발톱이고 뒷발은 곰 발바닥 같으며 머리는 말과 같고 코는 산돼지 같으며, 털은 산 양 같은데 능히 사람을 물었다. 병사가 잡아서 가죽을 올려보 내 왔다. 임금이 신하에게 물으니 누구는 얼룩말이라 했고 누 구는 맥이라고 하였다.

_영조 23년 정묘년

착호

초판 1쇄 인쇄 2019년 1월 21일
초판 1쇄 발행 2018년 1월 29일

지은이 김태호
펴낸이 김문식 최민석
기획편집 이수민 김현진 김민아
디자인 엄혜리
제작 제이오

펴낸곳 (주)해피북스투유
출판등록 2016년 12월 12일 제2016-000343호
주소 서울시 마포구 독막로 178-1 성보빌딩, 5층(구수동)
전화 02)336-1203
팩스 02)336-1209

© 김태호, 2019

ISBN 979-11-88200-60-3 03810

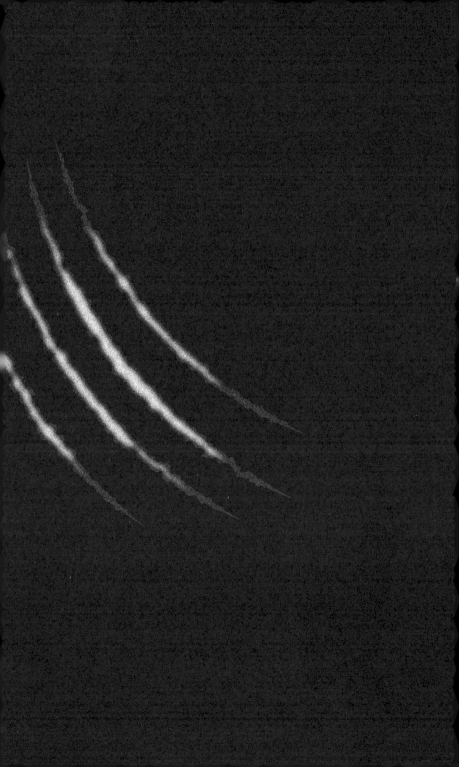

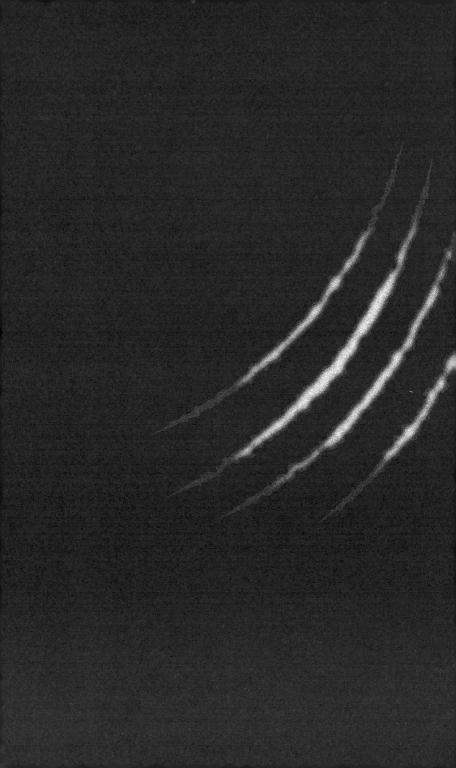